'हमरंग' बारह क़िस्से टन्न-2

(कहानी संग्रह)

'हमरंग'
बारह क़िस्से टन्न-2

संपादक

अनीता चौधरी

प्रलेक प्रकाशन प्राइवेट लिमिटेड

*in association with JVP Publication Pvt Ltd

ISBN : 978-81-90410-11-8

पहला पेपरबैक संस्करण : 2020

प्रकाशक :

प्रलेक प्रकाशन प्राइवेट लिमिटेड

PRALEK PRAKASHAN PVT.LTD.

वितरक :

जेवीपी पब्लिकेशन प्राइवेट लिमिटेड

JVP PUBLICATION PVT. LTD.

602, आई-3, ग्लोबल सिटी

विरार (वेस्ट), मुम्बई, महाराष्ट्र-401303

दूरभाष : 9833402902 / 7021263557

Email : pralek.prakashan@gmail.com

Website : www.pralekprakashan.com

'हमरंग' बारह क़िस्से टन्न-2 : संपादक : अनीता चौधरी

'Humrang' barah kisse tann-2 : (*Stories*) Edited by Anita Chaudhary

आवरण : जेवीपी पब्लिकेशन प्रा. लि.

पुस्तक सज्जा : जेवीपी पब्लिकेशन प्रा. लि.

कोरोना काल में, काल-कवलित हुए असंख्य लोगों की स्मृतियों
और मेरे साहित्यिक गुरु 'हनीफ़ मदार' के लिए

क्रम

इंसानी जीवन की ऊर्जा... 'क़िस्साग़ोई'

किसी भी घुमक्कड़ व्यक्ति को मारना हो तो हमें ज्यादा हथियारों की आवश्यकता नही है सिर्फ और सिर्फ उसे एक जगह या एक छोटे से दायरे में कैद कर दो। अब ये दायरा सिर्फ एक कमरा न होकर एक घर भी हो सकता है, कितना भी बड़ा या छोटा। दायरा सिर्फ घर ही होना चाहिए। वह इंसान खुद-व-खुद उस जगह में रहते-रहते ही मर जाएगा। बेशक आप उसके खान-पान में कोई कमी न रखें और न उसे फोन के अभाव में सोशल मीडिया की दुनिया से काटें। बावजूद इसके कुछ ही महीनों में, वह चलती फिरती लाश बन जायेगा क्योंकि वह क़ैद और अवसाद में जी नही सकता, उसे अपने आसपास जिंदा लोगों की एक दुनिया की जरूरत होती है। जिसमें में वह अपनी क्रिया-प्रतिक्रिया को देखना-दिखाना और जीवित इंसानों की धड़कनों को महसूस करना चाहता है। उससे मिलना चाहता है पास बैठकर तमाम बातें करना चाहता है अपने हर सुख दुख को एक दूसरे का हाथ पकड़कर एक बांटना चाहता है और यह हम सब इंसानों की एक स्वाभाविक आदत है, जिसके बिना रहना शायद संभव नही हैं। यह सब ही इस कोरोना काल ने हमसे छीना है।

कोविड-19 माहमारी ने पूरी दुनिया के लोगों की रचनाशीलता को, जज्बात को और इंसान से इंसान की जरूरतों को चारदीवारी में कैद करके रख दिया। डर इस कदर दिमागों में पैवस्त हो गया कि घर के बाहर कदम रखना भी मौत के मुहं में जाने जैसा लगने लगा था। ऊपर से सरकार के अदूरदर्शी फ़ैसलों की परिणति सड़कों पर भूखे-प्यासे दौड़ते असंख्य मजदूरों की दशा, मन के भीतर एक अलग विचलन पैदा कर रही थी।

छोटी-छोटी निजी कंपनियों की ढहती अर्थव्यस्था का खामयाजा अपनी तनख्वाह न पाकर देश का एक बहुत बड़ा वर्ग भुगत रहा था। वहीं सरकारी के गठजोड़ से निजी पूँजीवादी अर्थव्यवस्था इस वक्त को भी आपदा में एक अवसर के तरीक़े से भुना रही थी। इस सबके बीच अपनी जान का जोखिम उठाकर

तमाम तरह के अभावों में भी हमारे सहयोगी सरकारी, गैर-सरकारी कर्मचारी, डॉक्टर्स, नर्सेज, सफाईकर्मी पुलिस अपनी पूरी ताकत और परिश्रम से लोगों की जान बचाने में जुटे थे और अब भी जुटे हुए हैं। हालाँकि इस महामारी के वक्त में भी देश के छुट-पुट इलाकों से पुलिस की बर्बरता के वीडियोज भी देखने को मिल रहे थें जो कहीं न कहीं मन के अवसाद को और बढ़ा रहे थे।

साल 2020 पूरे विश्व के लिए शायद ठीक वर्ष नही हैं। इस वर्ष के शुरुआत में तमाम अर्थशास्त्रियों के लेख, रिपोट्र्स को पढ़ने के बाद लगने लगा कि हम वैश्विक मंदी में कदम रख चुके हैं। इसके साथ ही कोरोना महामारी ने भी अपने पैर निकालने शुरू कर दिए थे। जैसे ही साल 2020 के दो महीने गुजरे ही थे कि इस कोरोना महामारी ने विश्व के आधे से ज्यादा देशों को अपनी गिरफ्त में ले लिया। एक अनचाहा डर दिमाग में समाने लगा। और वहीं संवेदनशील लोगों के मन में उदासी।

चारों तरफ बढ़ती आर्थिक मंदी के बीच कोविड-19 से फैली उदासी के बीच, डर की इंतिहा तो उस दिन हुई, जब पूरे देश में रात बारह बजे से लोगों के घर से निकलने पर पाबंदी लगी, सबकुछ जहाँ था वहीं थम गया। यह बहुत ही विचलित करने वाला था। हालाँकि कुछ लोगों के लिए यह एक पिकनिक की तरह था और अब भी है।

इस डर और विचलन में चार चांद हमारे लोकतंत्र का चौथा खंभा मीडिया लगा रहा था। न्यूज चैनलों से लेकर सोशल मीडिया व अन्य साइट्स पर लग रहा था कि जैसे जिंदगी अब खत्म होने वाली है।

पूँजीवादी अर्थव्यवस्था और राजनैतिक हितों के मंसूबों को बिकाऊ मीडिया संप्रदायकिता की चाशनी में लपेटकर, जनता के बीच बने आपसी तालमेल को खत्म कर लगातार खाई खोदने का भी काम कर रहा था।

इन सबके बीच एक ऐसा भी वर्ग था जो अपनी तनख्वाह में खूब कटौतियों के साथ 'वर्क फ्रॉम होम' कर रहा था। तकनीकी हथियारों के अभाव में सिर्फ अपनी नौकरियों को बचाने की जद्दोजहद में, समय की परवाह किये बिना दिन-रात कामों में जुटा था। इसकी बड़ी कीमत कामकाजी महिलाएँ घरों में रह कर ऑफ़िस और घर के दोहरे काम करके चुका रही थी। काम के बोझ से उनका स्वास्थ्य और मानसिक स्थितियों पर भी बुरा असर पड़ रहा था।

घरों में चिड़ियों की तरह चहकने वाले बच्चे भी लगातार कोरोना नाम सुनकर सहम गए थे। बाल मन में भी तमाम अनसुलझे सवाल बैठ गए थे। जो उन्हें डर के साये में जीने को मजबूर कर रहे थे। नाकाफी हो पाए प्रयासों के

चलते देश का अन्न दाता भी अपनी बदहाली पर रो रहा था।

चारों तरफ मची त्राहि-त्राहि को देख रातों की नींद फुर्सत से अपनी समाधि में लीन हो गयी थी। दिमाग किसी भी नतीजे पर पहुँच पाने की स्थिति में नही था। इस अवसाद को खत्म करने और अपनी रचनात्मकता को एक दूसरे के साथ बांटने के लिए मन में विचार आया कि चलो बैठकर क़िस्सागोई करते हैं। फ़िज़िकल न सही तो वर्चुअल ही सही।

जब भी हम नजरें घुमाकर आज से 75 साल पीछे देखते हैं तो पता चलता है कितनी भी बड़ी से बड़ी मुसीबत के समय देश के लोगों को उस विपत्ति से बाहर निकलने और हिम्मत देने का काम लेखकों और तमाम रचनाधर्मी लोगों ने बखूबी निभाया है। फिर ऐसे महामारी के वक्त में जब पूरी दुनिया डर के साये में जी रही है तब उससे पूरी तरह न सही लेकिन कुछ घंटों या पल के लिए तो वे सब भूलकर इस क़िस्सागोई के बहाने एक दूसरे को देखकर उनसे बातें करके ठहाके लगाकर तो सुकून पा ही सकते हैं। फिर से पूरी ऊर्जा के साथ खड़े होकर खुद व अपने परिजनों को संबल प्रदान कर सकते हैं। और इस क़िस्सागोई से क्या कुछ बदल जायेगा मुझे नही पता परंतु कहानी को जरूर बहुत बड़ा वर्चुअल स्पेस मिला है क्योंकि अब तक आभासी मंचों पर कहानी को अन्य विधाओं की तरह एक वृहद् स्पेस नहीं मिल सका।

इस क़िस्सागोई में सबसे पहली प्राथमिकता हमारी स्वयं लेखक से ही कहानी पढ़वाना रहा जिससे पाठक लेखक से रूबरू हो सकें। और लेखक की जुबानी कहानी सुनना हमें ही नही, पाठकों को भी रोचक लग रहा है। इस क़िस्सागोई के दौरान हमने यह भी महसूस किया कि खूब उम्रदराज साथी भी इस नई तकनीकी से जुड़कर आभासी दुनिया के सामने आ रहे थे। कई बार नये-नये तरह की तकनीकी दिक्कतें मुँह लटकाए आ खड़ी हो रही थी। लेकिन उनको सिखाने के साथ -साथ हम खुद भी सीख रहे थे।

इस क़िस्सागोई के माध्यम से कोरोना वक्त में तमाम तरह के सामाजिक पहलुओं पर केंद्रित कहानियों से इस समय को जीतने की हिम्मत मिली है। जैसा कि नाम से विदित है 'हमरंग' तो इस मंच पर जीवन के अनेक रंगों से परिचय हुआ है। जीवन के वही रंग क़िस्सों के रूप में इस संकलन में समाहित हुए हैं।

कहानी 'कामगार उर्फ़, काँच के इधर और उधर' सुधा अरोड़ा की कहानी की विलक्षणता यह है कि वे संवाद में संवादहीनता की कथा कहती हैं...मज़े की बात यह है कि सुधा जी की इस कहानी में भी मौज़ूद तो एकालाप या आत्मालाप ही

है; पर पाठक उसका संप्रेषण, आत्मालाप की तरह नहीं, संवाद की तरह करता है। ऐसा संवाद जो सीधे-सीधे पाठक से किया जा रहा हो। यानी हर पाठक खुद को एक ख़ास और अहम संवादी मानता है। प्रवक्ता खुद से बोलता है कहानी पाठक से बोलती है। कहानी आर्थिक और जातीय वर्ग संघर्ष के सहज साथ लिए अत्यंत रोचकता और आवेग के साथ पाठक हृदय में स्पंदन की तरह शामिल हो जाती है।

विवेक मिश्र सिद्धहस्त लेखक हैं। किसी भी माहौल को रचने में उन्हें महारत हासिल है। 'दोपहर' कहानी में भीषण गर्मी में बुन्देलखंडी दोपहरी का ऐसा वर्णन है कि पसीने की बू तक महसूस होने लगती है। गाँव के पुराने बड़े मकान, बखरी में गाय, बकरियाँ, ननिहाल में एकत्र बच्चों की भीड़, मौसियाँ, मामा और नाना और छोटे शहर के उबाऊ दोपहर को बेबात हंसी से भर लेने वाले मडही में जमा बच्चे। इस कहानी में समय-यात्रा का सा सुख मिलता है।

कहानी की एक धनवान मौसी मायके की असुविधाओं से त्रस्त घर काम से किनारा किये रहती हैं। उनके बड़े ओहदेदार पति के आने की खबर से घर में फैला तनाव, पड़ोस से माँग कर लाया गया सोफा, बच्चों के दूध का छिन जाना, खाते पीते दामाद के लिए औसत हैसियत के लोगों का दौड़ भाग कर किया जाने वाला इंतजाम...यह मांसल वर्णन पठन सुख को बढ़ा देते हैं।

विवेक मिश्र रहस्य खूब बाँधते हैं। पर शुरू में कहानी जितना लंबा आलाप लेती है एक नाटकीय घटना के घटते ही फुर्ती से भाग खड़ी होना चाहती है वैसे ही जैसे फर्राटे से घायल को जीप में अस्पताल पहुँचाना हो। गति में यह परिवर्तन स्वाभाविकता से निभाया तो गया है पर थोड़ा-सा दौड़ाए जाने का एहसास देता है।

सिंहवाहिनी कविता की कहानी 'सिंहवाहिनी' अत्यधिक सहोदर स्पर्द्धा के दूरगामी परिणाम के मनोविज्ञान की समझ से ओतप्रोत चरित्र केन्द्रित कहानी है। केशी के जीवन में उसके काली होने और श्रृंगारिक महत्व की सघन केशराशि की स्वामिनी होने से एक विचित्र सी मानसिकता के निर्माण का कविता ने अच्छा निरूपण किया है। अत्यधिक लम्बे बालों को सँभालने के कष्ट, परिवार की खीझ, उनके प्रति केशी की प्रकट उपेक्षा पर उनसे गहरा लगाव, यह परस्पर विरोधी भाव केशी को अनोखा व्यक्तित्व देती हैं।

यह जितनी केशी की कहानी है उतनी ही उसके गौरवर्ण केशविहीन पति की कहानी है जो इसका दूसरा स्तम्भ हैं। पति अपने मन मुताबिक श्रृंगार की आकांक्षा भी रखते हैं, केशी की उदासीनता से आहत भी हैं और इस लगभग अपढ़ स्त्री की राजनैतिक परिपक्वता से हिंसक भी हो जाते हैं।

चरित्रों के चित्रण में कविता कोई कमी नहीं छोड़तीं। निर्ममता उनकी कलम में विषय के प्रति निष्ठा बन कर टपकती है। कहीं कोई ममता, कोई मुलायमियत वे कहानी में नहीं आने देतीं। केशी के पिता को 'होल टाइमर' राजनैतिक कार्यकर्ता बताया गया है। आम तौर से ऐसी शब्दावली वामपंथी राजनैतिक कार्यकर्ता के लिए इस्तेमाल होती है। कहानी में इंदिरा गाँधी के आपात्काल और उसके विरोध की राजनीती का रोचक विवरण है। उन दिनों गली गली में जो गीत गाये जाते थे वे भी कहानी में मिलते हैं। यह आख्यान के भारीपन को कम करके राहत भी देता है तो अगली पीढ़ी द्वारा इन्हें दोहराए जाने से विरोध की निरंतरता को भी स्थापित करता है। ऐसा होल टाइमर राजनीती छोड़ देने के बाद पत्नी के कहने पर पुत्री को कम पढ़ाये ऐसे आश्चर्यजनक कथन की वे कोई सफाई नहीं देतीं।

सबसे असरदार है कविता की यह धारणा कि चरित्रों का अच्छा होना ज़रूरी नहीं, उनका व्यक्तित्व होना चाहिए, आपको वे पसंद आयें ना आयें। कहानी शुरू से अंत तक पाठक को असहज करती है।

प्रभात रंजन की 'फ्रांसीसी रेड वाइन' बहुत ही मजेदार कहानी है। पिता की मृत्यु पर अनुकम्पा के आधार पर मिली नौकरी के सहारे पत्नी के साथ निश्चित अनुशासन में बँधा महत्वकांक्षाहीन चंद्रचूड़ सीतामढ़ी में सामान्य सा जीवन जी रहा है। इस निम्न मध्यम वर्गीय जीवन में विदेश यात्रा से लौटे साले की मेहरबानी से फ्रांस की एक बेशकीमती रेड वाइन आ जाती है तो उनका क्या हाल होता है, इसका बेहद रोचक विवरण कहानी को चंद्रचूड़ के भीतर जुम्बिश लेते नए भावों की खोज का जरिया बना देती है।

ऊपर से कहानी सिर्फ एक औसत आदमी के सामन्य से जीवन में एक अनजाने स्वाद का वियदा लिए एक बोतल के प्रवेश की सीढ़ी सादी कहानी है, कुछ हास्य और कुछ व्यंग्य का पूट लिए. लेखक का स्वर भी हल्का फुल्का मजाकिया सा है। पर वास्तव में प्रभात रंजन निम्न मध्यम वर्ग की अभावग्रस्त और मितव्ययी ज़िन्दगी जीनेवाले के मनोविज्ञान को धीरे धीरे खोलते हैं। ऐसे व्यक्ति को कोई कीमती चीज़ जब मिल जाए तो वह उसका सुख तक भोगने के लायक नहीं रहता। अपने से पीछे जो रह गए, उन्हीं को देखो, ऐसी पारंपरिक सीख के सहारे पलने वाला व्यक्ति मानसिक रूप से अपंग हो जाता है, वह एक निराकार से सुख से आगे बढ़ कर आनादोल्लास भोगने के अयोग्य हो जाता है।

प्रभात रंजन ने इसके लिए चुना भी पेत्रुस वाइन है जो दुनिया की सबसे कीमती वाइन में तो है ही, यह यूरोपीय सभ्यता में परिष्कृत विलासिता का पर्याय है। वे इतनी ही महंगी सिंगल माल्ट भी चुन सकते थे पर पेत्रुस ही इस कहानी

को वह तीखापन देता है जो चंद्रचूड़ के जीवन की वास्तविकता और उसके संकुचित जीवन की बखिया उधेड़ देता है। वे अभिजात्य को छू पा सकने जितना निकट होकर भी उससे इतनी दूर है जैसे अन्य गृह पर हों। आखिर उनका साला उनके लिए यह लाया है तो साले साहब का दर्जा कुछ अलग भी होगा ही। ऐसे ही कुछ जानकार सहृदय मित्र भी कहानी में आते जाते हैं। पर कहानी है चंद्रचूड़ के ऐसे सुखी जीवन की जिससे आपको ईर्ष्या नहीं होगी।

हनीफ़ मदार की कहानी 'रसीद नम्बर ग्यारह' को कहानी के बजाय विमर्श कहना बेहतर होगा, जो किसी मायने में इस कहानी की खामी नहीं खूबी है। विमर्श नया नहीं है पर अंदाज़ नया है। प्रगतिशील अल्पसंख्यक परिवार बल्कि यूँ कहें प्रगतिशील मुस्लिम परिवार का अपने समाज से द्वंद्व, समाज से नकारे जाने की आशंकाओं के बीच उसे चुनना जो वाजिब है सच है। प्रगतिशीलता या धर्मनिरपेक्ष होने के बड़े नुकसानों में यह भी है कि आप किसी के लिये भले नहीं रहते, न इधर न उधर, इससे लड़ना प्रगतिशीलता के लिए बड़ी चुनौती है जिसे लियाक़त अली का परिवार शिद्दत से स्वीकार कर रहा है। बहाना बनता है मस्जिद के लिये चंदा जुटाने वाले अल्पशिक्षित बल्कि धर्मशिक्षित धर्म प्रचारकों के उनके घर आने से वहाँ से प्रगतिशीलता के सभी आयामों में बहस जाती है और निष्कर्ष भी निकलता है—सिवाय सम्यक शिक्षा के किसी समाज की प्रगति का कोई जरिया नहीं उसके लिये दरकार है एक अदद अंबेडकर या सर सैयद अहमद खां की। रसीद नम्बर ग्यारह प्रगतिशीलता पर एक मुक्कमल बयान है। विमर्श को कहानी में बाँधने के लिए, स्त्री विमर्श को भी इसमें अपने तरीके से केवल एक पात्र के एक संवाद से शामिल करने का कथा कौशल इनकी कहानियों का हिस्सा हाओता है।

'कमलेश' की कहानी 'पत्थलगड़ी' कहानी इंसान और प्रकृति के अद्भुत संबंधों की कहानी है। हम सब जानते हैं कि प्रकृति पूजक आदिवासी झारखंड से लेकर देश के विभिन्न प्रदेशों में जल, जंगल और जमीन को बचाने के लिए वर्षों से संघर्षरत हैं। पत्थलगड़ी भी उनके उसी संघर्ष का एक हिस्सा है। इस कहानी में कमलेश ने बिसराम बेदिया नाम का एक जीवट चरित्र गढ़ा है। कहानी के शुरुआती दौर में तो यह चरित्र कुछ तिलस्मी किस्म का प्रतीत होता है पर कहानी के बीचो-बीच पहुँचते-पहुँचते पाठक यह जान लेता है कि बिसराम बेदिया सब जानता है। सब मतलब, सब। क्या गलत, क्या सही, उसे सब पता है। वह यह बात भली-भाँति जानता है कंपनी और ताकतवर सरकार के सामने वह टिक नहीं सकता। उनसे लड़ नहीं सकता, लेकिन वह यह भी जानता है कि

इनके खिलाफ आवाज उठाना उसका परम कर्तव्य है। वह बिरसा की संतान है, इसलिए उसमें अतुल क्षमता और साहस है। वह किसी से नहीं डरता और हर समय सच बोलता रहता है। यह कहानी समय का सच बयाँ करती है। सच को सुलझे व रोचक ढंग से कहने की कला में माहिर कहानीकार कमलेश ने एक ऐसी कहानी रची है जो हमें ना सिर्फ झकझोरती है बल्कि चैन से सोने नहीं देती।

प्रेम के विरोध में इतनी बड़ी-बड़ी साजिशें कब तक करते रहेंगे लोग? पूनम सिंह की कहानी 'कस्तूरी गंध' का यह सूत्र वाक्य सामाजिक रूप से मानो धड़कन में समाहित साम्प्रदायिक और आपसी नफ़रत की खाई को साफ़ और सहज तौर पर वृहद् रूप में सामने लाता है। कहानी को उसकी अनूठी शैली ख़ास बनाती है। जहाँ बहुत सूक्ष्म शब्दों और स्पेस में पूरे सामाजिक परिवेश का तना-बाना उद्घाटित हो जाता है। महज़ दो पात्रों की आपसी बातचीत तमाम प्रगतिशीलता और सामाजिक एकरूपता के कथित मानदंडों को प्रेम की ख़िलाफ़त के लिए धार्मिक और जातीय आवरण पहनाकर पूरा समाज कैसे बौना बाना देता है। आपसी बातों में शामिल घटनाएँ समाज की इस सच बयानी को किसी सवाल की तरह पाठक के भीतर कहीं गहरे उतार देती है।

अग्रज 'सुमति सक्सेना लाल' की कहानी विस्थापित पर कुछ कह पाने का साहस जुटा पाना यकीनन मुश्किल है किन्तु ज़िम्मेदारी और औपचारिकता वश इतना कहना भी मेरे लिए साहसिक कि कहानी नौकरी या कार्य व्यवसाय और अन्य विद्रूप सामाजिक राजनैतिक कारणों से उत्पन्न विस्थापन के मानवीय दर्द का जीवंत दस्तावेज है। जो पढ़ते हुए कहीं न कहीं खुद से गहरे तक जोड़ लेता है और उस दर्द के अंश पाठक को खुद भीतर महसूस होने लगते हैं।

'जड़ें बुलाती हैं' कोरोना के कारण लगाए गए लॉकडाउन से उत्पन्न देश दुनिया के मज़दूरों की मार्मिक कथा कहती है निवेदिता की कहानी। अपनी जड़ों से कटकर ज़िंदगी में तलाश में शहर आए मज़दूरों की अपनी ही बदहबास ज़िंदगी को कंधों पर लादे अपनी उसी ज़िंदगी की खोज में निकले मजलूमों की कथा कहती है जो बेहद कारुणिक है।

'शैलेंद्र शर्मा' अपनी कहानी 'वो जो हममें तुममें क़रार था' में बारीकी से उस मानवीय पहलू को पकड़ते हैं जहाँ आर्थिक लालच को कृत्रिम आधुनिकता और कथित सामाजिक प्रतिष्ठा के आवरण में लपेट कर किसी अकाट्य तर्क की तरह प्रस्तुत करने का सामाजिक हुनर मानवीय जज़्बात और इंसानी क़रार की क़त्लग़ाह बनता है। सब कुछ जानते समझते हुए भी विशिष्ट समाज इस इंसानी क़रार और उसकी एक दूसरे के प्रति संवेदना के खंडहरों पर खड़े होकर इसे

सांस्कारिक और सांसारिक दुनिया का सही चलन बताने पर आमद रहता है। जहाँ इंसानी जज़्बात की अदृश्य चीख उन्ही खंडहरों के नीचे दबी हुई सिसकती रही है।

'टेकचंद' की कहानी मोहर इक्कीसवीं और अत्याधुनिक विकास के सोपान चढ़ चुकी सदी में जीते समाज में भी जातीय दंश के गहरे तक धँसे होने की जीवंत दास्तान है। कहानी में समाहित घटनाएँ और चरित्रों के सहज क्रिया-कलाप यह साफ़ तौर बताते हैं कि भारतीय संविधान सन्मत संचालित तंत्र के समाज आज दलितों को किसी उच्च पद या स्थान पर देखना स्वीकार नहीं कर सका है। कहानी कोई दलित विमर्श न गढ़ते हुए भी सहज रूप में इस सच को पाठक के भीतर तक उतार देती है।

वहीं संकलन की अंतिम कहानी 'मिस लैला झूठ में क्यों जीती है' युवा कथाकार 'प्रेमा झा' की स्त्री मनोविज्ञान पर लिखी एक अनूठी और बेमिशाल कहानी है। जो अत्यंत हृदयस्पर्शी अंदाज़ में स्त्री मन के पुरुष प्रेम, साथ और सहजीवन के आंतरिक मनोविश्लेषण की बहुत गहरे से पड़ताल करती बेहद रोचक और मर्म स्पर्शी कहानी है। जो पढ़ते हुए किसी प्रेम कविता सी उतरती है।

मेरे सहयोगी, साथी हनीफ मदार जी, जो मेरे साथ अच्छे बुरे वक्त में न सिर्फ मजबूती से खड़े रहे बल्कि साहित्य के प्रति अपनी निष्ठा, अनुराग और समर्पण की वजह से लगातार कह-कहकर मुझसे इस किताब की भूमिका भी लिखवा ही ली। इस संकलन की भूमिका ही नही, मेरे साहित्य में आने का श्रेय भी मैं उन्हीं को देती हूँ। उनका व्यक्तित्व ही ऐसा कि उनके आग्रह को टाला ही नहीं जा सकता।

यहाँ इस किताब का श्रेय मैं उन सभी लेखकों, साथियों को भी देना चाहूँगी जिनके सहयोग की वजह से यह मूर्त रूप ले पाई। वरिष्ठ पत्रकार व बेहतरीन कथाकार 'अंजली देशपांडे', अखिलेश्वर पांडेय, शक्ति प्रकाश का भी किसी न किसी रूप में सहयोग से, मुझे साहस मिला। हमरंग के इस प्रयास को किताब के रूप में लाने के लिए प्रलेक प्रकाशन, जितेंद्र पात्रो के आभार के बिना यह बात पूरी नहीं होती। साथ ही हमरंग टीम का अहम हिस्सा, मेरे सबसे अज़ीज साथी 'अयान मदार' को ढेर प्यार। यह संकलन आपको सौंपते हुए कहना ज़रूरी है कि कहानियों के चयन पर पाठकों की प्रतिक्रिया मेरे लिए किसी पथ प्रदर्शक की तरह होंगी।

—अनीता चौधरी

कामगार उर्फ़ काँच के इधर और उधर

*

सुधा अरोड़ा

चाभी घुमाकर मैं कमरे में दाखिल हुई कि देखा चिल्की खिल खिल करती कमरे में चक्कर काट रही है और उसके सिर के ऊपर एक बर्रेनुमा कुछ मँडरा रहा है।

पास आई तो देखा, वह बर्रा नहीं, एक बड़ी सी मधुमक्खी थी।

सामने बाल्कनी के काँच के दरवाज़े बंद थे और वह मक्खी काँच के आर पार दिखती रोशनी से धोखा खाकर बार बार बाहर खुले में निकल भागने की कोशिश में काँच के दरवाज़े से टकरा जाती।

"क्या हो रहा है, चिल्की!...। काट लेगी! हट जा!"

चिल्की ने तो नहीं सुना पर मक्खी ने सुन लिया और थक टूट कर लकड़ी के उस टुकड़े पर जा बैठी जिसे एअर कंडीशनर का खोल बंद करने के लिये लगाया गया था और उस पर करीने से वारली का डिज़ाइन आँका गया था कि वह एअरकंडीशनर का खाली खोल न लगकर चित्रकारी का नमूना दिखे।

"दादी, सो क्यूट ना? देखो, कित्ती देर से मेरे साथ खेल रही है!"

उफ़! उसके होंठों पर हथेली रख मैंने उसे चुप करवाया और दीवार से लगकर कोने कोने से सरकते हुए बिना आवाज़ किए आगे बढ़ी कि दरवाजा आहिस्ता से सरका कर खोल दूँ कि तभी वह मक्खी फिर उड़ी और मेरे कान के पास से फुंकारती हुई गुज़र गई। मैं अपना सिर बचाती झुक कर वापस सोफे पर आ बैठी। चिल्की मज़ा ले रही थी कि दादी कैसी बुद्धू है, एक मक्खी से हार जाती है। वह होंठ भींचकर फिसफिसाकर हँस रही थी!

मैंने आँखें तरेर कर उसकी ओर देखा तो हँसी को दबाते हुए उसने उड़ती मक्खी की ओर अपनी हथेली को नर्तन की मुद्रा में घुमाया और बोली—"हुँ हुँ... दादी को इस से डर लगता है!" और फिक् से हँस दी जैसे कह रही हो—'यह

भी कोई डरने की चीज़ है!'

तब तक मक्खी कमरे के दो तीन चक्कर लगाकर काँच के दरवाज़े से एक बार और टकरा चुकी थी। चिल्की के मुँह से तपाक से निकला—"ओह शिट! शी विल गेट हर्ट!" (उसे चोट लग जाएगी!)

मक्खी फिर दीवार के एक कोने में फड़फड़ाकर बैठ गई।

"चिल्की! तू बिल्कुल चुप से बैठ। मैं दरवाज़ा खोलती हूँ।"

"दादी, आपको डर क्यों लगता है उससे?" और शरारती निगाह से मेरी ओर देखने लगी।

"चिल्की अब तू अंदर जा और मैं इसे बाहर करती हूँ।"

आखिर दोबारा मैं सिर झुका कर दबे पाँव आगे बढ़ी और धीरे से एक दरवाज़ा स्लाइड कर सरकाया, फिर दूसरा और उसके जाने के लिये बाहर के खुले आसमान और दीवारों से घिरे कमरे के बीच की आड़ हटा दी और अपने इस करतब में सफल होने पर चैन की साँस ली।

मक्खी भी कई बार काँच के दरवाज़े से टकरा कर थक चुकी थी। वह उस कोने में बैठी ही रही।

चिल्की के पास आकर जैसे ही मैं सोफे पर जाकर बैठी, वह फुसफुसाकर कहने लगी—"देखा! उसके विंग्स कैसे गोल्डन हैं, शी इज़ सो क्यूट!"

मैंने खीझकर कहा—"अब 'शी' है कि 'ही', क्या मालूम! मक्खी नहीं, मक्खा है, इत्ता बड़ा...!"

हम दोनों की आँखें उस मक्खी की एक एक थिरकन पर टिकी हुई थीं। इस बार वह जो उड़ी तो कमरे के दो अंधे चक्कर लगाकर काँच के दरवाज़े से टकराने के बजाय सीधा बाहर हवा में जज़्ब हो गई। वह बाड़ हट चुकी थी जिसके धोखे में वह दरवाज़े की किसी अधखुली फांक से कमरे के अंदर घुस आई थी।

चिल्की ने मुझे कुछ उखड़े हुए अंदाज़ में देखा जैसे मैंने उसकी किसी बहुत प्यारी चीज़ को खिड़की से बाहर फेंक दिया हो।

तभी कमरे की घंटी बजी! शोभाबाई हाथ में झोला लेकर अंदर घुसी। मैंने उसे ज़रा डपटते स्वर में कहा—'कहाँ चली गई थी। मेरे आने तक रुकना था न! यहाँ इतनी बड़ी मक्खी घुस आई थी और यह तेरी मैडम उसके साथ खेल रही थी। काट लेती तो?'

'ममीजी, जरा टमाटर लेने को अब्बी गई थी निच्चे। बेबी बोली—मी

कार्टून भखती!...और ये मक्खी तो कब्बी कब्बी आती ई रेती ए। अपना खोली का रस्ता भूल जाती, इस वास्ते चली आती। होएँगा खोली आजू बाजू! काटती बीटती नई—बस, आने का, जाने का। बेबी के साथ मस्ती करने को आती...।' और वह भी बत्तीसी दिखाती हँस दी।

चिल्की उसके जवाब से खुश होकर जोर से बोली—"और शोभाताई, दादी को न डर लगता था उससे!...। ऐसे...। ऐसे सिर नीचे कर...। चलती थी!" और वह मेरा स्वांग रचती झुक कर चलने लगी। दोनों जोर से हँसी और चिल्की को हँसते हँसते खांसी का दौरा पड़ गया।

"इसको सुबह सितोपलादि दिया कि नहीं?" मेरे पूछने पर वह शिकायत पर उतर आई—"बेबी कू पुच्छो! ये खाती किदर?"

"छिः, कड़वी दवाई! ताई ठीक से शहद नहीं डालती...।" चिल्की को फिर खांसी छूट गई।

"अरे, दवा खाने का कि खाली 'मध' खाने का। इतना मिट्ठा डालेंगा तो औशद फायदा नईं करेंगा!"

और शोभा चिल्की को खींचती हुई अपने साथ रसोई में ले जाने लगी।

चिल्की तब तक मधुमक्खी के प्रभामण्डल से बाहर आ चुकी थी। अब उसे अपने साथियों की याद आई—"दादी, आप भीमा और रेशमा को क्यों नहीं लाये साथ? यू प्रॉमिस्ड मी कि आज उनको लेकर आओगे! "चिल्की का दिमाग़ शुरु से ही बहुत चौकन्ना था। कोई भी बात वह आसानी से भूलती नहीं थी। कल मैंने उसे टाल दिया था पर आज फिर वह उन दोनों बच्चों को याद कर रही थी।

मेरी आँखों के सामने दोनों बच्चे अपने हाव भाव के साथ उपस्थित थे।

हमारे घर के ठीक सामने एक मोबाइल क्रेश था! इस टावर में आते ही मैंने प्रतिमा दी के आदेश पर मैंने यह क्रेश ज्वॉयन कर लिया था। प्रतिमा दी कलकत्ताा के कॉलेज में मेरी सीनियर थीं। पति के असमय देहाँत के बाद, मजदूरों के बच्चों की देखभाल में, उन्होंने अपने को पूरी तरह झोंक दिया था। यह मोबाइल क्रेश उनकी ही दौड़ धूप का नतीजा था। सुबह नौ से पाँच बजे तक यहाँ मजदूरों के बच्चे पढ़ते-खेलते थे। चिल्की अपने प्ले स्कूल से निकलकर डे स्कूल में जाने लगी तो मेरा दोपहर का खाली समय क्रेश में इन बच्चों के साथ बीतने लगा। कुछेक दिन बाद ही मैंने देखा कि लगभग चालीस बच्चों की उस भीड़ में खूब बड़ी बड़ी चमकती आँखों वाले दो अलग ही दिखाई दे जाते थे—भीमा और रेशमा।

एक दिन बोर्ड पर देवनागरी के वर्णाक्शर लिखने के बाद मैंने रेशमा को अपने पास बुलाया और कहा—मैं जो जो अक्शर बोलूँ, उसे ब्लैक बोर्ड पर लिख कर दिखाये। मैंने कहा—क। उसने लिखा। कहा—ल। वह भी उसने ठीक लिखा। मैं बोलती गई। वह लिखती गई। उसकी मेधा पर मैं हतप्रभ थी। दस बारह अक्शर लिखवा चुकने के बाद मैंने रेशमा से पूछा—तुम्हें इतने कम दिनों में सब याद कैसे हो गया! उसने झट मेज पर पड़ा स्केल उठाया और मुँह से कम और हाथों के इंगित से ज़्यादा मशीन की तरह झट झट बोलती चली गई—क मंझे एक डंडा, इधर एक वाटी अणी गाय ची पूंछ। व मंझे एक डंडा अणी फक्कत एक वाटी। हर अक्शर का उसके पास हस्तअभिनय के साथ बताने के लिये एक चित्र था।...। मैंने उसे बिस्किट के पैकेट और चॉकलेट दी तो सबकी ओर एक गद्गद् निगाह डालकर बैठ गई। पढ़ाई के एवज में दोपहर का खाना तो सबको मिलता था पर उसमें सिर्फ एक चावल दाल और एक सब्जी रहती, कभी कभी मिठाई का एक टुकड़ा भी! पर चॉकलेट उनके लिये बेशकीमती चीज़ थी जो ठीक से पढ़ाई करने के इनाम में मिलती थी।

खाने का ब्रेक होते ही कुछ बच्चे मेरी मेज़ के इर्द गिर्द जैसे एक राज़ खोलने की कोशिश में पास आये—"टीचर टीचर, रेशमा का पप्पा न मूका है इसके लिये वो ऐसे ऐसे हाथ से बात करती है!"

"मूका मतलब?"

"मूका मतलब वो सुनता बोलता नहीं। वो गूँगा है!"

"अच्छा? तब तो तुमलोगों को रेशमा और भीमा के साथ प्यार से रहना चाहिये, है न?...!"

बच्चे चले गये और मैं सोच में पड़ गई। इतने छोटे छोटे बच्चों में भी एक सहपाठी की तारीफ से झट से उसे नीचा दिखाने का भाव आ गया जबकि वह सहानुभूति का पात्र था।

उस शाम रेशमा और भीमा की माँ को मैंने ध्यान से देखा और इशारे से उसे बुलाया। उसके चेहरे पर एक अजब सा संतोष और सुकून का भाव था जो आम तौर पर मजदूरिनों के चेहरे पर कम ही दिखता है। वह घबरा गई—"बच्चा लोक परेशान किया टीचर तुमको?"

"अरे नहीं, तुम्हारे बच्चे तो सबसे होशियार हैं पढ़ने में।...मुझे तुमसे यह पूछना था कि तुम्हारा मरद क्या बोलता...सुनता नहीं?"

' हाँ, व्वो ऐसाच है शुरू से!"

"पर तुम तो ठीक हो। ऐसे आदमी से शादी कर दी तुम्हारे माँ बाप ने!"

“वो लोग नईं टीचर। मी स्वत: लगन केळी!” वह उँगली में आँचल का सिरा लपेटते शरमाते हुए बोली—“हमारा प्यार का शादी होता, टीचर!”

“ओह!” मैं शर्मिंदा हुई। वैसे तुम...खुश हो न? कैस है वह?”

“फार चांग्ला आहे! टीचर!” वह उमग कर बोली, “कब्भी दारू नईं, मार-पीट नईं, बीड़ी-तमाखू-गुटका नईं, तीन पत्ती नईं! बच्चा लोक को लेकर बैठने का टी वी के सामने। मेरे कू भोत मानता! जो भी जेउन दे दो, अच्छे से खाने का, कब्भी गुस्सा नई किया मेरे कू!”...। और वह दोनों हाथ जोड़कर अभिवादन की मुद्रा में बोली—“मी जाऊँ?”

गर्मी की छुट्टियाँ होने वाली थीं। स्कूल का आखिरी दिन था। बच्चों को लेने उनकी माँ नहीं, उनका पप्पा आ गया। बच्चों जैसी ही बड़ी बड़ी बोलती चमकदार आँखें। मूका।

जिसके कान और मुँह का काम भी आँखें करती हैं इसलिये आँखें ज़्यादा सक्रिय और उजली दिखती हैं। ऐसा मूका!

हथेली से सिर ढकने का और फिर माथे पर घना ताप का इशारा कर उसने समझा दिया कि उसकी औरत को तेज़ बुखार है, इसलिये वह इन्हें ले जाने आया है। वैसे तो खोली पास ही है, बच्चे खुद भी कूदते फांदते चले जा सकते हैं लेकिन उसने आज काम से छुट्टी ली। यूँ भी ठेके का काम है। छुट्टी लेना मुश्किल नहीं है। उसकी औरत तो गार्डेन में कायम का काम करती है। उसका कार्ड बना हुआ है। महीने की पगार मिलती है।

प्रतिमा दी ने इस बीच मूका के बारे में कुछ जानकारी दी थी। वह दस साल से इसी पुताई के काम में है पर काम पक्का नहीं। सबके कॉन्ट्रैक्ट के काम है। ठेकेदार को सस्ता पड़ता है। कोई जवाबदेही नहीं। जिम्मेदारी नहीं। काम बीस के लिये, पीछे खड़े मजूर पचास। दिहाड़ी का तीन सौ। ये जितने टावर दिखाई देते हैं न, सबकी दीवारों पर उसके हाथों से रंग का ब्रश चला है। जो काम दूसरे मजूर आठ घंटे में करते हैं, वह पाँच घंटे में कर देता है। जोखिम का काम तो है पर अब इतना हाथ सध गया है उसका कि बाँस पर एक पैर पर खड़ा हो सकता है। इंगित में बात करने का शहंशाह था वह। जैसे किसी स्कूल में उँगलियों और आँखों के जरिये सँवाद करने की ट्रेनिंग ली हो! ऐसा जीवंत मूका कि उसे मूका कहना खलने लगा। लगा कि पाँच दिन मेरे पास आकर इसने बात की तो मुझे भी मूक-बधिर सँवाद कला में पारंगत बना देगा। वह

लगातार अपनी आँखों और उँगलियों से बोल रहा था और मैं अपनी समझ भर उसकी बात समझ ही रही थी।

वह जाने लगा तो मैंने उसके सिर पर हाथ रखा। गद्गद् होकर अपने दोनों बच्चों की उँगलियाँ थाम वह अपनी खास अदा में 'बतियाता' चल दिया।

अब मैं यह समझ पा रही थी कि कैसे इसकी बोलती आँखों ने एक खूबसूरत कोंकणी कन्या का दिल जीत लिया होगा।

छुट्टियों के बाद जब स्कूल खुला तो मैं तीन दिन देर से पहुँची। चूंकि मैं अवैतनिक स्वैच्छिक काम करती थी इसलिये स्कूल की शिक्शिकाओं पर लागू किये गये कायदे कानून से मैं बाहर थी।

स्कूल पहुँचते ही सुपरवाइज़र ने हादसे की खबर दी। मुझे अपने सुने हुए पर भरोसा नहीं हुआ। बीस दिन पहले मूका चालीस मंजिल के नये टावर में काम करते हुए चौंतीसवें माले से गिर गया था और उसकी मौत हो गई थी। मेरी धड़कन उस पल थम गई। ऐसा हुआ कैसे? वह तो अपने काम में पारंगत था, फिर ऐसी चूक? सुपरवाइज़र ने बताया कि पुताई का काम खत्म हो चुका था, बंधे हुए बाँस उतारे जा रहे थे। ऊपर से नीचे तक उतारे जाते बाँस में से एक बाँस ऊपर वाले मजदूर के हाथ से फिसल कर गिरा। वह चिल्लाया भी पर मूका सुन नहीं सकता था। बाँस उसके सिर पर चोट करता हुआ नीचे जा पड़ा और मूका भी इस अप्रत्याशित चोट से संतुलन खो बैठा। उसके बाद की घटनायें और ज़्यादा परेशान करने वाली थीं। ठेकेदार ने यह कहकर मुआवज़ा देने से मना कर दिया कि हर मजदूर को सेफ्टी बेल्ट दी जाती है पर वे पहनते नहीं क्योंकि जाहिल हैं, आलसी हैं, पहनने उतारने का झंझट कौन करे!...और जान गँवाने पर उनके रिश्तेदार हमारी गरदन पकड़ लेते हैं, इसलिये हम काम पर लगने से पहले इनसे सुरक्शा फॉर्म पर साइन करवा लेते हैं। उसने अंगूठा लगे हुए काग़ज़ सामने रख दिये।

प्रतिमा दी आकर मुझे अपने केबिन में ले गईं। मुझे पानी दिया। बोलीं— यह लड़ाई अब हम सबकी है। उसे अपना हक़ दिलाना हम सब का फ़र्ज़ है। उन्होंने किसी तरह मूका की औरत और बच्चों को यहाँ रोक रखा है वर्ना वह दोनों बच्चों को लेकर अपने भाई के पास गाँव जाना चाहती थी। ठेकेदार झूठ बोलता है। आलस की वजह से ये मजदूर बेल्ट नहीं पहनते, यह सच नहीं है। सेफ्टी बेल्ट ये मजदूर इसलिये नहीं पहनते कि बाँसों को उतारते समय हर दो

मिनट में तो उनकी पोज़ीशन बदलती है, कभी देखा है पुताई के बाद इन्हें बाँस उतारते? कुछ मजदूर रस्सी खोल रहे होते हैं और कुछ एक के बाद एक बाँस पकड़ाते जाते हैं, मशीन की तरह बाँसों को ऊपर से पकड़ने और नीचे उतारने का सिलसिला जारी रहता है। सुस्ताने को दो मिनट नहीं मिलते इन्हें। और एक दिन में जितना एरिया खाली करना पड़ता है, वह खाली न हो तो दिहाड़ी मजदूर की पगार में कटौती कर ली जाती है। ऐसे में वह काम करेगा या सेफ्टी बेल्ट बाँधता खोलता रहेगा जिससे उससे काम की त्वरा में व्यवधान पड़ता है। बेपढ़े लिखे मजदूरों से अंगूठा लगवा लेना कौन सा मुश्किल है। उसे तो दिन भर की मशक्कत के बाद बस, तीन सौ रुपये पा लेने भर से मतलब होता है। ऐसे में एक ज़िन्दगी की कीमत बस एक फॉर्म पर लगाया अंगूठा। हमने एडवोकेट रुखसाना से बात की है। उन्होंने केस दर्ज़ किया है।

कक्शा में पहुँचते ही माहौल में अजीब सा भारीपन महसूस हुआ। रेशमा और भीमा मुझसे नज़रें चुरा रहे थे। मैं उनके पास गई तो वे मुझसे लिपट कर जोर जोर से रोने लगे। उनके रोने का सुर तेज़ होते होते बप्पा और आई की गुहार में बदल गया। मैंने दोनों बच्चों को अपने साथ घर ले आने की इजाज़त माँगी तो प्रतिमा दी ने कहा—बिल्कुल ले जाओ, इनका मन भी कुछ बहल जाएगा।

रेशमा और भीमा पहले तो घर को आंखें चौड़ी करके देखते रहे पर जैसे ही शोभाताई ने उनकी भाशा में बोलना शुरु किया तो वे सहज हो गये। शोभाताई ने उनको बड़े प्यार से अपने पास बिठाकर खाना भी खिलाया पर वे मुँह में कौर ऐसे डालते रहे जैसे चुराई हुई चीज़ को छिपा रहे हों। वे इतने डरे सहमे से थे कि वह उनको सहज करने के लिये खिलौनों का अपना पूरा खजा़ना निकाल लाई।

चिल्की खुश हुई कि उसके साथ खेलने के लिये दो बच्चे अब उसके साथ थे। मैं कभी कभी स्कूल से बच्चों को अपने घर ले आती। चिल्की को रेशमा का साथ मिल गया था जो उसकी उम्र की ही थी पर दुबली थी सो एक दिन चिल्की ने खुद अपनी एक फ्रॉक निकालकर रेशमा को पहना दी और मैं जब दोपहर की झपकी लेकर उठी तो देखा रेशमा पीठ कर मेरे सामने खड़ी है और चिल्की हँस रही है—

"दादी बताओ तो, ये कौन है?"

"अरे वाह! तूने तो रेशमा को चिल्की बना दिया?"

"नहीं दादी, मैं इसकी तप्पू हूँ और ये मेरी इचकी!...पर दादी, हम लड़ते

नहीं उन लोगों की तरह!"

वह 'उतरन' सीरियल की बात कर रही थी।

कभी कभी उसकी माँ भी रात को आकर यह धारावाहिक देखती और फिर बच्चों को साथ ले जाती।

एक दिन मैं लौटी तो चिल्की दौड़ती हुई मेरे पास आई—बताओ दादी, मेरे हाथ में क्या है? उसने दोनों मुट्ठियाँ कस कर बांधी हुई थीं कि मुट्ठियों में क़ैद चीज़ मुझे दिख न जाये। मैं क्या कयास लगा पाती भला! मैंने कहा—चॉकलेट? ऊँ हूँ! जेम्स? ऊँ हूँ! मोती? ऊँ हूँ! टॉफीज़? ओफ्फोह! बुद्धू दादी! देखो, बेसब्र सी चिल्की ने दोनों मुट्ठियाँ खोल दीं। उसमें एक हथेली में सुनहरी चमकती गोलियों जैसा कुछ था और दूसरे में रूपहली गोलियाँ! मैंने दो तीन दाने उठाये और सूँघने लगी।

"ओफ्फोह दादी! ये सूँघने और खाने की चीज़ नहीं, खेलने की चीज़ है!"

"अच्छा?" मैंने हैरानी ज़ाहिर की—"कहाँ से आईं?"

"ये ना "मणि" हैं, इसको मणि कहते हैं, इसमें छेद करके धागे में डालकर गले में इसकी माला भी पहन सकते हैं!" चिल्की मुझे दादी अम्मा की तरह समझा रही थी—"और ये ना...। रेशमा ने बनाईं। कचरे के डिब्बे में कल सारे चॉकलेट्स के रैपर्स पड़े थे न, उनको गोल गोल करके ऐसे ऐसे बना दिया और...और...देखो...।" वह मुझे घसीटती हुई रसोई की ओर ले गई।

रसोई के साथ लगे स्टोर रूम की दीवार में खाली डिब्बों को गिफ्ट रैपिंग पेपर्स से लपेट कर एक के ऊपर एक सजा कर उनका घर बना रखा था। एक प्लेट में ये मणियाँ सजा रखी थीं। एक लंबी सी ट्रे में पानी डालकर स्विमिंग पूल बनाया हुआ था, उसके किनारे किनारे डॉमिनोज़ पित्ज़ा के डिब्बे में आने वाली प्लास्टिक की तिपहिया मेज़ों को सजा रखा था। टूथपिक्स को जोड़कर पेड़ के तने का आकार दिया था। कुछ छींटदार कपड़ों की कतरनों की भी सजावट कर रखी थी। मैं देखती रह गई—अनोखा फार्महाउस। चिल्की ने नहीं, रेशमा ने! मेरे चेहरे पर कौतुक देख तालियाँ बजाकर हँस रही थी—"देखा दादी, कितना सुंदर घर बनाया है!"

चिल्की अपने जन्मदिन पर मिले तोहफों को खोलते समय भी इतनी खुश नहीं हुई थी जितना उसके फेंके गये गिफ्ट पेपर और चौकलेट के रैपरों से बने इस अनोखे सजे घर को देखकर हो रही थी।

मैंने चिल्की के गाल पर प्यार से चिकोटी काटी और दोनों लड़कियों की कारीगरी पर निहाल होती रही। लड़कियों की रगों में जन्म से ही यह साज संभाल होती है। टूटी फूटी और कचरे में फेंकने वाली चीज़ों से भी सजाने सँवारने का संस्कार अपने आप पैदा हो जाता है। यह ज़रूर रेशमा की कारीगरी थी जो चिल्की को भी लुभा रही थी।

चिल्की को अब अच्छा लगने लगा था। दरअसल मुंबई के बड़े टावर में रहने का निर्णय इसीलिये लिया था कि बच्चे अपने हमउम्र साथियों में मुतमइन रहेंगे खेलेंगे और खाली वक्त उन्हें परेशान नहीं करेगा। यही सोचकर इस इक्कीस मंजिला इमारत में बेटे ने घर ले लिया था पर चिल्की को दोस्तों की परेशानी यहाँ भी थी। ज़्यादातर फ्लैट में अधेड़ दम्पति थे जिनके बच्चों ने उनके रहने के लिये तीन बेडरूम वाला राजसी फ्लैट ले दिया था और अपनी ज़िम्मेदारी से मुक्त हो गये थे। कुछेक युवा दम्पति ज़रूर थे पर उन्होंने बच्चों को पंचगनी या ऋशि वैली के हॉस्टल में डाल रखा था और वे सिर्फ गर्मी की छुट्टियों में इस टावर में दिखाई देते थे।

एक दिन रेशमा और भीमा को लेकर आ रही थी कि हमारे टावर के चेयरमैन ने सोसायटी के ऑफिस में आने का फ़रमान जारी किया। अर्जेन्ट है। पाँच मिनट के लिये आ जायें। मैंने सोचा—हमेशा की तरह लीकेज का मामला होगा। ऐसे टावरों में जिसके बाथरूम या किचन में पानी का रिसाव होता ही रहता है। बच्चों को शोभाताई के पास छोड़कर वहाँ पहुँची गई तो तीन कमेटी मेम्बर और बैठे हुए थे। मेरे अंदर आते ही सबने एक दूसरे की ओर देखा जैसे तय नहीं कर पा रहे कि किसको बात शुरु करनी है।

मैंने उनका असमंजस पढ़ा—"क्या बात है, कुछ खास...?"

"जी, देखिये मैडम!" मिस्टर मलकानी बड़े सधे सुर में बोले—"आपको तो मालूम है कि हमारा टावर सबसे पहला टावर है! दूसरे सभी टावरों में तीन तीन लिफ्ट हैं जिनमें से एक सर्विस लिफ्ट है। लेकिन हमारे टावर में सभी इसी लिफ्ट में आते-जाते हैं।"

"हाँ, तो...?" बात का सिरा मेरी पकड़ में नहीं आ रहा था।

"आप मोबाइल क्रेश में काम करती हैं। हमें बहुत अच्छा लगता है कि

आप गरीब बच्चों के लिये कुछ कर रही हैं। आप ज़रूर करें। पर ऐसा है कि ये कामवालों के बच्चे बार बार आपके घर आते-जाते हैं, यह दूसरे लोगों को ठीक नहीं लगता। हम तीसरी सर्विस लिफ्ट की प्लैनिंग कर रहे हैं ताकि मेड और सर्वेन्ट्स के लिए, सामान लेने ले जाने के लिये अलग बंदोबस्त करवाया जा सके। लेकिन जब तक वह लिफ्ट नहीं बनतीं, आप स्कूल तक ही अपना सोशल वर्क रखें, उसे घर पर लेकर न आयें।"

"मिस्टर मलकानी! बच्चे बिल्कुल साफ सुथरे हैं, सलीके से रहते हैं, साफ कपड़े पहनते हैं, किसी से बेअदबी नहीं करते, आप लोगों को उससे क्या परेशानी है?" मैं अपना आपा खो रही थी।

"मैडम, आप बुरा मान गईं। माफ कीजिये, साफ कपड़े देकर आप शक्ल सूरत तो नहीं बदल सकते। आप अपनी ग्रैंड डॉटर को बाहर उनके साथ खेलने के लिये ले जाइये...लेकिन बार बार यहाँ लाती हैं, कई लोग हमसे शिकायत कर चुके हैं। हमने सबको प्रॉमिस किया है। आप अगर इसे बढ़ाना चाहती हैं तो ए। जी। एम। में हम इस मुद्दे पर बात करेंगे।"

उस दिन के बाद से मैं चिल्की को कभी अपने स्कूल ले जाती, कभी उनसे मिलवाने गार्डेन। अपनी लिफ्ट में चढ़ते हुए मुझे अपने को ही नहीं, उन बच्चों को भी अपमानित करने का कोई हक नहीं था।

अब चिल्की रेशमा और भीमा को याद कर रही थी।

मधुमक्खी कमरे से बाहर जा चुकी थी। शोभा ताई बड़े इत्मीनान चिल्की को किस्से सुना रही थी—कैसे यह पूरा इलाका पहले जंगल था और यहाँ पेड़ ही पेड़ थे, आम के पेड़ जामुन के पेड़ और उन पेड़ों में हजारों चिड़ियों तोतों का बसेरा। जहाँ अब हम रहते हैं न, यहाँ पहले ये मक्खियाँ, रंगबिरंगी चिड़ियाँ, तितलियाँ, साँप, चीते और सामने दिखते लेक में मगरमच्छ रहते थे। उन्हीं का बसेरा था यह इलाका। रात रात को आराम से घूमते टहलते थे। तब रात को इस रास्ते कोई डर के मारे आता जाता नहीं था—कोई शेर चीता आ गया तो।

"यू मीन टाइगर, ताई? खा जाता है आदमी को?"

"अब नहीं! अब तो कोई शेर, चीता भूले भटके आ जाता है तो मार दिया जाता है! उसके छिपने के लिये पेड़ और जंगल कहाँ हैं! पेपर में पढ़ते हैं न! आज शेर को मारा, मगरमच्छ को मारा। ग़लती से बाहर निकल आया था। मर गया!" उसे कहानियाँ सुनाते छोड़ मैं आकर अपने कमरे में लेट गई।

शाम को मैं लेटी ही थी कि जोर से घंटी बजी। दरवाज़ा बंद होने की आवाज़ के साथ साथ शोभाताई ने धड़धड़ाती हुई अंदर आई और खिड़कियों के पल्ले सरकाकर बंद किये और उन्हें हिलाकर आश्वस्त हो गई कि वे लॉक हो गये हैं। पूछने से पहले ही वह बोली—इक्कीस माले पर मधुमक्खी का छत्ताा तोड़ने वाले घाटी लोग आया, दरजा जाली सब बंद करने का!

"बिल्डिंग में छत्ताा?" मैं हैरान थी।

मैंने इक्कीसवें फ्लोर पर फोन मिलाया—"मिसेज़ रमानी! आपके घर के बाहर मधुमक्खी का छत्ताा है?"

"हाँ, हज़ारों मक्खियाँ जब देखो तो बैठी भिन भिन करती हैं। इन लोगों को बुलाया है, बड़ी मुश्किल से इनका नम्बर पता चला। सिर मुँह पर कपड़ा बाँध रहे हैं अभी! आप अपनी सारी खिड़कियाँ बंद कर लो। मैंने फोन लगाने को सिक्योरिटी में कह दिया है।"

"हाँ, वो तो बंद कर लिया है पर घर के बाहर की दीवार पर इतना बड़ा छत्ताा बन कैसे गया?"

"अब क्या बताऊँ आंटी! वो रोमिल का कमरा है! एक साल हो गया। उसने कभी परदा ही नहीं खोला। जितनी देर घर में रहता है, ए सी चलता है। बाहर देखा ही नहीं। वो तो छत्ताा पूरी दीवार जितना बड़ा होने के बाद जब दरवाज़े के काँच पर दिखने लगा, फिर समझ में आया कि क्या आफत आ गई है। खैर जी, आप दरवाज़े बंद कर लेना आंटी! बाद में कोई कहे ना कि हमें बताया नहीं।"

उधर बीसवें फ्लोर पर घर्र सी आवाज़ के साथ ड्रिल मशीन जैसे चलनी शुरु हो गई। इस आवाज़ ने फिर माहौल में खलल पैदा किया।

जैसे रईस औरतों के लिये कहा जाता है कि उन्हें जब कोई काम धाम नहीं होता तो गहने तुड़वाने, गहने गढ़वाने लग जाती हैं, वैसे ही इन टावरों के नियो रिच क्लास के लिये भी कहा जा सकता है कि जब काला पैसा छिपाने की जगह कम पड़ जाती है तो वे बाथरूम या बैठक के फ़र्श की पुरानी टाइलें तुड़वाकर डिज़ाइनर टाइलें लगवाने पर आमादा हो जाते हैं। इसे झेलना पड़ता है हम जैसे लोगों को जो बिल्डर की दी हुई दीवारों और फ़र्श को एक नियामत मानकर उसमें ज़रा सा भी फेरबदल करना गवारा नहीं करते इसलिये दूसरों के घर चलती उठा पटक, तोड़ फोड़ और उससे पैदा होते शोर के प्रदूशण से हलकान होते रहते हैं।

कई बार पड़ोसनें आकर मेरे नुमाइशी फ्लैट के बारे में यह तंजिया ऐलान

कर चुकी थीं कि बिल्डर ने कैसी दीवारें और फलोरिंग बनवा कर दी थी, इसे देखना हो तो आंटी का एंटीक हाउस पेशे खिदमत है!

आधे घंटे में फिर शोभाताई हाज़िर थी—"वो घाटी लोग आया, ताज़ा 'मध' बेचने को! सस्ता है! बाज़ार में चार गुना दाम पर भी ऐसा असल 'मध' मिलेंगाच नेई!"

दो पहलवान नुमा आदमी हाथ में शहद की भरी बाल्टियाँ लिये खड़े थे—"मैडम, जल्दी बोलो, लेने का होएँगा तो! एकदम शुद्ध मधु। बाहर मिलेंगाच नेई!"

देखा—दो बाल्टियाँ भरी थीं।

"इतना सारा शहद एक छत्ते से निकला?" मैं हैरान थी।

"एक कायकू। तीन छत्ता साफ करके आया। लेना है तो बोलो नहीं तो...।"

"देखूँ।" मैं आगे बढ़ी तो देखा तो शहद की ऊपरी तह पर मरी हुई बेशुमार मक्खियाँ तैर रही थीं।

मैं पीछे हट गई—"अरे! इसमें तो मक्खियाँ मरी हुई हैं!"

"मध मक्खी लाता ना तो वोईच निकलेगा न, तितली जुगनू तो नई मिलेगा? दस बीस तो पकड़ कर रखता है न मध को—जान जाए तो जाए।...टाइम खोटी करने का नेई आंटी। तीन सौ रुपया किलो! लेने का है तो बोलो!"

शोभाताई पीछे खड़ी बोल रही थी—"ले लो ममी जी, चालनी से छान के, बाटली में भर के, गरम पानी में रखेंगा तो साफ हो जाएँगा!"

पर बाल्टियों में भरा सारा शहद और उसके ऊपर अपनी शहादत देती मक्खियाँ, मुझे अजीब सी बेचैनी से भर रही थीं। मैंने जैसे ही "ना" में सिर हिलाया, वो बड़बड़ाते हुए निकल गये—"आंटी! सोना चाँदी च्यवनप्राश खरीदो, इसका किम्मत नईं समझेंगा तुम लोग!"

वे सीढ़ियाँ उतर गये तो मैंने चैन की साँस ली।

शोभाताई चिल्की को जूते मोजे पहनाकर तैयार कर रही थी।

"चल चिल्की बेटा, आज तुझे मैं गार्डेन में ले जाती हूँ!"

"वहाँ रेशमा भीमा आयेंगे न! दादी?"

"आएँगे न!" मैंने चिल्की को आश्वासन देती अपनी आवाज़ को खोखला पाया। चिल्की दरवाज़े के पास आकर प्रस्थान की मुद्रा में आ गई थी, "बा...य,

शोभा ताई, मी आज्जी संग जाती!" चिल्की ने शोभाताई तक अपनी गुहार पहुँचाई और फुदकते हुए नीचे जाने के लिये लिफ्ट का बटन दबा दिया।

गार्डेन की ओर जाने वाले रास्ते की ओर मैं बढ़ रही थी तो चिल्की ने झट से मेरी उँगलियों को अपनी मुट्ठी में थाम लिया। अपने सहारे के लिये नहीं, मुझे सहारा देने के लिये। एक बार मैं ढलान पर थोड़ा लड़खड़ाई थी, तब से वह बाहर सड़क पर आते ही, मुझे संभालना अपनी जिम्मेदारी समझती थी।

अभी हम पाँच कदम चले ही थे कि हमारे कदम यक ब यक थम गये। सामने के पूरे रास्ते पर हज़ारों मक्खियाँ बिछी पड़ी थीं। मृत! बेजान! निश्चेश्ट! दूर कोने से, एक स्वीपर मोटे झाड़ू से उन्हें बुहार रहा था। हवा में अब भी छितरायी गई गैस की गंध थी।

तो वह ड्रिल मशीन नहीं थी जो बीसवें फ्लोर पर चल रही थी, वह फ्यूमिगेटर थे! इक्कीसवें माले पर मधुमक्खी का छत्ताा छेड़कर, मक्खियों को हंकालने में सिद्धहस्त खास कारीगरों के आक्रमण बाद, तितर-बितर हुई और नीचे की ओर आती हुई मक्खियों को बीसवें फ्लोर से फ्यूमिगेटर द्वारा ख़त्म करने का यह एक सुनियोजित मिशन था जिसके तहत मक्खियाँ अपने महीनों या बरसों के बुने हुए छत्ते और जमा किये शहद के खजाने से बेदखल कर दी गई थीं।

मेरे पैर थमे और मैं पीछे मुड़ने को हुई तो देखा, मेरी उँगलियों पर चिल्की की मुट्ठी की पकड़ पहले ढीली हुई, फिर वह मूर्तिवत ख़ड़ी रह गई। उसका शरीर जैसे एक कंपकंपी से हिलकने लगा और कुछ सेकेंड बाद ही वह सुबक सुबक कर रो रही थी।

मैंने उसके कंधे पर हाथ रखा तो मेरी ओर उसने ऐसी कातर नज़रों से देखा जैसे कहती हो—"दादी, इतनी सुंदर मक्खियों को किसने ऐसे मारा? दादी, इन्हें मर क्यों जाने दिया? क्यों?"

मेरे पास कोई जवाब नहीं था। सामने मधुमक्खियों की पूरी सेना ध्वस्त पड़ी थी। उनकी दो बारीक काली नोक जैसी मूँछें किसी लोहे की काली तारों की तरह खिंची हुई थीं। उड़ते हुए सुनहरे पारदर्शी पंख अब अंदर की ओर सिकुड़ कर किसी प्लास्टिक की तरह अकड़े हुए थे।

कुछ ही मिनटों बाद बेजान बना डाले गये इन सुनहरे पंखों का ढेर, पार्क के किनारे किनारे बनाये गये हरे रंग के खूबसूरत डस्टबिन में बिछे, चिकने काले प्लास्टिक के गारबेज बैग में होगा और हम साफ सुथरी सड़क पर बड़े आराम से चल रहे होंगे!

दोपहर

*

विवेक मिश्र

गर्मी की दोपहर का सन्नाटा गली में साँय-साँय करता। जब अपनी ननिहाल में, छुट्टियाँ बिताने आए, हम तीनों भाई-बहिनों को, मामा के पाँच बच्चों के साथ, दिन के ग्यारह बजते-बजते, खिला-पिलाकर, दुमंजिला मकान की बैठक कहे जाने वाले, नीचे के कमरे में लिटा दिया जाता। यह घर का सबसे बड़ा और ठंडा कमरा होता। बैठक के बगल वाले कमरे में, जिसे बुंदेलखंडी में पौर कहा जाता, अपनी भारी-भरकम काया को, खरारी खाट पर, किसी तरह अटाने की कोशिश करते हुए, नाना लेटे रहते। गर्मी के दिनों में उनकी भेष-भूषा विचित्र ही होती। वह इस मौसम में अपने शरीर पर एक पट्टेदार, नड़ियल, किसी ढीले झोले के जैसे अंडरवीयर के अलावा कोई और कपड़ा सहन नहीं कर पाते। बाहर से आने वालों को यह अजीब लगता रहा होगा, पर हमें उनको इस रूप में देखने की आदत पड़ चुकी थी। घर की औरतें जिसमें नानी, छोटी मौसी और इन दिनों में हमारी माँ और बड़ी मौसी भी शामिल होतीं, बखरी(आँगन) के पीछे, घर के आखिर में बने कमरे में आराम करतीं, जिसे वहाँ मड़हा कहा जाता। मड़हे में हमेशा फर्श पर लिपे गोबर और मिट्टी की डहरों में भरे गेहूँ की गँध आती रहती। मड़हे में धीरे-धीरे होती बातें किसी तरह भी बखरी पार करके बैठक या पौर तक नहीं पहुँचतीं।

बैठक के फर्श पर लेटे बच्चों के लिए बैठक की छत किसी सिनेमा हॉल के पर्दे की तरह होती। बैठक के दरवाज़े की बारीक संधों से हल्की-हल्की रोशनी छत की शहतीरों पर पड़ती। जब भी कोई गली से गुजरता दरवाज़े से भीतर आने वाले प्रकाश स्तंभ धीरे-धीरे हिलने लगते और बैठक की छत पर विचित्र-सी आकृतियाँ बनने-बिगड़ने लगतीं, जिन्हें देखकर बच्चे अक्सर ही कानाफूसी करने

लगते। एक कहता 'बताओं गली में कौन जा रहा है।' दूसरा बनती बिगड़ती छाया को देखकर अंदाज़ा लगाता, '...कोई औरत है।' तब तक पहला फिर से बोल पड़ता, 'औरत नहीं कोई बुड्ढ़ा कमर झुका कर लाठी टेकता हुआ निकला है।' तभी एक धीरे से उठकर अपनी एक आँख मीचता और दूसरी दरवाज़े की सन्ध में लगा देता, पर बाहर आँखें चुँधियाती तेज़ धूप में कुछ भी दिखाई नहीं देता। गली के पत्थर जिन्हें वहाँ सब रिपटा कहते, भट्टी के कोयलों की तरह तप रहे होते। वह चुपचाप आकर फिर अपनी जगह फिट हो जाता। पौर में लेटे नाना बैठक से आती बच्चों की खुसुरफुसुर सुन कर वहीं से, सभी को एक साथ ही गरियाने लगते थे। बच्चे भी उनकी डाँट सुनकर साँस साध लेते और उनके खर्राटों के शुरू होने का इन्तज़ार करते, जैसे ही उनके खर्राटे सुनाई देते बच्चे फिर शुरु हो जाते। कोई एक दबे पाँव उठता और धीरे से बैठक का दरवाज़ा खोलकर गली में झाँकता और फिर झट से दरवाज़ा बंदकर अपनी हँसी गले में दबाए, दाँत भींचे अपनी जगह आ लेटता। पहला फिर पूछता, 'कौन निकला था दरवाज़े के सामने से।' उठकर झाँकनेवाला कहता, 'न आदमी, न औरत, न लाठी टेककर चलने वाला कोई बूढ़ा।' दूसरा पूछता, 'तब फिर कौन? ' झाँकने वाला बहुत इतराते हुए धीरे से दूसरे के कान में कहता, 'कोई नहीं था, दद्दू की मर्खनी गाय थी।" इस तरह की बेमतलब बातें लगभग रोज़ ही होतीं और सबके सब ऐसी ही किसी बेमतलब बात पर खीं खीं करके हँस पड़ते। नाना फिर झुँझलाकर एक भद्दी सी गाली देते। सब चुप हो जाते।

दोपहर का सन्नाटा धीरे-धीरे और बढ़ जाता। गली में आवाजाही पूरी तरह बंद हो जाती। दरवाज़े की सन्धों में से भीतर आती रोशनी की लकीरें भी हिलना-डुलना बंद कर देतीं। बच्चे धीरे-धीरे नींद के हिड़ोले में झूलने लगते। पौर में नाना जी के खर्राटे निरन्तर गूँजते रहते। नाना जी के इन खर्राटों की लय टूटती, दोपहर बीतने से ज़रा-सी देर पहले गली के छोर से आती एक बड़ी ही विचित्र, कर्कश और दर्दभरी आवाज़ से। यह आवाज़ गली के उस सिरे से आती, जो सिरा गाँव के बाज़ार वाले चौड़े रास्ते पर खुलता। इस आवाज़ से अलसाया हुआ बाज़ार भी धीरे-धीरे अँगड़ाइयाँ लेता हुआ शाम की दुकानदारी के लिए तैयार होने लगता। उस आवाज़ में कुछ ऐसी बात थी जिससे वह सुनने वाले की स्मृति में सदा के लिए घर कर लेती। वह आवाज़ इतने दिनों बाद भी मेरी स्मृति में बसी हुई है। मैं आज भी उसे सुन सकता हूँ। वह मन में दया, करुणा और विरक्ति के भाव पैदा करती। उसे सुनकर कुछ लोग मुँह फेर लेते और कुछ आपस में उसके पीछे छुपी दर्द भरी कहानी के समय के साथ पुराने

पड़ते जाते रेशों को बिलगाने लगते।

उस आवाज़ को सुनकर बैठक में सोए बच्चे आँखें मलते हुए एक-एक करके पौर में आ जाते। नाना भी अपने जनेऊ से पीठ खुजलाते हुए उठ बैठते। भीतर आँगन पार करके मड़हा में सोती औरतें अब ज़ोर-ज़ोर से बतियाने लगतीं। बखरी के कोने में बने चौके से पीतल की टंकी वाले स्टोव में हवा भरे जाने की आवाज़ आने लगती। शाम की चाय हमेशा स्टोव पर बनती, पर खाना चूल्हे पर बनता। स्टोव पर सिकी रोटी में नाना को मिट्टी के तेल की गन्ध आती। इसलिए स्टोव केवल चाय के लिए ही प्रयोग होता। चाय बनकर बैठक में आते-आते गली में धूप थोड़ी धीमी होकर दीवारों से ऊपर खिसकने लगती, लेकिन लू की झार आँखों में लगनी बंद नहीं होती। बच्चे भीतर बखरी में बनी हौदी से पानी लाकर बाहर चबूतरे पर छिड़कने लगते। तपती ज़मीन पर पानी के पड़ते ही उमस का भवका हवा मैं तैरने लगता। हवा में उठती भाप के थोड़े कम होते ही नाना अपनी कुर्सी बाहर निकाल कर चबूतरे पर बैठ जाते। वह हर बात से उबे हुए लगते। वह नंगे पाँव गली में बकरियों के झुंडों को हाँकते हुए बच्चों को बड़े ध्यान से देखते। उन बच्चों के पाँव तलवे जला देने वाली ततूरी से पलट-पलट जाते। गायें अपने आप ही पूँछ हिलाती घरों को लौटने लगतीं। बखरी में बँधे बछड़े अपनी माँओं से मिलने के लिए जी छोड़कर रँभाने लगते। ऐसे में दोपहर का सन्नाटा कहीं बिला जाता और चारों ओर एक अज़ीब सा कोलाहल तारी हो जाता, पर ऐसे में सारी आवाज़ों पर हावी होती चली जाती, वह आवाज़, जो गली के बाज़ार में खुलने वाले छोर से आती। नानी किसी बच्चे के हाथों बासी बची रोटियाँ बाहर भेज देतीं। बच्चे रोटियाँ हाथ में लिए उस आवाज़ के और पास आने का इन्तज़ार करते। आवाज़ जैसे-जैसे बाज़ार को पीछे छोड़कर गली में आती, उसका तीखापन और चुभन और बढ़ जाती। आवाज़ के और पास आने पर लगता कि वह जिस गले से आ रही है। वह न तो गा रहा है और न ही कुछ बोल रहा है बल्कि कुछ अधूरे वाक्य, कुछ टूटे-फूटे शब्द गले की अतल गहराई से, रोते हुए किसी काग़ज़ में से पढ़ रहा है। आवाज़ धीरे-धीरे घर के पास पहुँच कर दृश्यमान होती। वह एक पचास-पचपन साल के, मझोली कदकाठी के आदमी के भर्राए गले से निकल रही होती थी। उस धूप में काली पड़ी देह पर एक लँगोटी के सिवा कुछ नहीं होता। वह गली के तपते पत्थरों पर पाँव रखते हुए ऐसे चलता जैसे जानकर उनका ताप सोख लेना चहता हो। हाथों में एक खोखला बाँस और आँखों में एक उजाड़ बार-बार लोगों को उसकी ओर देखने पर विवस करता। आवाज़ के थम जाने पर यह विश्वास करना मुश्किल

हो जाता कि यह आवाज़ इसी जर जर हो चुकी देह से फूटी रही थी। वह हर घर के आगे खड़ा होकर अपने खोखले बाँस के ऊपरी सिरे से एक गुड़ीमुड़ी, धूसर-सा काग़ज़ निकालता। उसे बहुत इत्मीनान से खोलकर फैलाता और फिर उसे पढ़ना शुरू करता। ऐसा करते हुए उसके गले की नसें ऐसे फूलतीं जैसे वे अभी फट पड़ेगीं। बच्चे बड़े ध्यान से उसका पाठ सुनते। सुनते तो बड़े भी, पर वे बच्चों को यह जताते कि इस सब पर वे ध्यान नहीं दे रहे हैं।

वह ऊँचे स्वर में पढ़ना शुरू करता—'मैं बी। आर। भड़ेल/ ईश्वर को हाज़िर-नाज़िर जान कर/ अन्न-जल की शपथ लेकर/ आपके सामने अपनी बात कहना चाहता हूँ/...मुझे आँखों से अंधा बना करके/ कानों से बहरा बना करके/ मेरे दिल-दिमाग़ को कुंठित कर/ उसपर ताला लगा करके/ मुझसे जाली काग़ज़ों पर दस्तख़त करवा करके/ मुझे झूठे गबन के केस में फँसा करके/ मेरे मुँह पर कालिख लगा कर के/ मुझे अंधे कुँए में धकेला गया है।' इसके बाद चारों ओर एक गहरा सन्नाटा छा जाता। कुछ लोग उसकी हथेली पर कुछ पैसे रख देते। कुछ घरों से निकल कर उसको रोटी या खाने की और कोई चीज पकड़ा देते। पर वह इस सब पर ज़रा भी ध्यान नहीं देता। वह किसी के कुछ देने या न देने का इन्तज़ार भी नहीं करता। वह करीने से काग़ज़ को घड़ी करता और खोखले बाँस के ऊपरी सिरे पर बने छेद में उसे खोंस देता। बच्चे उसके हाथ पर रोटी रख देते और वह बाँस को गली के पत्थरों पर टेकता हुआ आगे बढ़ जाता। उसकी आवाज़ धीरे-धीरे दूर होती चली जाती। बच्चे गली पार करके घर के सामने खाली पड़े मैदान में उछल-कूद करने लगते। गरमी थोड़ी कम होने पर लोग घरों से निकल कर बाज़ार की ओर जाने लगते। गली में आवाजाही बढ़ जाती। कुछ लोग आकर नाना के पास चबूतरे पर बैठ जाते। आवाज़ नेपथ्य में डूबती चली जाती। उसका गली से गुज़र जाना किसी दुख का बीत जाना होता। सूरज घर के सामने के मैदान के दूसरे छोर पर मंदिर के भग्न अवशेषों के बीच छुपने लगता। भीतर ढिबरी, लालटेन और हन्डे जलाने की तैयारियाँ होने लगतीं। उनके जलते-जलते मंदिर के भग्न अवशेष पूरी तरह सूरज को लील लेते।

औरतें रात के खाने की तैयारी में लग जातीं। उन सभी के लिए यह बहुत व्यस्त समय होता। अगर चूल्हे-चौके के काम से कोई दूर रहता तो वह थीं, बड़ी मौसी। वह पीछे के मड़हे की छत पर चारपाई बिछाकर टाँगें पसार कर बैठ जातीं। आस-पड़ोस की कुछ औरतें भी उनकी चारपाई के आसपास आ बैठतीं। शाम होते ही, बड़ी मौसी का जी घबराने लगता। उन्हें बिना बत्ती के रहने की आदत जो नहीं थी और यहाँ गाँव में शाम के चार बजते ही बत्ती चली जाती और फिर

रात को ठाकुर की बयारी, प्रसाद और आरती के बाद ही आती। मौसी अपने आस-पास बैठी औरतों को बतातीं कि उनके बँगले में हर कमरे की खिड़की पर खस की टटियाँ पड़ी हैं और दो आदमी सुबह से शाम तक उन टटियों को पानी से तर रखने के काम में लगे रहते हैं। कमरों की छत पर लटके पंखे तो पूरी गर्मी चौबीसों घंटे चलते हैं। हर कमरे में ट्यूबलाईट की सफ़ेद रोशनी होती है। वह यह भी बतातीं कि डिबरी, लालटेन, हण्डे या पीले बल्ब की मरियल-सी रोशनी उन्हें बिलकुल पसंद नहीं। इन्हीं सब वजहों से उनके पति यानी मौसा जी उन्हें मायके नहीं भेजते। इस बार भी यदि नाना की तबियत खराब न हुई होती तो वह यहाँ न ही आतीं। मौसा जी को तो यहाँ, अपनी ससुराल में आए हुए चार साल हो गए। वह रात-दिन व्यस्त रहते हैं। सरकारी नौकरी है और वह भी सिविल इंजीनीयर की। पिछले तीन साल से नहर के काम ने जान ले ली है। यहाँ तक की अपनी बड़की बिट्टी के लिए रिश्ता देखने तक नहीं जा पा रहे हैं। लड़के वाले पिछले डेढ साल से तैयार बैठे हैं। वह बड़े गर्व के साथ बतातीं कि वह कहते हैं कि भाई घर-द्वार बिना अपनी आँख से देखे, हम अपनी बिट्टी नहीं देंगे। जब दस लाख नकद, गाड़ी-घोड़ा, दान-दहेज सब दिल खोल के देने को तैयार हैं, तो फिर घर भी ऐसा देखेंगे कि बिट्टी को कोई तकलीफ़ न हो। औरतें मौसी की बात मुँह बाए सुनती रहती। शायद मन ही मन सोचती हों कि दस लाख में कित्ती बिन्दियाँ लगती हैं। उससे कितने किसानों का कर्ज़ा चुकाया जा सकता है। पर इस सबसे बेखबर मौसी अपनी बात आगे बढ़ातीं, 'अब बिटियाँ सयानी हो गईं, पर उन्होंने अपने हाथ से एक गिलास पानी भरकर नहीं पिया। अब इसीलिए तो उनके पप्पा उन्हें यहाँ, उनकी ननिहाल भी नहीं भेजते।'

रात के खाने का इन्तज़ार करते बच्चे भी बड़ी मौसी की बातें बहुत ध्यान से सुनते। उनकी बातें सुनकर हमें अपने पिताजी याद आने लगते जो दिन भर आफ़िस में सिर खपाने के बाद, शाम को साईकिल के कैरियर पर आटे का कनस्तर लादकर आटा पिसाने जाते। पर उस समय हम अपने पिताजी को भूलकर मौसी की बातों पर ध्यान लगाते और उनकी बातें सुनते-सुनते हम उनके बंगले की खिड़कियों पर लगी पानी से तर खस की टटियों की खुशबू के बारे में सोचने लगते और अन्तत: मौसी की बातें सुनकर हम सब मन ही मन इस बात को मान लेते कि मौसी हम सब प्राणियों से श्रेष्ठ हैं और मौसा जी तो इस जगत के श्रेष्ठतम व्यक्ति हैं। हम यह भी समझ जाते कि मौसा जी जैसे व्यक्ति के लिए यह जगह रहने लायक नहीं है। कारण? अब इसका कोई ठोस कारण नहीं है तो नहीं है। शायद बड़ी मौसी को ऐसा लगता है। इसलिए यही सबसे बड़ा कारण

है। मौसी इस तरह की कुछ न कुछ बात लगभग रोज़ ही सुनातीं और तब तक रात का खाना तैयार हो जाता।

बड़ी मौसी की ऐसी ही गौरव गाथा के दौरान, उस रोज़ मौसी ने, मौसा जी के नए प्रोजेक्ट के बारे में बताना शुरू ही क्या था कि जैसे गज़ब ही हो गया। नाना आज जल्दी ही अपनी कुर्सी छोड़कर बखरी में आकर खड़े हो गए और उन्होंने नानी को बखरी में बुलाने के लिए हमारी माँ को आवाज़ लगा दी। वह नानी को बुलाने के लिए माँ को ही आवाज़ देते थे और नानी भी समझ जातीं थी कि कब वह हमारी माँ का नाम लेकर माँ को ही बुला रहे हैं और कब माँ का नाम लेकर नानी को। पर इस बार नानी से पहले माँ बखरी में हाज़िर हुईं और उनके पीछे नानी भी चली आईं। नाना की आवाज़ में कुछ अनिश्चय था जिससे वह दोनो समझ नहीं पाई थीं कि किसको बुलाया गया था। नाना ने माँ की तरफ़ देखते हुए, नानी को लक्ष्य करके कहा, 'तुम्हारे बड़े जीजा जू कल तुम्हारी जिज्जी को लिवाने खुद आ रहे हैं। पास के ही गाँव में उनका दौरा है, वहाँ से फ़ारिग होकर, दोपहर बाद तक यहाँ पहुँचेंगे।'

माँ के जीजा जू मतलब मौसा जी, बड़ी मौसी के पति, यानी घर के बड़े दामाद, इस समय चीफ़ इंजीनीयर, यानी नहर परियोजना के इन्चार्ज़। यानी साथ में एक ड्राइवर, एक चपरासी, एक बाबू और दो-एक पिछलग्गू। नाना की बात सुनकर नानी का जैसे मुँह सूख गया। उनके गले से आवाज़ ही नहीं निकली। नानी ने बिना कुछ कहे अपनी धोती के पल्लू से पसीना पोंछा और वापस रसोई में चली गईं। माँ जलघरा में पानी का इन्तज़ाम देखने लगीं, जलघरे के बाहर पीने के पानी के रखने की जगह, यानी घिनौंची पर रखी कसैंड़िया, बाल्टी, कलशा आदि खाली करवा कर मातिन से मँजवाने लगीं। नाना अपनी बंडी की जेब में पैसे टटोलते हुए बाहर निकलकर, बाज़ार की ओर चले गए।

बिना कुछ कहे घर में आपातकाल जैसी स्थिति हो गई। सब चुप, सतर्क और सन्नाटे में। बच्चों पर इस सूचना का यह असर हुआ कि उनको रात में मिलने वाली दूध-रोटी का कार्यक्रम स्थगित हो गया। उस दूध का दही जमा दिया गया। छोटी मौसी जिनकी उस समय तक शादी नहीं हुई थी उन्होंने एक अच्छे पार्टी प्रवक्ता की तरह सभी बच्चों को छत पर बुलाकर एक सूचना जारी कर दी। जिसका सीधा मतलब यह था कि कल का दिन बहुत महत्व का दिन है और ऐसे में किसी की भी, कोई भी ग़लती माफ़ नहीं की जाएगी। सुबह सभी बच्चे जल्दी ही नहा धोकर तैयार हो जाएँगे और वे सब पीछे वाले मड़हे में, जहाँ घर की औरतें आराम करती हैं, वहीं बिना चूँ-चपड़ किए आराम करेंगे। अर्थात वह

बैठक, जिस पर दोपहरी में बच्चों का ही एकाधिकार रहता था, सुबह से ही साफ़ करवाकर मौसा जी के लिए आरक्षित कर दी जाएगी। उस रात मामा भी जल्दी ही घर लौट आए थे। उन्हें मौसा जी के आगमन की सूचना रास्ते में ही मिल गई थी। वह घर पहुँचते ही नाना से कुछ कह सुनकर पड़ोस के त्रिपाठी जी के घर से सोफ़ा उठवाने चले गए थे। गली में मेहमान किसी के भी घर आए पर सोफ़ा त्रिपाठी जी का ही इस्तेमाल होता था। खैर उस दिन रात होते-होते मौसा जी के स्वागत के जो भी इन्ज़ाम किए जा सकते थे, कर कराकर सभी लोग निश्चिन्त दिखने का स्वाँग करते हुए अपनी-अपनी जगहों पर सो गए। बड़ी मौसी इस सब गहमागहमी से अलग किसी परिवेक्षक की तरह बैठीं, सबकुछ देखती रहीं।

दूसरे दिन सूरज साँस साधे हुए घर की मुंडेर पर धीरे से निकला। बच्चे दोपहर होते-होते खा-पी कर मड़हे में लेट गए। घर की औरतों ने उस दिन अपना विश्राम करना स्थगित ही रखा। दोपहर के सन्नाटे में बैठक अपने खास मेहमान का इन्तज़ार करने लगी। बड़े दिनों के बाद नाना ने सफेद सूती धोती और खादी का बादामी कुर्ता पहना। मामा भी बाहर के काम निपटा कर जल्दी ही घर लौट आए। नाना मौसा जी के इन्तज़ार में पौर में कुर्सी पर बैठ कर सारी दोपहरी ऊँघते रहे। उस दिन दोपहर का सन्नाटा बाज़ार से उठती उस आवाज़ से नहीं टूटा, जिससे वह कई दिनों से टूटता आ रहा था। बल्कि उस आवाज़ के गली में तिरने से पहले ही, जीप की घर्रघराहट सुनाई देने लगी। यह मान कर कि इस गली में जीप से आने वाला मौसा जी के अलावा और कोई नहीं हो सकता। नाना चैतन्य होने की कोशिश करते हुए पौर से निकलकर चबूतरे पर खड़े हो गए। मामा भी अटारी से उतरकर लगभग दौड़ते हुए बाहर निकले। जीप के घर के सामने रुकते ही उसका पिछला गेट खोल कर उतरने वाले एक आदमी ने ड्राइवर की सीट के ठीक पीछे वाली सीट पर बैठे मौसा जी के उतरने के लिए दरवाज़ा खोला। वह शायद उनका चपरासी रहा होगा। मामा कुछ अचकचाते हुए नँगे पाँव ही गली के गर्म पत्थरों पर उतर गए। रात के अंधियार की छाया लिए थोड़े गहरे नीले रंग का सफ़ारी सूट, बाटा कम्पनी के चमचमाते काले जूते और सुनहली फ्रेम का, धूप-छाँववाला चश्मा पहने, साँवले चेहरे पर रौबीली मुस्कान सजाए मौसा जी जीप से उतरे। उनकी मुस्कान में वहाँ की धरती को धन्य करने के भाव निहित थे। उन्होंने चारों ओर ऐसे दृष्टि दौड़ाई जैसे यहाँ भी वह मुआयना करने के लिए ही आए हों। अब उनकी मुस्कान, चेहरे के रौब में दब गई थी, उनके चेहरे को देखकर लग रहा था, मानो अभी इस जगह को रिजेक्ट करके चल देंगे। मामा उनके हाथ धुलाने के लिए लोटे में पानी लेकर चबूतरे पर खड़े

हो गए। माँ भी हाथ में तौलिया लिए पौर में खड़ी थीं।

मौसा जी ने मामा की ओर देखते हुए कहा, 'अरे भाई दुनिया बदल रही है, पर यहाँ वही बाबा आदम के ज़माने का इन्तज़ाम चला आ रहा है। मैं तो इसीलिए साईट आफिस से ही फ्रैश होकर चला था।...यार बाथरूम छोड़ो, यहाँ एक तरफ एक वाशबेसिन ही लगवा लो, हाथ-वाथ धोने के लिए।'

मामा पानी का लोटा हाथ में लिए खड़े रह गए। मौसा जी पौर से होते हुए बैठक में त्रिपाठी जी के यहाँ से माँग कर लाए गए, तांत से बने सोफे पर आ जा बैठे। नाना जी ने अपने दामाद के आगे हाथ जोड़े। मौसा जी ने उन्हें कृतार्थ करने के अंदाज़ में एक हाथ उठाकर उनका अविवादन स्वीकार किया। उसके बाद बारी-बारी से सभी ने मौसा जी के पैर छुए। इतनी देर में माँ और छोटी मौसी ने मौसा जी के सामने पड़ी छोटी टेबल पर कई छोटी बड़ी तस्तरियों में नाश्ता लगा दिया। हम बच्चों में, उम्र में सबसे बड़ी, मामा की बेटी, नानो दीदी ट्रे में चाय ले आईं।

मौसा जी ने टेबिल पर रखी तस्तरियों की ओर देखते हुए कहा, 'अरे भाई यह सब कहाँ खाता हूँ मैं, फ्राईड-ब्राईड आज कल सब बंद, केवल बुआईल्ड ही खाता हूँ।' मौसा जी के मुँह में भरा पान होठों पर चमकने लगा था। उन्होंने माँ की ओर देखते हुए कहा, 'बस चाय पियूँगा, अपनी जिज्जी से कहो, फटाफट तैयार हो जाएँ।' माँ ने थोड़ा डरते हुए, उनपर अधिकार जताने की कोशिश करते हुए कहा, 'अरे ऐसे कैसे, कुछ तो लीजिए, इतना सबकुछ बनाया है आपके लिए सुबह से लगीं हैं, हम सब। ...और इसके बाद खाना भी खाना पड़ेगा।'

माँ की मनुहार को मौसा जी ने अपने एक सपाट वाक्य से धराशायी कर दिया, 'बस चाय और कुछ नहीं।' वह फिर अपने साथ आए पौर में बैठे लोगों की ओर इशारा करते हुए बोले, 'इन लोगों को खिलाईए।'

माँ शायद कुछ कहना चाहती थीं पर चुप ही रहीं। तब तक कोई बच्चा भागकर बड़ी मौसी से भी जल्दी से तैयार हो जाने की बात कह आया। अब तक मौसा जी का मुँह पान की पीक से भर चुका था। उनके चेहरे पर आई हल्की सी मुस्कराहट से होंठ फैल गए थे। लगता था उनके मुँह में खून लगा है, जिसकी वजह से वह कुछ और खा-पी नहीं सकते। चाय उनके सामने थी, जिसे पीने के लिए मुँह में भरी पान की पीक का थूका जाना ज़रूरी था।

मौसा जी की आव-भगत में किसी ने ध्यान ही नहीं दिया था कि रोज़ दोपहर बीतने की खबर लानेवाली दर्द भरी आवाज़ घर के बहुत पास आ चुकी थी। उसने अपना खोखला बाँस घर के सामने, गली के पत्थरों पर टेककर, अपना

पर्चा निकालकर पढ़ना शुरू कर दिया था। उसकी आवाज़ की वेदना आज किसी के मन को भेद नहीं रही थी। सबका ध्यान मौसा जी पर था।

मौसा जी पान की पीक थूकने के लिए पौर में से होते हुए बाहर चबूतरे पर आ गए। उनके पीछे पानी का लोटा हाथ में लिए मामा जी भी बाहर आ गए। अब तक बड़ी मौसी भी तैयार होकर पौर में आ गईं और मौसा जी के साथ आए लोगों से उनका हालचाल पूछने लगीं। बाहर मौसा जी ने चबूतरे के बाईं ओर पुच्च से पान की पीक पिचक दी। मैं चबूतरे के दूसरे कोने में खड़ा मौसा जी को बड़े ध्यान से देख रहा था। तभी अचानक मेरा ध्यान उस आवाज़ पर गया जो आज पहली बार अपना पूरा पर्चा पढ़े बगैर बीच में ही रुक गई थी। मौसा जी पानी का लोटा मामा के हाथ से लेकर कुल्ला करने लगे। कुल्ला करने के लिए मुँह में लिया हुआ पानी मौसा जी बाहर निकाल पाते कि वहाँ कुछ ऐसा घटा कि लगा धरती डोल गई है।

दोपहर ढल चुकने के बाद भी धूप की तेजी कम नहीं हुई थी, फिर भी पलभर को ऐसा लगा जैसे वहाँ अँधेरा हो गया हो। आज दर्द से भरी उस आवाज़ में काँटे निकल आए थे। भिखारी, पागाल, असहाय सालों से अपनी आप बीती एक काग़ज़ में से पढ़ कर सुनाने और घर-घर जाकर अपनी बेगुनाही की बात कहने वाले, जर-जर हो चुकी औसत कदकाठी के, अपना नाम बी। आर। भड़ेल बताने वाले ने अपना खोखला बाँस, कुल्ला करने के लिए मुँह आसमान में उठाए चबूतरे पर खड़े मौसा जी के माथे पर दे मारा। उनके मुँह में भरा पानी कुछ इस तरह से बाहर निकला, लगा मुँह में भरा खून बाहर निकला हो। एक पतली खून की धारा उनके माथे से निकलकर, उनके धूप-छाँव के चश्मे के नीचे से बहती हुई, उनकी नाक के नीचे उतरती चली गई। लोटा हाथ से छूट कर गली में लुड़क गया। मामा जी चबूतरे से कूद कर, कुछ कर पाते कि खोखला बाँस एक बार फिर घूमा और मौसा जी के पैरों से टकराया। अबकी बार मौसा जी ज़मीन पर भर भराकर गिर गए। बाँस एक बार फिर घूम पाता उससे पहले मामा जी ने दोनो हाथों से बाँस कसकर पकड़ लिया। मौसा जी के साथ आए उनके स्टाफ के लोगों ने आगे बढ़कर अभी भी बाँस का एक सिरा पूरी ताकत से थामे, उसे मामा जी से छुड़ाने की कोशिश करने वाले बी। आर। भड़ेल को लातों से मार-मारकर ज़मीन पर गिरा दिया। वह काग़ज़ जिसे पढ़कर बी। आर। भड़ेल अपनी कहानी सुनाते थे, गली के उस छोर की ओर उड़ गया, जो बाज़ार की ओर खुलता था। बाज़ार की तरफ से कुछ दुकानदार, कुछ पल्लेदार अचानक शुरू हुए इस तमाशे को देखने के लिए भागे आ रहे थे। गली में उड़ता बी।

आर। भड़ेल का वह लिखित बयान, वह धूसर-सा काग़ज़ शायद उनके पैरों के नीच कहीं कुचल गया। बड़ी मौसी अपनी साड़ी के पल्लू से मौसा जी के माथे से बहता हुआ खून रोकने की कोशिश करने लगीं। मौसा जी का स्टाफ बी। आर। भड़ेल को अभी भी पीट रहा था। नाना जी गली में उतर कर ज़ोर ज़ोर से चिल्ला रहे थे। वह कह रहे थे इसको छोड़ो पहले इंजीनीयर साब को अस्पताल ले चलो। बच्चे, छोटी मौसी, माँ और नानी पौर के दरवाज़े पर खड़े यह सब आँखें फाड़े देख रहे थे। तभी मैंने देखा कि ज़मीन पर पड़े बी। आर। भड़ेल, जिन पर लगातार लात-घूँसे बरस रहे थे, वह किसी भी तरह का प्रतिरोध नहीं कर रहे थे। वह मौसा जी के माथे से बह आए खून से सने हुए उनके चेहरे को बड़े ध्यान से देख रहे थे। एक लम्बे समय से उनकी आँखों में स्थिर रहे आए शून्य में एक विकृत-सी हँसी तैर रही थी।

अब मामा जी और नाना जी लहूलुहान मौसा जी को जीप में बैठाने की कोशिश कर रहे थे। ड्राइवर बी। आर। भड़ेल को खूब पीट चुकने के बाद विजयी भाव से हाथ झाड़ता हुआ जीप स्टार्ट करने लगा था। बड़ी मौसी भी रोती-बिलखती मौसा जी के साथ जीप में बैठ गई थीं। मौसा जी को गाँव से आठ-नौ मील दूर बने प्राइमरी हेल्थ सेन्टर ले जाया गया था। धीरे-धीरे मजमा छटने लगा था। दुकानदार अपनी-अपनी दुकानों की ओर लौटते हुए कह रहे थे कि वह पागल होने का नाटक कर रहा था। वह अपना बदला लेना चाहता था। आज उसका बदला पूरा हो गया। कुछ लोग कह रहे थे कि वह आज से कई साल पहले मौसा जी के विभाग में ही काम करता था। किसी ने किसी के कान में फुसफुसा कर कहा कि मौसा जी ने ही उसे झूठे गबन के आरोप में फँसाया था। एक गली से गुज़रने वाला राहगीर नानी को बता रहा था कि वह पागल बड़ी देर से जीप पर लगी प्लेट पर लिखा सरकारी विभाग का नाम पढ़ रहा था। नानी कह रही थीं कि पाहुने पंचांग देखे बगैर विदा कराने आए थे इसलिए यह सब हुआ था। आज दिशाशूल लगा था, यह मुहूर्त बिलकुल शुभ नहीं था। मामी कह रही थीं आज के दिन नीले रंग के वस्त्र धारण करना अशुभ होता है और उनके अनुसार आज मौसा जी के नीले सफारी सूट पहनने के कारण यह घटना घटी थी और उनकी सप्ताह के दिनों के अनुसार ही कपड़े पहनने वाली बात सिद्ध हो गई थी।

बी. आर. भड़ेल को कुछ लोग पकड़कर पुलिस चौकी ले गए थे। उस रात मरहमपट्टी कराकर लौटे मौसा जी को पहली बार उस गाँव में रुकना पड़ा था। जब मौसा जी से पुलिस चौकी चलने की बात की गई तो उन्होंने कहा था कि

अरे वह पागल है, उसके चक्कर में हम शरीफ आदमी कहाँ थाना कचहरी करते फिरेंगे। उन्होंने रात में वापस लौटते अपने मातहतों से यह भी कहा था कि वह आदमी पागल है और उसके इस गाँव में रहने से हम बच्चों को खतरा हो सकता है। सबरे ही मौसा जी को लेने के लिए एक बड़ी सफेद रंग की एम्बेसेडर गाड़ी आई थी। उसमें ड्राइवर के साथ दो पुलिस वाले भी थे जिनके पास बंदूकें थीं। दोपहर होते-होते मौसा जी बड़ी मौसी को लेकर चले गए थे। उस दोपहर बैठक में लेटे हुए किसी बच्चे को नींद नहीं आई थी। सब दोपहर ढलने का इन्तज़ार कर रहे थे, पर उस रोज़ छोटी मौसी के शाम की चाय बनाकर ले आने तक भी गली में कोई आवाज़ सुनाई नहीं दी थी। पर उसी शाम नाना जी के साथ बाज़ार से कुछ सौदा खरीद कर लाते समय मुझे वह काग़ज़ मिल गया था जिस पर बी. आर. भड़ेल का वह बयान लिखा था, जिसे वह गली-गली जाकर पढ़ा करते।

सिंहवाहिनी

*

कविता

वह एक श्यामलवर्णी क्रमशः अधेड़ावस्था की ओर अग्रसर स्त्री थी और वे एक गौरवर्ण अधेड़ पुरुष। उसकी उम्र चालीस के आसपास और वे पचपन के करीब-करीब। चौंकिए नहीं, उम्र के इस अंतर पर तो कदापि नहीं। ऐसी शादियाँ उस समय के समाज में सामान्य ही मानी जाती थीं। और अब भी तो प्रबुद्ध, बुद्धिजीवी और संपन्न लोग रचाते ही हैं ऐसे विवाह और वह भी प्रेम विवाह... अब इन विवाहों में प्रेम की जगह कोई और शब्द चेंप कर खुश न हो लें आप।

वह समय उससे एक डेढ़ दशक पहले का था जब हिंदी सिनेमा के सुपरस्टार कहे जानेवाले अभिनेता की फिल्में धड़ाधड़ फ्लॉप हुई जा रही थीं...या कि वह समय जब स्मिता पाटिल और शबाना आजमी जैसी सशक्त अभिनेत्रियाँ भी कला फिल्मों का रुख छोड़ व्यावसायिक फिल्मों में पराश्रित और सताई हुई स्त्रियों का किरदार करने को तैयार हो चुकी थीं...और फिर उसके बाद क्रमशः अपने जीवन में भी विवाहित पुरुषों की दूसरी पत्नी बनने को भी।

...ठीक-ठीक कहें तो यह वही समय था जब आपातकाल के बाद इंदिरा गांधी चुनाव हार गई थीं और जनता पार्टी सत्तारूढ़ हो चुकी थी।

खैर छोड़िए अब समय की बात...उसके बारे में तो थोड़ा बहुत बूझ ही चुके होंगे आप। समय पर बहस छोड़ कर अब मूल कहानी की बात...

वे बहुत ज्यादा पढ़े-लिखे थे और वह बस पाँचवीं-सातवीं तक...

वे जहीन और वह सुघड़, घरचलाऊ औरत...कम से कम दुनिया तो यही जानती और मानती थी।

वे केशहीन थे, नहीं, उम्र के कारण नहीं। कुछ-कुछ जन्मजात और थोड़े अपने चिंतनशील, अध्ययनशील और जिम्मेदार व्यक्तित्व के कारण। भरी-पूरी

जवानी के समय में भी।

उनके बीच की केमेस्ट्री भी ठीक-ठाक ही थी। अगर कुछ चलताऊ, ऊबाऊ मुद्दे पर उनकी खीज और गुस्से के बलबलेवाले अंश की बात यहाँ छोड़ दी जाए तो। और वैसे भी उस मुद्दे पर तो आना ही आना है। पर उससे पहले एक अहम जानकारी और एक जरूरी दृश्य...यूँ तो यह दृश्य कहानी के बिल्कुल अंत का है पर क्या करें कुछ करतब कुछ शीर्षासनों के बगैर आजकल कहानियों की चर्चा ही कौन करता है...

दृश्य यह कि अपने खुले बालों को लिए हुए केशी खड़ी है उनके बिल्कुल सामने और उसकी आँखें बिल्कुल निस्पृह। न डर, न भय, न कोई आवेग, न नफरत। वर्षों बाद केशी का यह रूप उन्हें अपरूप नहीं लगा था...बहुत भयावना सा। केशी कुछ वैसी जैसी की शेर पर सवार दुर्गा या फिर काली...और वे जैसे उसके पैरों के नीचे दबा कोई राक्षस। वे पहली बार जिंदगी में बेहोश हुए थे। उस गहन तंद्रा में भी उन्हें लगा था कि वे डूब रहे हैं किसी अतल सागर में और केशी के बाल तैर रहे हैं उनके आसपास। वे चाहें तो केशी के बालों का सहारा लें और...

हाँ, वह अहम जानकारी यह कि जिस तरह वे जन्मजात केशहीन थे उसी तरह वह जन्मजात केशवती। घुटने क्या जमीन को छूते असामान्य रूप से काले, घने और चमकीले बाल। हालाँकि बालों के ऐसा होने से उसे परेशानी भी बहुत थी। उन्हें सँवारना, गूँथना, धोना आदि-आदि सब के सब झंझट। गूँथना-सँवारना तो गाहे-बगाहे दो-चार दिनों पर हो भी जाता। एक बार चोटी बना लो तो दो-चार दिनों की छुट्टी। वक्त मिला तो कभी ऊपर-ऊपर ही कंघी मार ली। पर धोना... वह अपनी जिम्मेदारियों के तहत इस कार्य को जितना भी स्थगित करना चाहे, महीने में कभी-कभी एक तो कभी-कभी दो बार यह जरूरी हो ही जाता था... कि बाल तो धुलने ही हैं...कि बाल धुले बगैर चूल्हे-चौके में घुसने की इजाजत नहीं। अब जमाना ऐसा भी न था कि वह बड़े-बुजुर्गों से पूछती कि महीने के उन खास दिनों से बालों के गंदे होने या कि धोने का क्या संबंध। नहाना-धोना, साफ होना तो समझ में आता है पर...

हजारों सवालों की तरह इस एक सवाल को भी मन में दबा कर वह उसी चली आती परंपरा का हिस्सा हो चुकी थी। हालाँकि शासन करने और समझानेवाली कोई बुजुर्ग छत्रछाया रह नहीं गई थी अब उसके इर्द-गिर्द।

गोकि उसके बाल थे और जरूरत से ज्यादा घने और लंबे थे, उसे झाड़ू और बर्तन-चूल्हा करते वक्त अपनी चोटी को कस कर अपनी कमर के इर्द-

गिर्द लपेटना पड़ता। पर चोटी थी कि फिर खुल-खुल जाती और लोटने लगती जमीन पर विषधरों की तरह। कभी-कभी आधे से ज्यादा झाड़ू तो उनकी चोटी ही लगा देती। एक बार वह रोटियाँ सेंक रही थीं कि चोटी गिरी थी झप्प से कोयले के चूल्हे में और वह लहलहाते आग को नहीं बल्कि झुलसती चोटी को देख बेहोश हो कर गिर पड़ी थी—हाय रे उसके प्यारे बाल, उसकी एक मात्र धरोहर और संपत्ति...

गोकि कटे हुए बाल फिर पंद्रह दिन के भीतर ही अपनी यथास्थिति को पहुँच चुके थे; सो उनका दुख भी...पर एक बात तो साफ थी कि उसे अपने बालों से बेहद प्यार था। जब कभी जिंदगी में एकांत के क्षण आते वह अपने बाल खोल कर, कत्थई गोल बिंदी को और बड़ा और चटक बना कर शीशे के सामने खड़ी अपना चेहरा निहारती रहती देर तक। हालाँकि ऐसे क्षण जिंदगी में आते बहुत कम थे, पर कम होना नहीं होना नहीं होता और उसे इस बात की खुशी भी थी...

कभी-कभार जब उसकी बेटियाँ स्कूल गई होतीं और जाड़े के ऐन दिनों में भी बाल धोना बहुत ही जरूरी हो जाता वह बाल धो कर छत पर बैठ जाती दरी बिछा कर। बाल दरी पर पड़े-पड़े सूखते रहते और वह तहाती रहती स्मृतियों को। यही एक मात्र वक्त होता उसका अपना। और उसे अब भी लगता कि दूर कहीं बहुत दूर से एक जोड़ी आँखें उसे निर्निमेष देख रही हैं...पर वह अपने उस वहम को सही करती, उस समय से काफी आगे निकल आया है समय। अब वह कहाँ, बेटियाँ जाती हैं स्कूल...और वह...छठी के बाद स्कूल जाना बिलकुल बंद। यूँ कहें कि बड़ी की शादी के बाद से ही। हालाँकि बड़ी की शादी के कई बरस बाद हुआ था उसका ब्याह। वह जिद करती, रोती—बड़ी तो शादी तक स्कूल गई थी। पर वही क्यों...जब तक शादी नहीं होती तब तक तो...पापा पिघलते...पर माँ...और अंततः जीत तो माँ के हठ की ही होनी थी... माँ की जिद। पापा ने पहले होलटाइमरी छोड़ी, फिर पार्टी की सदस्यता, फिर प्राइमरी स्कूल की टीचरी...माँ की जिद से घर में देवी देवताओं के नित्यप्रति चलनेवाले अनुष्ठान...माँ की ही वजह से सात बेटियों के बाद आनेवाला उसका इकलौता लाड़ला भाई। माँ का ही कहना—लड़कियाँ ज्यादा पढ़-लिख गईं तो उनकी पढ़ाई और उम्र के अनुरूप वर खोजने की दिक्कत। उसे पढ़ना अच्छा लगता और खूब लगता। कविताएँ वह अपनी तो क्या बहनों की किताबों से भी रट जाती, अखबारों-पत्रिकाओं से भी। क्लास में अव्वल तो नहीं पर सेकेंड जरूर आती रही, अपने जीतोड़ प्रयास के बावजूद। उसे लगता और हमेशा लगता कि

द्वितीय होना शायद उसकी किस्मत है। भाई-बहनों के क्रम में बड़ी से हर बात में की जानेवाली तुलना में और स्कूल में भी...

पढ़ना-लिखना भी सिरे से छूट गया था कि उसने छोड़ दिया था खुद ही स्कूल छुड़वा दिए जाने के बाद। पापा कहते और हमेशा कहते, अखबार पढ़, पत्र-पत्रिकाएँ पढ़ इससे तो किसी ने नहीं रोका न। वह हँस कर टाल देती उनकी बात और माँ के पीछे चौके में चली जाती।

यहाँ तक कि उसने छत पर बाल सुखाने जाना भी छोड़ दिया था। बारहमासी नजला-जुकाम झेलती रहती पर कोई बात नहीं। पर उसे लगता या कि महसूस होता और दिल से होता कि एक जोड़ी आँखें अब भी निहार रही हैं उसे।

उसके इस बाल सुखाने की आदत से पहले-पहल सास भी खीजतीं, ठीक माँ की ही तरह। पर कोई उपाय था कि बन ही नहीं पाता कि उन्हें रोक लिया जाय यूँ उघड़े सिर छत पर महफिल जमाने से। अब बाल गंदे होंगे तो धुलेंगे भी। धुलेंगे तो उन्हें सुखाना भी होगा। नहीं सूखेंगे तो उनका बारहमासी नजला-जुकाम...और वो अगर तेज हुआ तो फिर रसोई-पानी। सास बेचारी सिर्फ कुड़बुड़-कुड़बुड़ कर के रह जातीं। माँ की तरह गाली-गलौज करके छत से उतरने को मजबूर नहीं करती। काटती भी नहीं जबरन या कि गुस्से में उनके सुंदर केशों को। वे भी मानती थीं इस मान्यता को कि सुहागिन की किसी एक लट में उसका सुहाग बँधा होता है। अगर वह लट गलती से भी कट जाए तो... बेटे की जिंदगी हर माँ की तरह उनके लिए भी बेशकीमती थी।

गो कि बाल थे तो जिंदगी के कुछ पल भी थे उनके हिस्से हमेशा से अपने कहे जाने लायक...रात को जब सब लड़ते, खास कर के उनकी तीनों बेटियाँ तकिए की खातिर वे सब को तकिया थमा देतीं और अपने बालों को गुड़ी-मुड़ी करके रख लेती सिरहाने। कभी-कभी तो वे उनकी किसी छोटी बच्ची के सिरहाने का भी काम कर लेते। वो लोरियाँ या कि परियों की कहानियाँ सुनती हुई सोई रहती उनके बालों के तकिए पर चुपचाप।

वह जानती थी और खूब जानती थी कि वह जब-जब छत पर बाल सुखाती है, आसपास की खिड़कियाँ गुलजार हो उठती हैं, हमेशा से ही। पर वह ध्यान नहीं देती थी इस पर बिल्कुल ही...शायद गलत, वह ध्यान न देने के यत्न में भी भीतर तक एक तोष से भर उठती थी...कि वह है और खूब है, सबसे अलग-थलग; कि आखिर कुछ तो है ही उसके पास जो उसे सबसे भिन्न करता है, इस उम्र में भी। रंग-रूप की अपनी सादगी कुछ पलों को जैसे वह भूल ही उठती।

माँ थी वो, पहचानती थी उसकी नस-नस, ऐसे ही कभी जब वह ऊपर

से निस्पृह और भीतर से भरी उमगी सी बैठी रहती दर्शनार्थियों-अभ्यार्थियों से मुँह मोड़े, वे बालों से ही खींच कर उन्हें सीढ़ियाँ उतार लेती—सूख गए बाल कि मेरे प्राण सुखाने हैं, उतर नीचे मेरी साँस टँगी रहती है। आठ-आठ बच्चों को सँभालना और इनकी ये मटरगश्ती...जल्दी से जल्दी से जल्दी ब्याह हो इसका कि और बच्चों का भी जीवन सँवरे...

वह तब नहीं समझ पाती थी और अब भी कि दूसरों के जीवन को सँवारे जाने के लिए...

उसका ब्याह चौदह की उम्र में हो गया था और उससे बड़ी बहन का सोलह की उम्र में। हालाँकि कुछ-कुछ समय और बहुत ज्यादा परिवेश को ध्यान में रखते हुए यह कोई जल्दीबाजी भी न थी। पर केशी को लगता उसके साथ ज्यादती हुई और खूब-खूब हुई। बड़ी बहुत सुंदर थी। नयन-नक्श, कद-काठी सब तरह से सुंदर। उस जमाने में भी पिता ने बड़ी के लायक वर खोजने में दिन-रात एक कर दिया था। बहनोई भी सुंदर सजीले थे, ऊपर से उस जमाने के इंजीनियर। बस बाल थे बड़ी के कि भूरे, पतले और लगभग कंधे से थोड़े ही नीचे तक। अब नहीं थे तो नहीं थे। इसमें केशी क्या कर सकती थी या कि कोई दूसरा। लड़केवाले जब बड़ी को देखने आते और उन्हें देख कर प्रसन्न होते कि तभी केशी प्रकट हो जाती वहाँ किसी न किसी बहाने अपने रीठा-आँवला से साफ किए हुए खुले केशों या कि नागिन सी चुटिया लिए चाय-पानी या कि पड़ोसन किसी भी बहाने।

उसके पहुँचते ही बड़ी को देख कर गदगद होते वे लोग कोई दूसरे से होने लगते। उसके बालों की स्याही बड़ी, माँ, बाबूजी सबके चेहरे पर जैसे पुत सी जाती; और आगंतुकों की ख़ुशी पर भी। सबकुछ तो ठीक है पर बाल...

देखो तो छोटी बहन का चेहरा कैसा निखरा-निखरा दिखता है...बड़ी और-और बुझती जाती यह सब सुन कर। उसके ब्याह के सोलहवें में होने की शायद एक वजह यह भी हो।

बड़ी को देखने जब बहनोई आ रहे थे माँ ने उसे एक दिन बड़े प्यार से बुलाया था। कैसे केश खोले घूमती रहती है दिनभर। बाल उलझ-उलझ कर टूटते जा रहे हैं सारे। आ तेल लगा कर चुटिया बना दूँ। माँ की इस लाड़ पर वारी-वारी वह बैठ गई थी चुटिया बनवाने। पर चोटी बनवाने की आड़ में जो कुछ हुआ था वो बिल्कुल अप्रत्याशित था। उसके केश एक झटके में बस उतने ही लंबे रह गए थे जितने कि बड़ी के। माँ के वश में जो कुछ भी था उन्होंने कर दिखाया था। पर चाह कर के भी वे उसके बालों का स्याहपन और घनापन नहीं

कम कर सकी थीं। केशी छटपटाई थी बेतरह जिस तरह वे काले नाग अपना तन मन धन खो देने से पहले...वह ठीक भी हो गई थी धीरे-धीरे। पर प्रसन्नता की बात यह कि बड़ी का रिश्ता उस बार पक्का हो गया था।

बड़ी का ब्याह खूब धूमधाम से हुआ और उसने भी खूब नखरे दिखाए। बाल काट देने के जुर्म से पशेमान माँ उसकी हर बात मान लेती। साटन का नीला गरारा, सुनहरी जूतियाँ, सुनहरा चमकीला हेयर पिन...और ब्याह होते-होते उसके बाल फिर कमर तक आ ही चुके थे। माँ परेशान थी। दुल्हन देखने आते लोग एक बार दुल्हन को देखते फिर एक बार केशी को। जब जयमाल के लिए सजी-सँवरी बड़ी को ले कर वह स्टेज तक जाने लगी तो सब की नजरें सिर्फ केशी पर। पर बड़ी का रूप वैसे भी झीने से घूँघट की आड़ में सहमा सकुचाया जा रहा था।

सास-ससुर का दमकता चेहरा क्षण भर को फीका हो आया था। वरमाल ले कर बढ़ते दूल्हे के किसी दोस्त ने फिकरा कसा था—देखना, सँभल कर, जयमाल किसी और के गले में न पड़ जाए। बहनोई की नजरें सिमट गई थीं... शादी शुभ-शुभ निबट गई थी। उसके ब्याहता हो लेने के बाद भी माँ ने उसे किसी छोटी बहन के दिखावे में नहीं बुलाया था। वे बुलाती थीं सिर्फ बड़ी को। और वह अपने अंदर एक दुख, एक असंतोष लिए बड़बड़ाती फिरती। शादी में ही क्यों बुलाती हैं। न बुलाती तो भी...मैं न भी जाऊँ तो...पर सुलझे समझदार उसके पति को उसका यह दुख बिल्कुल समझ में नहीं आता। यह कौन सी तकलीफ मानने की बात है...और दुख तो क्या उन्हें तो केशी ही समझ में नहीं आती थी। दिन भर चौका-चूल्हा, काम और उस पर ये लंबे-लंबे बाल। जब देखो तब दाल-भात-सब्जी किसी न किसी में निकल ही आते हैं...और निकल गए तो समझो कि उनका मन खराब। पहले पहल प्यार से फिर खीज से और अब जिद से वे केशी से कहते और बार-बार कहते कि इन्हें छोटा करवा लो। चाहे तो बिल्कुल इंदिरा गांधी कट में। छोटे बालों को सँवारना ज्यादा आसान होता है। देखो तो इंदिरा जी के बाल छोटे हैं तो देश सँभाल रही हैं और तुम पुराने तरीके की औरतें...रखो लंबे-लंबे बाल और सँवारते रहो उन्हें। यहाँ तक कि जब बेटियाँ पैदा हुईं, उन्होंने तीनों में से किसी को भी लंबे बाल नहीं रखने दिया। न रखे केशी छोटे बाल पर बेटियाँ तो उनकी हैं। देश सँभालनेवाला जुमला इमर्जेंसी के समय में उनके मुँह तक आते-आते थम जाता। बाद में जनता पार्टी के शासनकाल में तो और।

वे इंदिरा गांधी के बहुत बड़े प्रशंसक थे। वे सोचते और सोचते रहते कि

इंदिरा गांधी ने ऐसा बुरा क्या कर दिया था सिवाय देश में अनुशासन भरने और उसकी चाह करने के। वे मानते और तहे दिल से मनाते कि अगला चुनाव इंदिरा जी ही जीतें और वे केशी को...इस बीच उन्हें लगता था और बार-बार लगता था कि जब-जब वे बच्चियों का बाल कटवाने ले जाते हैं, केशी के चेहरे पर एक व्यंग्यात्मक मुस्कान होती है। पहले-पहल उन्हें लगता कि यह उनका भ्रम है शायद पर धीरे-धीरे उन्हें यह यकीन होने लगा था...उस दिन तो और ही जब वे दफ्तर से घर पहुँचे, बच्चियाँ लाल-हरा झंडा हाथ में उठाए जोर-जोर से चिल्ला रही थीं—

‘जॉर्ज फर्नांडिस के तीन कसाई,
इंदिरा संजय सी बी आई...’
‘इमर्जेन्सी के तीन दलाल
इंदिरा संजय बंशी लाल...’

उन्होंने आव देखा न ताव, उसी झंडे की डंडियाँ खींच कर बच्चों की पिटाई शुरू कर दी, इतनी कि उनमें से एक तो बीमार ही पड़ गई थी बिल्कुल। बाद में वे शर्मिंदा भी हुए थे खुद पर...मासूम बच्चियों पर हाथ उठाना...इससे गलत और क्या हो सकता था। ठीक है उन्हें गुस्सा बहुत तेजी से आता है पर केशी और बच्चियों मे अंतर तो है न। कहाँ फूल सी बच्चियाँ और कहाँ ढीठ केशी। फिर उन्हें बच्चियों को एक दिन ‘कर्फ्यू ऑर्डर’ खेलते देख कर लगा था बच्चों के लिए तो हर चीज खेल। दिन भर नारा लगाते लोग घूमते रहते हैं गली मुहल्ले में उन्हीं से सीख लिया होगा, इसमें केशी की क्या चाल। उसे दाल-भात घर-दुआर से फुर्सत ही कहाँ है। बच्चे तो सीख ही लेते हैं इधर-उधर से कुछ-कुछ।

फिर...फिर...

उस दिन वे बच्चियों को स्कूल के सालाना जलसे में कविता पाठ के लिए कविता रटवाने बैठे थे। अब इस अनपढ़ जाहिल केशी को इन सब बातों की क्या चिंता। उन्हें अपनी बेटियों को उसकी तरह जाहिल थोड़े ही बनाना है। उन्होंने बड़ी बेटी को बुला कर कविता की प्रति थमाई थी—शाम तक याद कर लेना। उसने कहा था उसने तो कविता याद कर ली है। वे अचरज से बोले थे, याद कर लिया है...? सुनाओ तो...बेटी में एक सहज-स्वाभाविक संकोच था... सुनाऊँ?...उन्होंने प्यार से उसका सिर सहलाया था—हाँ सुना दो चलो। फिर तुम्हें ननकू हलवाई के यहाँ से मिठाइयाँ और नमकीन ला कर दूँगा। बिटिया की आवाज धीरे-धीरे सुर पकड़ रही थी...

भिवानी में थे एक फटीचर वकील
न कानून जानें न जानें दलील
वो करते थे जो भी वकालत की बातें
वो सब थी सरासर जिहालत की बातें
चलते-चलते धोखा खाते
दाएँ मुड़ते बाएँ जाते
ये थे उनके खास कमाल
नाम था जिनका बंशी लाल।
तिरछी टोपी, टेढ़ी चाल
कहाँ गए वो बंशी लाल।

वे सँभले थे, समझे थे बच्चियों के सामने बात-बात पर गुस्सा होना ठीक नहीं। चलो खत्म हुई कविता। वे बच्चियों को कोई अच्छी सी कविता याद करा देंगे। कि मँझली शुरू हो गई थी सस्वर...

किसी देश में थी एक रानी
बड़ी चतुर थी बड़ी सयानी
उसका छोटा राज-दुलारा
बिगड़ गया था लाड़ का मारा

...उनकी वक्रदृष्टि से डर कर मँझली सहम गई थी...जरूर कुछ गलत हो गया। पर छुटकी ने रुके हुए स्वर को वहीं से थाम लिया था, कुछ नया कर दिखाने की चाह में। मँझली-बड़की के रोकने के बावजूद कि तू तो भाग नहीं ले रही...

...पढ़ा लिखा कुछ खास नहीं था
दसवाँ भी तो पास नहीं था
पढ़ने जब स्कूल गया वह
गुण तो सारे भूल गया वह
याद रहा बस मौज उड़ाना
लड़ना-भिड़ना धौंस जमाना...

उनका काबू अपने आप पर से हटता जा रहा था। उन्होंने तड़फड़ा कर पर्दे के डंडे खीच लिए थे—किसने सिखाया यह सब, किसने?...बच्चियाँ चुपचाप। पर उनकी मौन दृष्टि माँ को ताकने लगी थी। और केशी खुद आ खड़ी हुई थी बच्चियों के आगे। अब उन्हें नहीं पता कि बच्चियों को बचाने या कि अपना जुर्म कबूलने की खातिर...जाहिल, गँवार औरत...कोई समझ नहीं है क्या तुम्हें... केशी फिर भी प्रतिरोध में कुछ नहीं बोली थी। चीखी रोई थीं बेचारी बच्चियाँ

और वे दो टुकड़ा हो चुके पर्दे के डंडे को वहीं पटक कर बाहर निकल गए थे।

बाहर निकलते-निकलते सोचते रहे थे वे कि केशी हमेशा से ही ऐसी है। चुप रह कर भी उन्हें चिढ़ाते रहनेवाली, परेशान करनेवाली। पहले वे ध्यान नहीं देते थे इन बातों पर। पर कब तक अनदेखी की जाय आखिर। बातें अब अपना अर्थ अपने आप खोलने लगतीं। और अब तो बच्चियाँ भी बड़ी हो रही हैं। उन पर क्या असर...वे इतना चाहते थे कि बच्चियाँ...पर यह केशी...

वे टहलते-टहलते पार्क तक आ चुके थे। पार्क में एक नवविवाहित जोड़ा बैठा हुआ था, एक दूसरे में लीन। छोटी-छोटी बातें करता, हँसता-मुस्कराता। उन्हें याद आया कि विवाह के पच्चीस से ज्यादा वर्षों में केशी कभी उनके साथ घूमने-फिरने नहीं निकली। वे अगर कहते भी कभी तो वह काम का बहाना बना लेती। शुरु में माँ के घर में अकेले होने की बात करती बाद में बच्चियों के छोटे होने का बहाना। अरे उन्होंने तो कभी इस पर भी गुस्सा नहीं जताया कि केशी ने उन्हें तीन-तीन बेटियाँ ही दीं। वो महिलाओं वाली सारी पत्रिकाएँ खरीद कर रखते घर में। इन्हें पढ़ कर ढंग से घर-परिवार चलाना तो आ ही सकता है, और कोई भी काम छोटा कहाँ होता है...पर बाद में उन्हें यह लगने लगा था कि वे पत्रिकाएँ अनपढ़ी ही पड़ी रहतीं। फिर उन्होंने बंद कर दिया था उन्हें लेना। दिनमान, धर्मयुग और अखबार उनके लिए आते थे सो आते ही रहे। केशी से कहा सिलाई-बुनाई ही सीखो पर सो भी नहीं। केशी जीने के अपने ढब से खुश और संतुष्ट थी। कि उन्हें तो ऐसा ही लगता था। और उन्हें उसकी इस संतुष्टि से ही चिढ़ थी।

वे जो कहें केशी के लिए वही मुश्किल। बारह बरस निकल गए थे उस रात के बाद। उनका दुख कमता नहीं था और केशी थी कि बदलती नहीं थी।

उन्होंने हमेशा चाहा था बीवी को बराबरी के दर्जे पर रखना पर केशी को अगर नीचे ही रहना भाए तो वह क्या करें। शहर में बस जाने, माँ के गुजर जाने और बड़ी बेटी के होने के बाद उन्होंने वर्षों से दबी हुई मन की एक इच्छा जताई थी। सलवार कमीज ला कर। उनकी आँखों में बसी थी उस जमाने की हिरोइनों नंदा और मुमताज की कसी-कसी जाँघें, गदराई छातियाँ और नितंब। उन्होंने सोचा था अगर केशी पहनेगी इसे तो कहेंगे कि एक बार उनकी स्टाइल में जूड़ेवाली चोटी भी बना कर दिखाए। और केशी को तो इसके लिए नकली बालों के गुच्छे भी भीतर नहीं डालने होंगे। केशी के बाल तो खुद ऐसे ही... उन्हें केशी पर प्यार आ रहा था। न सही गोरी-चिट्टी पर नक्श कितने तीखे हैं इसके। और उस पर उसके ये जानलेवा बाल। उन्हें पता था केशी के केशों की

ताकत। वे इसीलिए चाहते थे कि केशी कस कर चोटियाँ बना कर रहे दिन भर। किसी के भी सामने बालों को खोल कर न जा पहुँचे। इसीलिए वे तरह-तरह के बहाने गढ़ते। फिर अगर केशी चोटी कर लेती तो उन नागिनों को देख कर भी मन मचलने लगता। वे सोचते अगर दिन-रात देखने के बावजूद उन पर ये असर तो फिर...वे डर कर तरह-तरह से कहते केशी बाल छोटे करवा लो... पर सलवार कमीज में केशी की कल्पना करते हुए उन्हें उसके उन्हीं बालों पर गुमान हो आया था।

पर केशी थी कि उन कपड़ों को लिए बुत बनी खड़ी थी। दो-एक बार कहने के बाद वे झुँझलाए थे। जा नहीं पहनना है तो मत पहन। मर ऐसे ही। जब ठीक से नहीं ही रहना है तो...और धकेल दिया था केशी को बिस्तर से। केशी फिर भी कुछ नहीं बोली थी। थोड़ी देर के इंतजार के बाद उठ खड़ी हुई थी कंधों को सहलाती हुई। फिर उनके मुँह फेर लेने के बाद चुपचाप अपनी जगह पर लेट गई थी। उन्हें नहीं पता जागी कि सोई...केशी ऐसी ही थी और हमेशा से थी।

...पहली रात को उन्हें देख कर न मुस्कराई थी न रोई थी। न उठी थी न पाँव छुए थे। जड़ बनी बैठी रही थी। भाभियों का दिया पान का बीड़ा उन्होंने ही दिया था उसे पर वह उसे मुँह में डालने के बजाय हाथ में लिए रही थी उन क्षणों तक। जब उनकी हथेलियों का जोर उन हथेलियों को दबाने, दबाए रखने में था उन्हें लगा कुछ चुभा है उनकी हथेली को। उन्होंने झटके से उसकी मुट्ठी खोली थी। वही पान अब सूखा, लिसलिसा...उनके मन में कुछ कसैला सा उगा। नहीं खाई तो रख दिया होता कहीं...

उसके बाद तो सबकुछ जैसे चुभता-चुभता ही सा। केशी के जूड़े के पिन, केशी की सितारोंवाली साड़ी, केशी की काँच की चूड़ियाँ, केशी के पायल बिछिया...उनका मन कसैला-कसैला हो गया था। यह माँ भी किसे पसंद कर लाई। न रंग न रूप। बस चुभन।

...उन्होंने खुद को समझाते हुए केशी से उस रात कहा था। केशी आराम से रहे। चाहे तो कपड़े बदल ले। चाहे तो केश खोल ले। केशी ने आधी बात मानी थी, आधी नहीं। उसका केश खुला था और केशी अपरूप हो गई थी। इतनी अपरूप कि उनसे सही न जाए। इतनी अपरूप कि जिसे छुआ भी न जाए... उनकी अपनी उजड़ी हुई खेती उन्हें उस क्षण और वीरान होती हुई लगी थी। उन्हें लगा था वे सचमुच बूढ़े हैं केशी के सामने। उन्होंने उस दिन पहली बार बहुत प्यार से कहा था उससे—इतने बाल! इन्हें सँभालती कैसे हो? इन्हें ले कर काम-धाम सब कैसे होगा? माँ तो बूढ़ी हो चली हैं और बीमार भी। सबकुछ

तो तुम्हें ही करना है। केश ही सँभालती रहोगी तो इस घर को...छोटा करवा लो इन्हें, थोड़ी सहूलियत हो जाएगी। केशी कुछ भी नहीं बोली थी। न हाँ, न ना। उसने अपने बालों को समेट कर रख लिया था बीच में और तब से वे बाल हमेशा वहीं उनके बीच ही पड़े थे।

बाल...बाल...बाल...पहले वे थाली खिसका देते। बाद में पलटने लगे थे। यानी कि उस दिन का अनशन। और फिर उसके भी बहुत बाद में केशी पर किए जानेवाले अत्याचार। जो कुछ सामने मिल जाए वही...पर बाल थे कि अब पहले से भी ज्यादा निकलते थे। छठे-छमाहे के बाद, महीने-पंद्रहवें और इस पच्चीसवें साल के आते-आते हर दूसरे-तीसरे दिन।

वे आक्रामक होते जा रहे थे। हद से ज्यादा हिंसक। अपनी पूरी सहृदयता के बावजूद। और केशी और भी ज्यादा सहनशील।

बाल...बाल...बाल...थाली में ही नहीं उनके कंघे में, बिछावन पर... कपड़ों पर वे चीखते खीज कर और जैसे बालों को इस चीख से दोगुना हो जाने की शक्ति मिलती।

वे सोचते केशी तो हर वक्त अपने बालों को बाँधे रखती है उस पहली रात के बाद, उनके सामने तो जरूर ही। इसकी तो सख्त हिदायत दे रखी है उन्होंने फिर ये बाल, केशी के बाल आते कहाँ से हैं आखिर।

वे गौर से देखते कभी-कभी। केशी के बाल इतने कमजोर भी नहीं दिखते। कभी इतने सँवरे कि उनके यहाँ-वहाँ गिरने की बात अजीब लगती...कभी इतने दिन की चोटी कि कंघी करने में बाल टूटते होंगे का तर्क बेमानी लगता। वे सोचते भी, एक अकेली औरत और इतना सारा काम। वह बालों का खयाल भी रखेगी तो कैसे। बाल तो गिरेंगे ही न। उम्र भी तो हो रही है। बालों का झड़ना तो प्राकृतिक है। उन्होंने उसे कभी बढ़िया तेल-साबुन भी कहाँ ला कर दिया इन अनमोल बालों को सहेजने की खातिर।

और उन्होंने उसी शाम केशी को बाजार से नया-नया आया शैंपू खरीद कर ला दिया। खुशबूवाला आँवले का तेल भी। और शैंपू तो यह जानते बूझते भी कि उसमें अंडा है। घोर शाकाहारी उनके लिए यह त्याग या कि निर्णय बहुत बड़ा था...पर केशी के केशों से बड़ा तो बिल्कुल नहीं था।...वे सोचना चाह रहे थे जबरन अब केशी के बाल और सुंदर दिखेंगे और केशी भी...उन्हें उम्मीद थी और दिल से थी, केशी के बाल अब इत-उत, नहाते-खाते हर जगह तैरते नहीं मिलेंगे। और इस तरह उनका सबकुछ विषादमय नहीं होगा, बिल्कुल भी नहीं...

केशी को ये सब थमाते वक्त उनकी नजरें नीची जरूर थीं पर बहुत सतर्क

भी...केशी की प्रतिक्रिया कहीं से छूटी न रह जाए...कहीं कुछ भी अछूता...

पर केशी तो निस्पृह थी, ठीक वैसी ही जैसी कि उनकी खुशी-हँसी, दुख-पीड़ा, या फिर उनके थाली हटाने, फेंकने या कि उस पर चलाने से...

पहली बार उनके भीतर कुछ मरा था...पहली बार कुछ टूटा था भीतर ही भीतर...पर इस टूटन का भी कोई इल्म केशी को कहाँ...

केशी अपनी दैनंदिनी में उसी तरह जुटी थी। उसी तरह उनकी जरूरतों की खातिर तत्पर। बेटियों का खयाल रखने में...घर-बार सँभालने में शाम से रात हुई...रात से सुबह...

...सुबह जब नींद टूटी, भीतर की टूटन से वे इतने बिखरे पड़े थे कि खुद को इतना भी न सँभाल सके कि रोज की तरह उठ कर दाढ़ी बनाएँ, कपड़े पहनें, खाएँ और दफ्तर निकल जाएँ...वे लेट गए थे चुपचाप बीच बरामदे पड़ी उस पुरानी सी खाट पर...केशी ने फिर भी न कुछ कहा, न पूछा न प्रतिवाद किया।

उन्होंने खुद ही कहा...तबीयत ठीक नहीं है, आज दफ्तर नहीं...

केशी चुपचाप चली गई। नाश्ता दिया उन्होंने अधखाया ही छोड़ दिया... बाद में वह उसे लेती गई...फल, उन्होंने छुआ तक नहीं।

केशी ने नहाने का पानी गर्म किया। चापाकल चलाया, बाल्टी भरी, तौलिया साबुन रखा और हमेशा की तरह सूचना दी...

वे फिर भी उठ कर नहीं गए। केशी रोज की तरह अपनी दिनचर्या में लग गई जैसे कि वे हों ही न वहाँ। जैसे कि उनका वजूद कोई मायने ही न रखता हो उसके लिए...

झाड़ू-बुहारू, साफ-सफाई, धुलना-पसारना...खाना बनाना। वे चादर ओढ़े देखते रहे, केशी किस तल्लीनता से करती है अपने सारे काम। किस चाव और लगन से...वे गदगद हुए ऐसी सुघड़ पत्नी...और वे...

खाना बना लेने के बाद वह नहाने बैठी। बीच आँगन उसी पटरे पर जो कि उनके लिए लगाया गया था। वह मलमल कर नहाती रही...जैसे वर्षों का मैल जमा हो शरीर पर। फिर अपने लंबे-काले केशों को खोला। वे खुश हुए थे शायद वह उनका लाया नया शैंपू लगाए...पर नहीं, वह उसी तरह बीच नहावन से उठी, चौके तक गई और अपना बनाया हुआ रीठा-आँवला-शिकाकाई का घोल ले कर आई और अपने बालों को धोती रही। उन्हें उनका बीच आँगन, सीने पर पेटीकोट बाँध कर नहाना बिल्कुल भी पसंद नहीं आ रहा था। पर वे हमेशा के विपरीत चुप थे और अपने को समझाने की कोशिश में भी...

वह छत पर गई, बाल सुखाया। लपेटा। फिर चौके में बनी-बनाई चीजों

को गर्म किया, छौंक-बघार, सलाद, चटनी। थाली-कटोरे सब तरतीबबार।

फिर अपने कमरे में...बाल को सुलझाया, सँवारा, बड़ी सी कत्थई बिंदी। वे देखते रहे...सोचते भी रहे...अमूमन केशी इतनी बड़ी बिंदी नहीं लगाती। उसकी बिंदी तो बिल्कुल नामालूम सी...केशी फिर अपरूप हो उठी थी। वे फिर अपना गंजा सिर सहलाते हुए चिढ़ने लगे थे। फिर उन्होंने खुद को समझाया। किस बात की चिढ़ केशी तो उनकी अपने...घर से बाहर तक नहीं निकलती, बच्चियों और परिवार में उलझी-बिसरी रहती है अपना सबकुछ। फिर...पर चिढ़ थी कि फिर भी दबाए न दबे...

वे देख रहे थे केशी निहार रही है खुद को, निहारती जा रही है। उन्हें जलन होने लगी। अब इतना भी क्या डूबना खुद में कि ये भी भूल जाना कि वे घर में हैं। बीमार हैं और उन्हें भूख भी लग सकती है...भूख...सचमुच उन्हें भूख लग आई थी जोरों की। वे चीख उठते कि उन्होंने देखा केशी ने बेमन से अपने बाल सँभाले, चोटियाँ गूँथी और वही नामालूम सी बिंदी।

उन्हें चैन मिला हो जैसे...केशी सचमुच चौके में ही गई थी। उसने ठंडा हो चुका खाना फिर से गर्म किया, थाली अबकी निकाल भी ली पर चेहरा बहुत उतरा हुआ था उसका...जैसे कि सारा सत्व निचोड़ लिया गया हो। वे उठंग बैठ गए थे उसी खटिए पर खाने की प्रतीक्षा में।

वह बुदबुद जैसा कुछ पढ़े भी जा रही थी...वे सोच रहे थे कि आखिर क्या...फिर केशी ने झटके से लगी थालियों को परे किया। अपने कमरे तक गई। केश खोला...वही बड़ी बिंदी। खो चुका तोष लौट आया था।

...उसने टूटे हुए बालों को इकट्ठा किया, चौके तक आई, शायद कूड़ेदान में...

...वे जैसे सकते में थे...केशी ने एक-एक कर उन बालों को उनकी थाली के सब्जी-दाल और चावल में मिलाया, करीने से मिलाया...और थाली ले कर उनकी तरफ बढ़ ली।

उन्हें लगा साक्षात दुर्गा अपना केश खोले, अपने हाथों में थाली के बजाय अपना अस्त्र-शस्त्र लिए उनकी तरफ बढ़ी आ रही हैं। उन्होंने अखबार उठा लिया था अफरातफरी में अपना चेहरा ढँकने को। उन्होंने देखा अखबार के उसी पन्ने पर किसी चित्रकार ने इंदिरा जी की दुर्गा के रूप में अभ्यर्थना की थी और नीचे उनके चुनाव जीतने और पुनः सत्तारूढ़ होने की खबर थी...पर वे खुश नहीं हो सके थे।

उनका माथा चकरा रहा था बुरी तरह चकरा रहा था।

फ्रांसीसी रेड वाइन

*

प्रभात रंजन

चंद्रचूड़जी की दशा मिथिला के उस गरीब ब्राह्मण की तरह हो गई थी जिसके हाथ जमीन में गड़ी स्वर्णमुद्राएँ लग गई थीं। बड़ी समस्या उठ खड़ी हुई। किसी को बताए तो चोर ठहराए जाने का डर न बताए तो सोना मिट्टी एक समान...

कभी-कभी उस दिन को कोसते जिस दिन रितेश उनके लिए विदेश से रेड वाइन की बोतल लेकर आया। उसी दिन से उनका मन तरह-तरह की कल्पनाओं में खोया रहने लगा था। तरह-तरह की योजनाएँ बनाने लगा था...

चंद्रचूड़ किशोर, कैशिएर, भारतीय जीवन बीमा निगम की नेमप्लेट वाले उस छोटे से घर में उनकी दिनचर्या बड़े नियमित ढंग से चल रही थी। रोज सुबह छह बजे उठकर राधाकृष्ण गोयनका कॉलेज के ग्राउंड का एक चक्कर लगाते, घर आकर एक कप चाय के साथ दैनिक हिंदुस्तान का नगर संस्करण मनोयोग से पढ़ते, तैयार होते, पत्नी के हाथ का बनाया नाश्ता करते...

ठीक पौने दस बजे रिक्शा पर बैठकर मेन रोड, सीतामढ़ी के अपने ब्रांच ऑफिस के लिए चल देते...

पढ़-लिखकर कुछ बनना चाहते थे। एम.ए. की पढ़ाई के लिए दिल्ली विश्वविद्यालय में फॉर्म भी भरा। मगर होनी को कौन टाल सकता है। पिताजी को एक दिन ऑफिस में ही हार्ट अटैक हुआ। मशहूर डॉक्टर बी. एन. सिन्हा के क्लीनिक में इलाज चला। लेकिन बच नहीं पाए।

पिता श्री कृष्ण किशोर एलआईसी में ब्रांच मैनेजर थे। उनके इस तरह असमय चले जाने से घर की सारी जिम्मेदारी चंद्रचूड़जी के ऊपर आ पड़ी। उच्च शिक्षा का सपना अधूरा छोड़कर उन्होंने अनुकंपा के आधार पर मिल रही

नौकरी कर ली। बस एक अंतर आया। पिताजी की तरह इनको मुजफ्फरपुर में नहीं सीतामढ़ी में नौकरी मिली। माँ की इच्छा थी। सीतामढ़ी पुश्तैनी गाँव से नजदीक जो था। माँ पिताजी के गुजर जाने के बाद से गाँव में ही ज्यादा रहने लगीं। इसलिए सीतामढ़ी में नौकरी करना उनके लिए अधिक सुविधाजनक था।

कोर्ट बाजार मुहल्ले में छोटा सा घर किराए पर ले लिया। पहले अकेले रहते थे। दो साल पहले विवाह हो गया। रहना तो कुछ दिन और अकेले चाहते थे। मगर माँ की इच्छा...बचपन की सहेली की बेटी सीमा से विवाह तय कर दिया। इन्होंने भी बिना ना-नुकुर के हामी भर दी। तब से अकेलेपन से उनका रिश्ता टूट गया है। बीच-बीच में माँ कभी पोता होने के लिए कोई मन्नत मानने, कोई पाठ रखवाने, किसी सिद्ध बाबा की जड़ी देने के लिए आती रहती हैं।

उनकी दिनचर्या भंग नहीं हो पाई थी। सब कुछ उसी तरह से चल रहा था, जो अनुकंपा के आधार पर मिली इस नौकरी के लिए सीतामढ़ी आने के बाद शुरू हुआ था। ऊँचे-ऊँचे सपने नहीं थे उनके, न उच्च शिक्षा प्राप्त न कर पाने का कोई मलाल। कहते छोटे शहर में रहने के लिए छोटा बनकर रहने में ही भलाई है। अपने दादाजी की सुनाई एक कहावत वे अक्सर सुनाया करते—संसार में अगर संतोष से जीना है तो अपने से आगेवालों को नहीं पीछेवालों को देखना चाहिए। आप पाएँगे कि बहुत सारे लोग हैं जिनकी अवस्था आपसे भी बुरी है, बहुत सारे लोग हैं जो बुनियादी सुविधाओं से भी महरूम हैं। आगे वालों को देखने से महत्वाकांक्षा पैदा होती है, जिसके पूरा न होने पर असंतोष होता है।

चंद्रचूड़जी का जीवन पहले की तरह ही संतोषपूर्वक चलता रहता अगर उनका साला रितेश फ्रांस न गया होता।

वहाँ से उनके लिए रेड वाइन लेकर नहीं आया होता, पेत्रूस रेड वाइन...

उनकी शादी के साल रितेश दिल्ली में कंप्यूटर का कोर्स कर रहा था, संयोग देखिए अगले साल मल्टीनेशनल कंपनी में नौकरी मिल गई...तीसरे ही साल कंपनी ने ट्रेनिंग के लिए फ्रांस भेज दिया...उनके जानने वालों में पहला आदमी था रितेश जो विदेश गया। कभी सोचा नहीं था उनका कोई इतना करीबी रिश्तेदार कभी विदेश भी जाएगा।

विदेशी के नाम पर उनके पास एक अंग्रेज की लिखी चिट्ठी थी। दादाजी के नाम की। देश की आजादी के समय दादाजी मिडिल स्कूल में अध्यापक थे। स्कूल का प्रिंसिपल अंग्रेज था। चिट्ठी उसी ने लिखी थी। अपने देश लौटकर उसने दादाजी को चिट्ठी लिखकर उनके सहयोग के लिए आभार जताया था। दादाजी से मिलने उस गाँव में जो भी आता उसे वह चिट्ठी दिखाते। धीरे-धीरे

आसपास के गाँवों में जो भी हमारे परिवार को जानता था वह इस तथ्य से भी अवगत होता था कि हमारे परिवार के किसी व्यक्ति को किसी अंग्रेज ने विलायत से चिट्ठी लिखकर हाल-समाचार पूछा था।

उस दिन चंद्रचूड़जी ने चिट्ठी सँभाल कर रख ली थी जब पहली बार अखबार में यह पढ़ा कि इस तरह की सामग्री को एंटीक कहा जाता है। जिसकी संसार के बड़े-बड़े शहरों में नीलामी होती है। लोग लाखों-करोड़ों देकर ऐसे धरोहरों को खरीदते हैं। हो सकता है उस विलायती बाबू की चिट्ठी भी किसी दिन एंटीक मान ली जाए और वह भी हजारों-लाखों में नीलाम हो जाए।

एक दिन उनका कोई सगा विदेश जाएगा और उनके लिए वहाँ से ऐसा दुर्लभ तोहफा लेकर आएगा, ऐसा उन्होंने सपने में भी नहीं सोचा था।

बताया तो था पत्नी ने, रितेश कह रहा था कि वह जीजाजी के लिए स्पेशल कुछ लेकर आने वाला है। सरप्राइज...

परफ्यूम लेकर आएगा, इंडिया टीवी का समाचार देखते चंद्रचूड़जी ने मन ही मन सोचा। फ्रांसीसी सेंट लगाकर जब वे ऑफिस जाएँगे तो कोई समझ भी नहीं पाएगा किस ब्रांड का है। किसी ने कभी फ्रांसीसी सेंट लगाया हो तब ना...सोचकर उनके होंठो पर मुस्कराहट ऐसे फैली कि देखकर पत्नी को कहना पड़ा—

क्या सोच-सोच कर मुस्की छोड़ रहे हैं...

कुछ नहीं, देख रही हो समाचार के नाम पर क्या-क्या दिखाते रहते हैं... चंद्रचूड़जी ने हड़बड़ाते हुए जवाब दिया।

केवल फ्रांसीसी परफ्यूम लेकर ही नहीं आया था रितेश। टीशर्ट, शेविंग किट, चॉकलेट और छोटे-मोटे अनेक तरह के सामान लेकर आया था।

'एतना समान लाने का क्या जरूरत था', सारा सामान समेटते हुए रितेश से उन्होंने कहा।

आप एक ही तो जीजाजी हैं मेरे, आपके लिए नहीं लाता तो किसके लिए लाता। छोटा-मोटा सामान सब है। हवाई जहाज में अगर सामान का वजन तीस किलो से अधिक हो जाए तो एक्स्ट्रा चार्ज करते हैं। नहीं तो कुछ बढ़िया सामान लाता।

'अरे, क्या बात करते हैं रितेशजी, बिदेश में तो समान बहुत महँगा भी होता है। सुनते हैं वही समान अब अपने देश में बड़ा सस्ता मिल जाता है।'

नहीं जीजाजी, जो समान वहाँ मिलता है वह यहाँ कहाँ मिलेगा। यहाँ तो सारा चाइनीज माल मिलता है। उसी पर मेड इन इंग्लैंड, मेड इन फ्रांस लिख

देते हैं। लेकिन अंतर तो यूज करने पर ही समझ में आता है। देखिए रेड वाइन तो अब इंडिया में भी बनने लगा है...महाराष्ट्र में लोग बताते हैं सस्ता भी मिलने लगा है...लेकिन पीजिएगा न तो आपको क्वालिटी का अंतर खुद ही समझ में आ जाएगा...ऐसा वाइन तो बस फ्रांस में ही मिल सकता है। इसीलिए तो फ्रांसीसी रेड वाइन की संसार भर में बड़ी माँग है। कहावत है, वाइन बनाना और खाना खाना फ्रांसीसियों से सीखना चाहिए...

दक्षिण फ्रांस की वादियों के बेहतरीन लाल और काले अंगूरों के मिश्रण से तैयार होने वाले पेत्रूस वाइन की दक्षिण अमेरिका के देशों में बड़ी माँग है। कीमत पचास यूरो से शुरू होती...रघुनंदन साइबर कैफे, महंथ साह चौक में गूगल सर्च पर मिली इस जानकारी से उनको रोमांच हो आया था। रितेश ने फ्रांसीसी वाइन की ऐसी महिमा बखान की कि उसके जाने के बाद सबसे पहले उन्होंने साइबर कैफे में जाकर उसकी बातों की सचाई जाँचने की कोशिश की... रितेश सच कह रहा था...रेड वाइन रईसों की शान समझी जाती है। हाईसोसायटी में शराब नहीं रेड वाइन परोसी जाती है। घर में तरह-तरह की रेड वाइन रखना अमीरों का नया शगल है...

साइबर कैफे से बाहर निकलकर जब वह रिक्शे का इंतजार कर रहे थे, उन्हें अचानक अपने बालसखा कैलाशपति की बात याद आ गई। उसके बारे में सब कहते कि पहले गाँजा-चरस ही बेचता था अब तो दिल्ली-मुंबई में हेरोइन, कोकीन भी पार्टी लोगों को पहुँचाने लगा है। एक बार मिलने पर उन्होंने उससे पूछ लिया था। जवाब में उसने हँसते हुए कहा था, तस्करी तो नहीं करता सेवन जरूर करता हूँ।

लेकिन ये सब तो ड्रग्स होते हैं, जीवन को बर्बाद करने वाले, आश्चर्य से उन्होंने कहा।

प्यारे, तुम तो नहीं पीते हो! तुम ही बता दो तुम्हारा जीवन कौन सा आबाद हो गया! पता है इनका सेवन कौन लोग करते हैं, अखबार तो पढ़ते होगे, किस-किस तरह के लोग इसके सेवन के आरोप में पकड़े जाते हैं—बड़े-बड़े फिल्म अभिनेता, क्रिकेट खिलाड़ी, फैशन डिजाइनर, बड़े-बड़े नेताओं के रिश्तेदार... अगर मैं तुम्हारी तरह कभी-कभार पत्नी के पीठ पीछे शराब पीता होता तो आज मैं भी किसी बैंक में थोड़े से पैसों के लिए नोट गिनने की नौकरी कर रहा होता। चरस पीता हूँ, कोकीन चखता हूँ तो समाज के बड़े-बड़े लोगों की संगत में बैठता हूँ...उनकी ही मदद से एक्सपोर्ट का काम करता हूँ। लोगों को लगता है तस्करी करता हूँ। कभी कोकीन चखने का मन हो तो आ जाना। ईमान से, ऐसा नशा

कभी किया नहीं होगा। अपनी कमाई से चाहो भी तो इसका नशा नहीं कर सकते हो तुम, समझे! रईसों का नशा है, रईसों की सोहबत में बैठकर किया जाता है।

उस दिन से उनके दिमाग में यह बात बैठ गई थी कि कोकीन का नशा ही दुनिया का सबसे महँगा नशा होता है इसीलिए अमीरों के वह शान की चीज समझी जाती है। लेकिन उस दिन उनको समझ में आया, रेड वाइन रईसों के बीच फैशनेबल समझी जाती है। और इसका सेवन कोकीन या हेरोइन की तरह छिपकर नहीं करना पड़ता...

तो कम से कम तीन हजार की है यह बोतल जो रितेश उनके लिए लेकर आया है। शराब तो कम ही पीते थे। कभी-कभार दोस्तों के साथ, कभी छुट्टी के रोज...जब पत्नी मायके जाती तो जरूर मौका देखकर अक्सर पीने लगते थे। लेकिन वैसे उनको कोई लत नहीं थी।

अपने आप पर गर्व हो रहा था उस दिन...इतनी महँगी शराब शहर में कितने लोग पीते होंगे, शराब तो हो सकता है बहुत लोग पीते हों...अफसर... नेता...ठेकेदार...डॉक्टर...ढाई-तीन हजार रुपए का मोल ही क्या रह गया है आजकल...शहर में कितने डॉक्टर हैं जिनकी रोज की प्रैक्टिस ही इससे अधिक होगी...अफसर तो अफसर कितने बाबू-किरानी ऐसे होंगे जो एक दिन में टेबल के नीचे से इससे ज्यादा रकम खिसका लिया करते होंगे...राकेश भइया, उनके मामा के लड़के, ने अपने मुँह से बताया था। परिहार ब्लॉक में बीडीओ के पीए बनकर गए उनको छह महीने हुए थे जब वे उनसे मिलने गए थे—बड़ा बढिया पोस्टिंग है...दिनभर में इतने लोग आते हैं कि पाँच सौ-हजार तो सलामी में ही मिल जाते हैं। साहब से मिलवाने का अलग, फाइल पर साइन करवाने का अलग, लोन दिलवाने का अलग, वृद्धावस्था पेंशन का अलग...दिन भर में ढाई-तीन हजार तो बिना माँगे मिल जाता है...

उनका मुँह खुला रह गया था।

पैसा कोई कितना ही कमा ले रेड वाइन तो नहीं खरीद सकता, सोचकर उनको कुछ संतोष हुआ। वह भी फ्रांसीसी रेड वाइन...इंटरनेट पर उन्होंने खुद पढ़ा था कि दक्षिणी फ्रांस की वादियों के अंगूरों में खास तरह का खट्टापन लिए मिठास होती है, जिससे वहाँ की वाइन के स्वाद में हल्का तीखापन आ जाता है जो पीने वाले को अपने स्वाद का दीवाना बना देता है।

साइबर कैफे से रिक्शे पर बैठकर घर लौटते हुए उन्हें मन ही मन अपने आप पर गर्व हो रहा था और अपनी पत्नी पर ढेर सारा प्यार उमड़ रहा था... वह न होती तो रितेश जैसा साला नहीं होता। जिसके कारण आज वे एक ऐसी

दुर्लभ वस्तु के मालिक हो गए थे जिससे शहर के गणमान्य लोगों में वे गिने जा सकते थे। रेड वाइन तो दिल्ली-मुंबई जैसे शहरों में भी कम ही लोग पी पाते हैं। यहाँ सीतामढ़ी में...

अगर इसके आधार पर शहर के गणमान्य लोगों की सूची तैयार की जाए कि रेड वाइन की मिल्कियत किन-किन लोगों के पास है तो चंद्रचूड़ किशोर का नाम उसमें प्रमुखता से आएगा...सोचते-सोचते वे इतने उत्तेजित हो गए कि उसी तरंग में रिक्शेवाले से बोले—जल्दी-जल्दी पैडल काहे नहीं मारता है...ऐसे चलाएगा तो कितना देर में कोर्ट बाजार पहुँचेगा...

रिक्शावाला रिक्शा रोककर पीछे मुड़कर उनको देखने लगा।

ऐसा नहीं है कि इससे पहले रेड वाइन के बारे में उन्होंने सुना ही न हो। स्कूल के दिनों का उनका एक दोस्त महाशय मुंबई में अंग्रेजी के डी अक्षर से शुरू होनेवाले टीवी सीरियल बनाने वाली एक मशहूर कंपनी में प्रोडक्शन मैनेजर बन गया था। उसने कोई साल भर पहले उनको एक कहानी सुनाई थी जिसका संबंध रेड वाइन से था...

उसने बताया कि कहीं भी शूटिंग हो प्रोडक्शन से जुड़े लोगों का काम होता है वहाँ का सारा इंतजाम देखना। मैं एक्टर्स का इंतजाम देखता...किस एक्टर को कब किस चीज की जरूरत पड़ जाए इसका ध्यान रखना, कोई सुबह के नाश्ते में केवल अंडा खाता है, किसी को अंडे की सूरत से भी नफरत होती है, कोई केवल ताजे संतरे का जूस पीना पसंद करता है, कोई दूध में गाजर का जूस मिलाकर पीता है, किसी को बिना बाथटब के बाथरूम में नहाने की आदत नहीं होती, किसी को मिनरल वाटर से नहाने की आदत होती है...सबका ध्यान रखना पड़ता है...आउटडोर शूटिंग में कब कौन नाराज हो जाए और शूटिंग का शेड्यूल बिगड़ जाए...

किस्सा सुनाते हुए उसने बताया—एक बार हम लोग उतराखंड के रानीखेत में सीरियल की शूटिंग कर रहे थे...उसमें शोभित राय की मुख्य भूमिका थी। उसके साथ मैंने पहले कहीं काम तो किया नहीं था। मुझे उसकी पसंद-नापसंद के बारे में कुछ पता नहीं था। प्रोड्यूसर कंजूस नहीं था। उसने खूब बढ़िया इंतजाम कर रखा था। लेकिन शाम होते-होते माहौल ऐसा बिगड़ा कि सारा इंतजाम किसी काम नहीं आया। शूटिंग खत्म होने के बाद शाम में शोभित राय ने प्रोड्यूसर से कहा, रेड वाइन चाहिए। प्रोड्यूसर ने कहा होटल वाले ने एक से एक स्कॉच का इंतजाम कर रखा है। आज इसी से काम चलाइए, पहाड़ी इलाका है...कल किसी को शहर भेजकर मँगवा दूँगा...अँधेरा घिर रहा है...अभी किसी को भेजना

खतरनाक होगा...रोड की हालत खराब है...

शोभित राय टीवी का सुपरस्टार! फैल गया। बोला मैं तो रेड वाइन के अलावा कुछ पीता भी नहीं हूँ। सिर्फ पीने की बात नहीं है, मुझे तो डॉक्टर ने कह रखा है रोज शाम खाने से पहले एक बोतल रेड वाइन पीना हेल्थ के लिए बहुत अच्छा होता है। मेरी तो तबीयत खराब हो जाएगी, कहकर उसने अपना कमरा अंदर से बंद कर लिया। प्रोड्यूसर ने मुझे ऑर्डर दिया, कहीं से कम से कम एक बोतल रेड वाइन लेकर आओ। एक बात जानते हो, प्रोडक्शन का आदमी बहाने नहीं बना सकता। उसे हर हाल में प्रोड्यूसर का कहा पूरा करना पड़ता है। चाहे जो हो जाए...उसने संजीदा होते हुए बताया।

रानीखेत जैसे पहाड़ी शहर में रेड वाइन! लेकिन लाना तो था ही। किसी होटल में नहीं मिला। जंगल विभाग के अफसरों के घर पुछवाया, अगर एक बोतल है तो दिलवा दीजिए, चाहे जो कीमत ले लीजिए। होता तो मिलता। मेरे प्रोडक्शन के कैरियर में पहली बार ऐसा होने जा रहा था कि प्रोड्यूसर से जाकर कहना पड़ता—काम नहीं हुआ। कहने की नौबत नहीं आई। मोटरसाइकिल से आधे रास्ते ही पहुँचा था कि गोल्फ कोर्स के मैनेजर का घर दिखाई दिया। मैंने कुछ सोचकर उसके घर के आगे गाड़ी रोक दी। मुझे लगा गोल्फ का खेल बड़े-बड़े लोग ही खेलते हैं। बड़े-बड़े लोगों का यहाँ आना-जाना होता होगा। क्या पता इसके पास किसी ने हिफाजत के लिए रख छोड़ा हो। पूछने पर उसने कहा, है तो एक बोतल, लेकिन पाँच हजार रुपए लूँगा। मेरी जान में जान आई। शूटिंग का शेड्यूल गड़बड़ाने से रह गया।

उस दिन सोते समय चंद्रचूड़जी बड़ी देर तक अभिनेता शोभित राय के ललाई लिए चेहरे के बारे में सोचते रहे और यह अनुमान लगाते रहे कि कितने दिन रेड वाइन पीने से उनका चेहरा भी ऐसे ही लाल हो जाएगा...

इतना सामान लाया था रितेश कि ऑफिस में हेड कैशियर को भी उन्होंने मेड इन फ्रांस पेन भेंट कर दिया। आखिर उनका बॉस था। इस ताकीद के साथ कि आपके लिए तो साले से बोलकर खास तौर पर मँगवाया था। आपको पेन का बहुत शौक है न। किसी को बताइएगा नहीं पेन आपको मैंने दिया है। समझ रहे हैं न! सबके लिए वहाँ से कुछ लाने के लिए तो कह नहीं सकता था।

'आप एतना ध्यान रखते हैं मेरा। मेरा भी तो कुछ फर्ज बनता ही है न, पान रँगे दाँतों को निपोरते हुए हेड कैशियर नमोनारायण जी जवाब में बोले।

ऑफिस में उनसे सब पूछते आपका साला फैशन की नगरी पेरिस गया था, वहाँ से क्या लेकर आया। किसी से कहते कि वहाँ अब पहले वाली बात

नहीं रही। अब ऐसा क्या नहीं मिलता है हमारे देश में कि विदेशी सामान की बाट जोही जाए। किसी से कहते जो सामान यहाँ सस्ता मिलता है उसी पर मेड इन फ्रांस लिखकर वहाँ महँगा बेचते हैं। क्या फायदा! पूछा था उसने क्या लाऊँ, मैंने ही मना कर दिया। ऑफिस के सहकर्मी कहाँ मानने वाले थे। वे भी रोज-रोज पूछते। आखिर इस पूछापूछी से तंग आकर एक दिन वे घर से चॉकलेट लेकर आए और ऑफिस में सबको बाँट दिया।

बताना चाह रहे थे कि उनका साला उनके लिए फ्रांस से असली रेड वाइन लेकर आया है। फिर सोचते क्या पता कोई ठीक से समझ ही न पाए रेड वाइन का क्या मतलब होता है। ऑफिस में काम करने वाले बाबू-किरानी क्या समझ पाएँगे रेड वाइन की शान को। यही सोचकर सबको बताने का फैसला मुल्तवी कर उन्होंने चॉकलेट बाँटने का फैसला किया।

एक दिन रितेश के बचपन का दोस्त जयदेव मिलने आया। मर्चेंट नेवी में अफसर था। बोला छुट्टी में आया था, सोचा दीदी से भी मिल लूँ। उसके आने पर पत्नी ने उनको एक कोने में ले जाकर कहा, जयदेव मेरे लिए रितेश से कम नहीं है। इसका खातिरबात जरा ठीक से करना है। मौसी की बेटी से इसकी शादी की बात भी चल रही है। क्या पता कल को आपका साढ़ूभाई ही हो जाए, कहकर पत्नी मुस्कराते हुए किचेन में चली गई। अपने सगे से भी बढ़कर भाई के लिए खाना जो बनाना था।

चंद्रचूड़जी ने सोचा जब इतना ही खास भाई है तो क्यों न इसका स्वागत रेड वाइन से किया जाए। बोतल निकालने जा ही रहे थे, सोचा पहले जयदेव से पूछ लिया जाए। उसके पास जाकर बैठ गए और धीरे से बोले—रितेशजी फ्रांस से एक बोतल रेड वाइन लेकर आए थे। मुझे इसका कुछ ज्यादा शौक तो है नहीं। ले आता हूँ, आपके साथ थोड़ा बहुत मैं भी चख लूँगा...

जयदेव ने साफ मना कर दिया।

बोला, पिछले साल मेरा जहाज यूरोप में ही घूमता रहा। वहाँ तो पानी की तरह वाइन पी जाती है। खाने के साथ वहाँ लोग पानी नहीं वाइन पीते हैं। वाइन पी-पी कर मैं ऊब चुका हूँ। वहाँ तो आम आदमी भी वाइन ही पीता है। लेकिन अपने देश में वाइन को बड़े लोगों का शौक समझा जाता है। बड़े-बड़े अफसर-मंत्रियों को अगर उपहार में वाइन दिया जाए, वह भी विदेशी तो काम होने की संभावना बढ़ जाती है। मेरा एक दोस्त है। रेलवे में अफसर है। उसकी पोस्टिंग बहुत दिनों से दूर-दराज के इलाकों में हो रही थी। किसी अच्छे शहर में तबादले के लिए वह खूब कोशिश कर रहा था। लेकिन कुछ हो नहीं पा रहा

था। उसे किसी ने बताया कि चेयरमैन केवल पैसे से ही प्रभावित नहीं होता। वह वाइन का बहुत शौकीन है। अगर वाइन के साथ उससे मिलो तो शायद कुछ काम बन जाए।

उसने मुझसे बात की। संयोग से मैं यूरोप से लौटा ही था। मेरे पास इटली की रेड वाइन थी। उसे चार-पाँच बोतल भिजवा दिए। अगले सप्ताह फोन आया कि चेयरमैन ने उसके दिल्ली तबादले का आदेश दे दिया है। दिल्ली में तो कहा जाता है कि किसी को खुश करना हो तो उसे रेड वाइन तोहफे में देना चाहिए। कितनी भी महँगी शराब आप किसी को दें उसमें वह बात नहीं होती जो एक बोतल वाइन में होती है। वह भी अगर रेड वाइन हो तो क्या कहने! मैं पीने के लिए नहीं प्रभावशाली लोगों को उपहार में देने के लिए वाइन खरीदता हूँ, जयदेव बोला।

वैसे, कौन सी वाइन है, थोड़ा रुककर उसने फिर पूछा।

जवाब में चंद्रचूड़जी अंदर से बोतल निकाल लाए।

पेत्रूस...अरे, यह तो फ्रांस की बड़ी मशहूर वाइन है। यहाँ इंडिया में तो बहुत मुश्किल से ही मिलती है। मिलती भी है तो बहुत महँगी...लीजिए, ठीक से रख लीजिए, उसने उलट-पुलटकर बोतल देखने के बाद वापस देते हुए कहा।

उस दिन उनको समझ में आया कि कितनी बड़ी चीज उनके हाथ लग गई है। रितेश ने उनके हाथ एक ऐसी चीज दे दी है जिसके माध्यम से वह देश के न सही शहर के ताकतवर लोगों तक तो पहुँच ही सकते हैं। शहर के प्रभावशाली लोगों के साथ कुछ देर बैठ सकते हैं।

बोतल को उन्होंने बहुत सँभालकर रख दिया। छिपाकर...

उस दिन से पेत्रूस रेड वाइन की बोतल को लेकर तरह-तरह की योजनाएँ उनके दिमाग में चलने लगीं। कभी-कभी पत्नी टोकती पी के तो देखिए, कैसा लगता है, एतना दूर से आपके लिए लाया मेरा भाई। कहते, अभी नहीं। रितेश ने भी कई बार फोन पर पूछा, पीकर देखा जीजाजी, कैसा लगा, जवाब देते अगले महीने पाँच दिन की छुट्टी पड़ने वाली है, तब इत्मीनान से इसका स्वाद लूँगा।

जबसे जयदेव मिलकर गया था वे वाइन पीने के बारे में कम किस उपयुक्त व्यक्ति को उसे दिया जाए इसके बारे में अधिक सोचने लगे थे। वे समझ गए थे जो काम किसी भी तरह नहीं हो पा रहा हो उसे रेड वाइन संभव बना सकती है...

यह आपको किसी के करीब ला सकती है। उनके मुहल्ले में जिला भाजपा अध्यक्ष नरेश शर्मा रहते थे। कभी आते-जाते वे दिख जाते, चंद्रचूड़जी उनको नमस्कार करते तो वे जवाब में कभी सिर हिला देते या कभी हाथ उठाकर हिला देते। एकाध बार उन्होंने इनका हालचाल भी पूछ लिया था। वे सोचने लगे अगर

उनको रेड वाइन दे आएँ तो अच्छी पहचान हो जाएगी...शहर में रहना है तो किसी न किसी प्रभावशाली आदमी से संबंध बनाकर जरूर रखना चाहिए। वैसे भी प्रांत में भाजपा की सरकार है, इससे सरकार में पहुँच भी हो जाएगी। क्या पता कल क्या काम पड़ जाए।

कल को बाल-बच्चे होंगे। पिछले महीने जब माँ रामनवमी का मेला देखने आई थी तो बता रही थी गाँव में नेपाल से एक सिद्ध महात्मा आए थे। उन्होंने माँ का मुँह देखते ही कहा, तेरे घर में बड़ा प्रतापी बालक आने वाला है।

अगर हुआ तो कल को बड़ा भी होगा। स्कूल में उसका नाम लिखवाना पड़ेगा। शहर के अच्छे स्कूलों में नाम लिखवाने के लिए या तो डोनेशन देने के लिए मोटा पैसा चाहिए या किसी प्रभावशाली आदमी की पैरवी। पैसा तो है नहीं, ऐसे में रेड वाइन की यह बोतल प्रभावशाली आदमी तक तो पहुँचा ही सकती है। शहर में पत्नी के साथ रहते हैं। भगवान न करे कुछ हो, लेकिन अगर कल को कुछ हो गया तो मदद के लिए कोई मजबूत सहारा तो चाहिए।

बस एक समस्या थी। सुबह-सुबह लोहापट्टी के हनुमान मंदिर में पूजा करके माथे पर रोली का टीका लगाने वाले नरेश शर्मा के बारे में उनको यह मालूम नहीं था कि वे सुरा का सेवन करते हैं या नहीं। चाहते तो उनसे मिलने-जुलने वालों से पता लगा सकते थे, लेकिन अगर किसी ने कुछ गलत-सलत बता दिया तो...पता चला लेने के देने पड़ गए। उनसे संबंध बनाने से फायदा हो न हो उनकी नाराजगी से नुकसान तो जरूर हो जाता। बहुत सोच-विचार कर उन्होंने यही तय पाया कि पूरी तरह पता करने के बाद ही उपहार में यह बोतल किसी को देंगे। कम से कम उसको जो इसके महत्व को समझता हो। जो इसके रुतबे से वाकिफ हो।

ऑफिस में दूर-दूर तक प्रमोशन का कोई चांस नहीं था। इसलिए दो-एक बार बड़े साहब को देने का खयाल मन में आया भी तो उस पर उन्होंने ज्यादा विचार नहीं किया। उल्टे साहब को देने से इस बात का खतरा था कि पीने के बाद अगर उनको पसंद आ गया तो हो सकता है वे बार-बार इसकी माँग करें—मिस्टर किशोर, इस बार आपके ब्रदर इन लॉ जब विदेश जाएँ तो उनसे ये वाली वाइन जरूर मँगवा दीजिएगा। और हाँ, इस बार आपको मुझसे पैसे लेने पड़ेंगे। पूछ लीजिएगा, कितने का था...बाहर तो सुनते हैं सस्ता मिलता है...ये सब आइटम...हें...हें...हें...

अगली बार नहीं देता तो नाराज और हो जाते! अब बार-बार ट्रेनिंग के लिए कंपनी रितेश को फ्रांस तो भेजेगी नहीं...भेज भी दिया तो वह बार-बार

रेड वाइन लाएगा नहीं...वह तो पहली बार गया था...सोचा होगा कुछ ऐसा ले चलते हैं जो जीजाजी को भी याद रहेगा...बाद में कहेंगे—जब रितेशजी पहली बार विदेश गए थे तो वहाँ से रेड वाइन लेकर आए थे...

इसलिए बॉस को देने के खयाल के खयाल से भी वे भागने लगे।

इधर कुछ दिनों से चंद्रचूड़जी कुछ परेशान चल रहे थे। नहीं कुछ खास नहीं...ऐसे ही...उनके पड़ोस में एक कोठी है। जबसे उन्होंने किराए पर यह मकान लिया तबसे उसके गेट पर ताला पड़ा था। महीने-दो महीने पर कोई आता साफ-सफाई करवा जाता। सुनते किसी इंजीनियर साहब का मकान है। अमेरिका में रहते हैं। दो महीने पहले ही उसका ताला खुला...उसमें आकर कोई नौजवान रहने लगा है। महादेव किराना भंडार वाले राघवजी बता रहे थे, इंजीनियर साहब का बेटा है, अभी छह-आठ महीने रहेगा। इंजीनियर साहब के शहर में तीन मकान हैं, गाँव में कुछ खेती-बाड़ी-घरारी...सबका हिसाब करने आया है...अब एतना प्रोपरटी बेचना है तो समय तो लगेगा ही न...

वे क्या, आसपास के लोग भी उसे कम ही देख पाते थे। गेट अब भी बंद ही रहता था, लेकिन अंदर से...कभी-कभी गेट के बाहर कोई बड़ी गाड़ी रुकती उससे कोई बड़ा आदमी उतरता, गेट खुलता वह अंदर चला जाता, गेट फिर बंद हो जाता...कभी कोई और गाड़ी इसी तरह आती...

उनको इस सबसे कोई परेशानी नहीं थी...

वह बड़ी तेज आवाज में म्यूजिक बजाता था। वह भी आधी-आधी रात में...उनको लगता जैसे अपने घर में ही स्टीरियो बज रहा हो। वह भी पता नहीं कौन-कौन से अंग्रेजी गाने! कई बार सोचा जाकर गेट खटखटाएँ और कहें...भाई साहब! यहाँ आसपास और लोग भी रहते हैं। आपको नींद नहीं आ रही है तो हमारी नींद क्यों खराब करते हैं, रात को सोचते सवेरे कहेंगे, सवेरे सोचते ऑफिस से लौटकर शाम को इत्मीनान से रिक्वेस्ट करेंगे...हर दिन गेट खटखटाना, कहना अगले दिन तक के लिए टल जाता...महीनों से टलता आ रहा था...

सोच रहे थे घर बदल लें। लेकिन दिल्ली तो है नहीं कि जब चाहा घर बदल लिया। एक तो इस शहर में इतना अच्छा हवादार घर किस्मतवालों को ही मिलता है। वह भी इतने कम किराए पर। फिर ऐसा शगुनिया घर छोड़ने का मन भी नहीं कर रहा था। यहीं आकर नौकरी ज्वाइन की, यहीं रहते इतनी अच्छी पत्नी मिली, ऐसा साला मिला जो उनके लिए फ्रांस से रेडवाइन लेकर आया...

उस बंद गेट वाले बँगले में रहने वाले उस अमेरिका पलट लड़के से वे आजिज आ चुके थे। दिन भर ऑफिस में रहते हैं। घर में पत्नी अकेली...

अब कहीं...नहीं-नहीं! अपनी पत्नी सीमा पर तो उनको पूरा भरोसा है...लेकिन आजकल का जमाना ही कुछ ऐसा हो गया है। सब चमक-दमक के पीछे भागने लगे हैं। क्या भरोसा...जब भी ऐसा खयाल उनके मन में आता जी करता उस हाई-फाई भाई की ऐसी-तैसी कर दें। ऐसा कुछ कर दें कि अंग्रेजी गाना सुनना भूल जाए। लेकिन...

कई बार मन में आया पिटवा दें। लेकिन सीतामढ़ी शहर में तो वे अपने ऑफिस वालों को ही जानते थे। उनमें से किसी से इस मामले में शायद ही मदद मिल पाती। उन्होंने शहर के नामी बदमाश नवाब सिंह के बारे में सुन रखा था। एकाध बार मेन रोड सीतामढ़ी से एक सफेद क्वालिस को उन्होंने तेजी से गुजरते देखा था। उसे देखते ही लोग सड़क से किनारे की ओर हटने लगते। बताते गाड़ी में नवाब सिंह जा रहा था...उसके बारे में मशहूर था कि जिसका नहीं भाई-बाप, उसका है नवाब! मन में एकाध बार आया आया उससे जाकर कहें हमें परेशान कर रहा है, जरा उस अमेरिकी बाबू का गुरूर तोड़ दीजिए... मगर अकेले उसके पास जाने की हिम्मत नहीं हुई।

मन में आया उसे जाकर वाइन दे आऊँ तो काम भी बन जाएगा...शहर के एक बड़े आदमी से पहचान भी हो जाएगी। शहर के मामले में महादेव किराना भंडार वाले राघवजी बरसों से उसके मार्गदर्शक-पथप्रदर्शक थे। उनका कहना था—शहर में छाती तानकर चलना है चंदरचूड़ बाबू तो किसी बड़ा आदमी से राम-सलाम बहुत जरूरी है। चाहे किसी अफसर से हो चाहे नवाब सिंह जैसे रंगदार से...अगर एक बोतल रेड वाइन से नवाब सिंह से बढ़िया राम-सलाम हो जाए तो क्या बुरा...

जब इस बात पर उन्होंने कई बार विचार किया तो उन्हें इसमें कुछ-कुछ बुराई दिखने लगी। शहर में पति-पत्नी बस दो प्राणी हैं। कहीं घर आने-जाने लगा...वे तो दिन भर ऑफिस में रहते हैं...कहीं कुछ हो गया तो...अमेरिकापलट के अंग्रेजी गाने से तो नवाब सिंह हो सकता है मुक्ति दिला दे, लेकिन नवाब सिंह से कौन बचाएगा...

एक दिन मन हुआ जाकर अपने पुराने सर साइंस कॉलेज के प्रोफेसर मदनानंदजी को गिफ्ट कर आएँ। उन्होंने इंटर से बीए तक अपने इस होनहार शिष्य को बिना पैसे लिए ही ट्यूशन पढ़ाया था। उस दौरान अपने गुरु के सबसे प्रिय शिष्य होने के कारण वे अच्छी तरह जानते थे प्रोफेसर साहब को तरह-तरह की शराब पीने और पीने से भी ज्यादा रखने का बहुत शौक था। अगर उनको रेड वाइन दें तो वे सचमुच बहुत खुश होंगे...अपने इस होनहार शिष्य को

दुआएँ भी बहुत देंगे...और कुछ उनके लिए नहीं कर पाए यह छोटी सी खुशी तो उनको दे ही सकते हैं।

उनको देने से क्या फायदा होता, यह सवाल जब चंद्रचूड़जी के जेहन में कौंधा तो बार-बार कौंधने लगा। ठीक है अतीत में प्रोफेसर साहब के बड़े अहसान रहे हैं उनके ऊपर, लेकिन आदमी की मुश्किल यही होती है कि उसे भविष्य के सपनों के लिए जीना पड़ता है। उनके वर्तमान जीवन में प्रोफेसर साहब का कोई रोल नहीं रह गया था, भविष्य की कोई उम्मीद भी उनसे नहीं रह गई थी। वह तो उसी दिन समाप्त हो गई थी जिस दिन अनुकंपा के आधार पर मिली यह नौकरी उन्होंने ज्वाइन कर ली और सीतामढ़ी आ गए...

रेड वाइन तो किसी ऐसे आदमी को देना चाहिए जिससे समाज में उनका कुछ रुतबा बढ़े। जिससे शहर के किसी बड़े आदमी के साथ कम से कम उनको बैठने का मौका मिले। प्रोफेसर वह भी रिटायर किस काम के...उन्होंने इस बारे में भी सोचना छोड़ दिया!

उनकी उधेड़बुन बढ़ती जा रही थी। किसी एक आदमी को देने के बारे में सोचते कि किसी दूसरे का ध्यान आ जाता। वे पिछले की जगह उस आदमी को देने का मन बनाने लगते। ऐसा कौन हो सकता था जिसे वे गिफ्ट देते तो वह न केवल खुश होता उनको अपने अजीजों में भी शामिल कर लेता। उनके छोटे-बड़े काम चुटकियों में करवा देता। शहर में उनको भी छाती फुलाकर चलने का मौका देता। उन्हें मिथिलेश ठाकुर की याद आई। दिल्ली से पढ़कर आया था। सबसे छिप-छिपकर रहता। सब कहते दिल्ली गया था पढ़ने। किस्मत का ऐसा मारा है, कुछ कर नहीं पाया बेचारा। दिल्ली जाते तो बहुत लोग हैं, बाकी आईएएस, आईपीएस कोई-कोई ही बन पाता है।

देखते-देखते मिथिलेश की किस्मत ही बदल गई। दिल्ली के रामजस कॉलेज में उसका एक सहपाठी रमेश चंद्रा मुजफ्फरपुर का कलेक्टर बनकर आ गया। कलेक्टर बनकर ही नहीं आया अपने पुराने सहपाठी के घर आने-जाने लगा, अपनी लालबत्ती वाली गाड़ी में उसको घुमाने लगा। कहीं भी निकलता लोग कहते देखो, कलेक्टर साहब का दोस्त जा रहा है...शहर में वह सिर झुकाकर नहीं सिर उठाकर चलने लगा था। उसके दरवाजे पर भी मिलने वालों की भीड़ लगी रहती। शायद ही कोई आदमी ऐसा रहा हो शहर में जो मिथिलेश को न पहचानने लगा हो।

चंद्रचूड़ जी की और भी मुश्किलें थीं। पिताजी के मरने के बाद पुश्तैनी घर पर पट्टीदारों ने कब्जा कर लिया था। कोई उनकी शिकायत सुनने वाला भी

नहीं था। थाना-पुलिस, कोर्ट-कचहरी में हजारों खर्च हो जाते और कुछ हाथ भी नहीं आता। चुपचाप सोचते रहते किसी तरह कलेक्टर के पास शिकायत करने का मौका मिल जाए तो शायद उनको उनका हक मिल जाए।

डीएम तक पहुँच पाने का कोई रास्ता ही नहीं सूझ रहा था...

एक दिन वैशाली चाट भंडार में मिक्स्ड चाट खा रहे थे। बगल में दो आदमी बतिया रहे थे। एक कह रहा था नया डीएम साहब के बारे में सुने हो। कलेक्टेरियट में कल कोई बता रहा था कि शाम होते ही मस्त हो जाते हैं, आठ बजे के बाद किसी से नहीं मिलते। उसके बाद काले शीशे वाली गाड़ियाँ आने लगती हैं, आधी-आधी रात तक महफिल जमी रहती है...इसके आगे की बातचीत पर उन्होंने ध्यान ही नहीं दिया। बस, यही बात उनके दिमाग में अटक गई। उनको यह सुनहरा मौका लग रहा था शहर के राजा से संबंध बनाने का। याद रखो, देश में तीन ही आदमी का तंत्र चलता है—डीएम, सीएम और पीएम, बाकी ई लोकतंत्र, जनतंत्र सब बेकार की बातें हैं। उनको अपने गाँव के शिवशंकर मास्साब की बरसों पुरानी कही बात याद आ गई। डीएम साहब के बारे में मिली इस जानकारी में उनको अपना पुश्तैनी घर वापस मिल सकने की उम्मीद दिखाई देने लगी।

शाम होते ही मस्त हो जाने वाले डीएम साहब तो रेड वाइन पाकर बहुत खुश हो जाएँगे। पेत्रूस एक ऐसी वाइन है जिसे पाकर शायद कोई ऐसा शौकीन न हो खुशी से फूल न जाए, उनको जयदेव की बात याद आई...

इस योजना को कार्यरूप देने के बारे में सोचने लगे तो पहली व्यावहारिक समस्या यह उठ खड़ी हुई कि कलेक्टर साहब तक पहुँचा किस तरह जाए। उनके कर्मचारियों के पास बोतल छोड़कर आने का कोई तुक नहीं बनता था। एक तो इससे इस बात की कोई गारंटी नहीं रहती कि रेड वाइन की बोतल साहब के पास पहुँच जाएगी। दूसरे, अगर कर्मचारियों के माध्यम से बोतल कलेक्टर साहब तक पहुँच भी जाती तो इससे उनको क्या फायदा होता। उनका उद्देश्य कलेक्टर साहब को विदेशी वाइन पिलाना तो था नहीं। वे तो उनके साथ उसी तरह संबंध बनाना चाहते थे जैसे दिल्ली में दलाल अफसरों-नेताओं के साथ बनाते थे। रितेश के दोस्त ने बताया था कि बड़े नेता या अफसर घूसखोरी-कमीशनखोरी का काम अपने हाथों से नहीं करते। यह काम वे ऐसे किसी आदमी के माध्यम से करते हैं जो उनको खिला-पिलाकर खुश रखता हो, उन्हें अपना हितैषी दिखाई देता हो।

मिथिलेश के बारे में लोग कहने लगे थे, डीएम उसी के माध्यम से लेन-देन की बात करता है। तभी तो हमेशा साथ-साथ लिए डोलता रहता है। आजकल

बिना मतलब के बेटा बाप को नहीं पूछता दोस्त तो बहुत दूर की बात हो गई! उसका एजेंट है एजेंट! क्या पता डीएम साहब उसको ही अपना स्थानीय एजेंट बना लें। जब तक वे वहाँ डीएम रहेंगे तब तक शहर में उसकी इतनी साख बन जाएगी कि उसी रसूख के सहारे आगे का जीवन मजे में कट जाएगा।

जबसे उनका साला विदेश हो आया था उनको महसूस होने लगा था कि उनकी पत्नी उनको उतना आदर नहीं देती थी। पिताजी का जल्दी देहांत नहीं हुआ होता...उनको अनुकंपा के आधार पर मिली यह नौकरी नहीं करनी पड़ती तो आज वह भी कंपटीशन पास करके कम से कम डिप्टी कलक्टर तो बन ही गए होते। लेकिन अब यह सब करने का समय नहीं रह गया था। न सोचने का...

वे भी अपनी पत्नी को कुछ करके दिखाना चाहते थे।

उन्होंने तय किया कि वे कलेक्टर से मिलने का कोई न कोई रास्ता जरूर निकालेंगे...और अपने हाथ से जाकर उनको फ्रांस की मशहूर पेत्रूस वाइन भेंट करेंगे। हो सकता है उसी आगामी मुलाकात में उनके उस संभावित भाग्योदय के संकेत छिपे हों जिसकी ओर देवी मंदिर के पंडित बेनीमाधव मिश्र ने उनका हाथ देखकर संकेत किया था।

वे हर समय सोते-जागते इसी जुगत में लगे रहते कि किस तरह डीएम से मिलने का रास्ता निकाला जाए...एक बार सामने-सामने मिलने का!

एक शाम जैसे ही घर के बाहर उनका रिक्शा रुका। पत्नी गेट खोलकर बाहर आकर उनको देखने लगी। उनको कुछ आशंका हुई। इस तरह पत्नी जब उनको देखने आती है तो जरूर कुछ न कुछ बात होती है। पिछली बार जब इस तरह आई थी तो खाना बनाते-बनाते गैस खत्म हो गया था। यहाँ एक बार गैस खत्म हो जाए तो उसका इंतजाम करना भी तो बड़ी बात होती है। गैस का इंतजाम समय पर न कर पाने के कारण पत्नी को स्टोव पर खाना बनाना पड़ता और उनको शर्मिंदा होना पड़ता था। क्या सोचती होगी पत्नी, कैसे हैं, इतना दिन से शहर में रहते हैं, एलआईसी में काम करते हैं, मगर मौका-कुमौका एक गैस का इंतजाम भी नहीं कर सकते।

खैर...एक बार डीएम से भेंट हो जाए इस तरह की छोटी-मोटी सारी परेशानी दूर हो जाएगी। उनको बार-बार शर्मिंदा नहीं होना पड़ेगा।

रिक्शेवाले को पैसे देकर जल्दी से घर की ओर बढ़े।

गोदरेज वाले आल्मारी में क्या रखे थे, पत्नी ने सवालिया निगाहों से उनको देखते हुए पूछा।

क्या हुआ, उसमें तो कपड़ा है और क्या है, क्या हुआ बात बताओ,

कपड़ा में लपेट कर क्या रखे थे, पत्नी ने सवाल के जवाब में फिर से सवाल दागा।

क्या हुआ, फिर कुछ सोचते हुए बोले, उसमें तो रेडवाइन की बोतल रखी थी। क्या हुआ, अब उनकी आशंका गहरी हो चुकी थी।

आप नाराज मत होइएगा। हमको कहाँ पता था कि आप वहाँ क्या रखे हैं। आपको बता देना चाहिए था न! वहाँ से आपका कुर्ता-पाजामा निकाल रही थी प्रेस करवाने के लिए तो बोतल गिर गया।

क्या टूट गया, अरे, रितेश ही तो बोला था वाइन के बोतल को लिटाकर रखना चाहिए। सीधा खड़ा रखने पर उसका टेस्ट खराब हो जाता है। इसीलिए वहाँ रखे थे। क्या हुआ, टूट गया, बताया नहीं?

और क्या! कपड़ों के बीच से लुढ़क कर गिर गया। वह तो आधा ही बहा था कि मैंने बोतल को खड़ा कर दिया। आधा बोतल बच गया है। दूसरे बोतल में डालकर फ्रिज में रख दिया है...

चंद्रचूड़जी को कुछ सुनाई नहीं दे रहा था। उनकी पत्नी क्या बोले जा रही थी। लग रहा था जैसे सुंदर सपना बीच में ही टूट गया हो। उसी दिन रिमझिम सैलून में उनकी भेंट डीएम के स्टेनो से हुई थी। उसने कहा था, अगले सप्ताह मिलने का टाइम दिलवा दूँगा। वे खुशी-खुशी घर आ रहे थे...

कहाँ सोचा था कि घर आते ही सारी खुशियों का अंत हो जाएगा...

गुस्सा तो बहुत आ रहा था, मगर कुछ बोल नहीं पाए। चुपचाप कमरे में गए और दरवाजा बंद कर लिया। बोलकर करते भी क्या।

चाय बना दूँ! पत्नी की आवाज आई। उन्होंने मना कर दिया।

काफी देर तक संज्ञाशून्य से बैठे रहे। उठे, फ्रिज खोला, बची-खुची वाइन निकाली और पीने लगे। उसका तीखा खट्टा स्वाद लेते हुए...एक बात है रेड वाइन का स्वाद शराब से एकदम अलग होता है, चुस्कियाँ लेते हुए मन ही मन सोचते रहे। वे इस समय फ्रांस की सबसे मशहूर वाइन में से एक का सेवन कर रहे हैं, अचानक उनको ध्यान आया। गर्दन घुमाकर चारों तरफ देखने लगे...

कोई नहीं था...

उस रात उनको गहरी नींद आई। सुबह उठे तो पत्नी हैरत से उनको देख रही थी।

पूछा—क्या हुआ?

आपको रात क्या ठीक से नींद नहीं आई, जवाब में पत्नी ने पूछा।

क्यों?

पता नहीं, आप नींद में क्या-क्या बड़बड़ा रहे थे—डीएम साहब, खास तोहफा...मुझे तो डर लग रहा था। आपको उठाने लगी तो गले से घों-घों आवाज निकलने लगी। मैं तो घबड़ा ही गई थी। लगता है काम का दबाव बढ़ गया है। दो-तीन दिन छुट्टी लेकर आराम कर लीजिए...

रसीद नं. ग्यारह

*

एम. हनीफ़ मदार

दोनों ने दुआ-सलाम किया और अन्दर आ गये। लियाकत अली ने मुड़कर दरवाज़े की तरफ देखा तब तक वे दोनों उनके पास आकर गर्मजोशी से हाथ बड़ा चुके थे। अब घर ही इतना छोटा है कि चौखट पार की और मास्टर साहब के पास। मास्टर साहब मानी लियाकत अली एक जूनियर स्कूल में प्रधानाध्यापक हैं। स्कूली अध्यापकों तथा शिक्षाधिकारियों के लिए एक सनकी आदमी। दरअसल उनकी सनक कोई पागलपन नहीं है बल्कि कहीं कुछ गलत होते देखकर, उनकी भिड़ जाने की प्रवृति को लोगों ने सनक का नाम दे रखा है। रुस्तम नगर के इस स्कूल में अब अध्यापकों का समय से आकर पढ़ाना और बच्चों की संख्या चार सौ से ज्यादा हो जाना, लियाकत अली के भिड़ जाने का ही नतीजा है। पहले तो यहाँ मास्टर आते ही नहीं थे। बच्चे आकर करते भी क्या। इस के लिए वे शिक्षाधिकारियों से कई बार भिड़े। उन दिनों लियाकत अली पर कई तरह के दबाव बनाये गये। एक बार तो टर्मिनेट हुए लेकिन हार नहीं मानी, बोले गलत नहीं हूँ, सही के लिए लड़ता रहूँगा। फिर बहाल हुए और अब उन मास्टरों को भी समय पर आकर पढ़ाना होता है जिन्होने कभी स्कूल आना ही नहीं सीखा था।

सरकारी मतगणना, चुनाव ड्यूटी, पोलियो दिवस या अन्य ऐसे कार्यों में मजाल है कि इस स्कूल के किसी मास्टर की ड्यूटी लग जाय। कौन आयेगा ड्यूटी लगाने उसे पहले लियाकत अली के सवालों का जबाव देना पड़ेगा "सँविधान में एक अध्यापक की क्या ज़िम्मेदारियाँ हैं...? पढ़ाना ज़्यादा ज़रूरी है या इन कार्यों में अपने कर्तव्य का मज़ाक उड़ाना...? हमसे यही कराना था तो हमको बीएड या बीटीसी या अन्य टीचर ट्रेनिंग के बाद ही क्यों भर्ती किया गया...?" मसलन उनके यूँ भिड़ने की आदत के कारण उन्हें सनकी कह देते

हैं लेकिन कोई अधिकारी भिड़ता नहीं।

आज की ही बात ले लो, अपने मित्र शर्मा जी के पास बैठे थे। उनके बहनोई भी आये हुए थे, चलती बातों में उनके मुँह से निकल गया, कि मुसलमान बच्चे ज़्यादा पैदा करते हैं। बस फिर क्या था भिड़ गये "मेरे पास केवल दो बच्चे हैं आपके पास तो फिर भी तीन हैं...और आस-पास से लेकर बड़े राजनेताओं तक के ऐसे कितने ही नाम गिना डाले जिनके पास पाँच-पाँच या आठ बच्चे हैं। आखिर घंटों बहस के बाद शर्मा जी के बहनोई को लियाकत अली की इस बात से सहमत होना पड़ा कि बच्चों की पैदाइश को किसी वर्ग या जाति विशेष से नहीं जोड़ा जा सकता बल्कि इसका कारण अशिक्षा ही है।

शर्मा जी के घर से वापस आते हुए मन ही मन उन्होंने अपनी कौम पर खूब खीझ उतारी "सदियों से दीन की हिदायतों को कंधों पर लादकर खड़े हैं। कितना कुछ बदल गया वह दिखाई नहीं देता...? बस मुल्ला बने फिरते हैं। काश! कि शिक्षा पर भी ध्यान देते, तो इन लोगों को ऐसी झूठी-सच्ची अवधारणाऐं गढ़ने का मौका तो नहीं मिलता 'हम बच्चे ज़्यादा पैदा करते हैं...। आतंकी भी हम ही हैं...काश कि पढ़-लिखकर अंबेडकर की तरह इनको जबाव दे पाते...' लियाकत अली अपना यह गुबार भी शायद शर्मा जी के घर ही निकालते यदि उनके छोटे भाई का फोन न आ जाता। छोटे को पी.सी.एम. से ग्रेजुएशन कर चुकी अपनी बेटी के लिए किसी इन्जीनियरिंग कॉलेज के चयन और उसके खर्चों की समस्या, के समाधान के विषय में बात करनी थी।

मास्टर जी यानी अभी घर पहुँच कर रास्ते भर की झुँझलाहट को झटककर, कुछ संयत होकर, छोटे से बात-चीत शुरु कर ही रहे थे कि इन दोनों ने दस्तक दे दी। लियाकत अली और छोटे ने बारी-बारी दोनों से हाथ मिलाया और उन्हें बैठने का इशारा कर, फिर अपनी बातों में मशगूल हो गये।

असल में मास्टर जी और छोटे की बातचीतों के बीच में, उनके यूँ अनायास आने ने ही उनकी बातों के सिलसिले की चूलें हिला दी थीं। एकाग्रता टूट गई थी। तारतम्य भंग हो गया था। फिर भी मास्टर जी छोटे के साथ बातों का क्रम जारी रखने का बहाना भर कर रहे थे। क्योंकि वे अब उन्हीं बातों को दुहरा रहे थे जिन्हें वे कुछ देर पहले भली-भाँति बोल चुके थे। जबकि उनका दिमाग उन दोनों को पहचानने की क्रिया में तेज़ी से पन्ने पलटने लगा था। इस बहाने मास्टर जी को थोड़ा-सा वक्त मिल पा रहा था। खुद को किसी नतीजे पर न पहुँचता देख, उन्होंने आनन-फानन में छोटे की आँखों में देखा कि शायद वह उन दोनों को जानता हो।

यूँ तो छोटे भी मास्टर जी की बातों में हाँ या ना जोड़कर उन्हें सहयोग देने का उपक्रम कर रहा था किन्तु उसकी नज़रें बारी-बारी उन दोनों पर आ-जा रही थीं। पर ही उसकी आँखों में उन दोनों के प्रति एक हेयतापूर्ण घृणा की झलक स्पष्ट दिख रही थी। मास्टर जी अभी कुछ भी समझ नहीं सके थे कि उन दोनों में से ही एक आदमी बोला—

"अल्लाह की रहमत है, हमारी खुश किस्मती देखो कि दोनों भाई आज एक साथ मिल गये।" सुनते ही मास्टर जी इतना तो समझ ही गये कि यह दोनों छोटे को और छोटे इन दोनों को पहचानता तो है। और उन्होंने, मास्टर जी को छोटे के भाई के रुप में इसलिए आसानी से पहचान लिया कि मास्टर जी और छोटे दोंनो की शक्लें बहुत हद तक हू-व-हू मिलती हैं। अब मास्टर जी भी उनकी तरफ मुड़ गये।

दोनों आगन्तुकों के मुँह पान-मसाले से इस क़दर भरे थे कि चबाये हुए मसाले और उनके दाँतों में फ़र्क कर पाना मुश्किल हो रहा था। चेहरे पर लगभग पूरी तरह सफ़ेद हो चुकी दाढ़ी पर, मेहँदी जितनी चमक रही थी उसके ठीक विपरीत बदन में कुर्ता पायजामा उतने ही गँदले थे। पुरानी घिसी हुई चप्पलों से उनके धूल भरे पैर मायूसी से झाँक रहे थे।

अभी मास्टर जी उनसे बात-चीतों के लिए सिरा खोज ही रहे थे कि वही पहला आदमीं बोला "आपका अख़लाक बड़े क़माल का है...! यहाँ चूड़ियों के तक़ादे पर आये थे तो सोचा आपसे भी मुलाक़ात कर ली जाय...। चन्दे के लिए।" इस अंतिम शब्द को वह एक पल ठहर कर बोला था। इससे पूर्व का पूरा वाक्य जैसे उसने इसी शब्द की भूमिका में बोला था।

"चन्दा...?" मास्टर जी ने इतना ही पूछा था।

"मस्ज़िद के लिए।" उसने तपाक से जबाव दिया और बहुत धीमे से मुस्कराया जैसे भीतर की खुशी का एक अंश बाहर होठों पर आकर फैल गया है। दूसरे ने अपने कुर्ते की जेब से, एक रसीद बुक निकाली जो ऐसी भाषा में छपी थी जो मास्टर जी और छोटे दोनों के लिए काला अक्षर भैंस बराबर थी। इनमें से कुछ ग्यारह, इक्कीस, इक्यावन की कटी रसीदों पर नाम भी रसीद बुक छपाई वाली भाषा यानी उर्दू में लिखे थे। अब तक मास्टर जी उन दोनों को पूरी तरह समझ चुके थे। वे उनकी हालत देखकर अजीब से क्षोभ से भर उठे। मास्टर जी ने प्रतिक्रिया जानने के उद्‌देश्य से छोटे की तरफ देखा। छोटे उन्हें अजीब सी वितृष्णा से भरा दिखा। जैसे उसके अन्दर कोई ज्वालामुखी फट पड़ने को व्याकुल हो और उसे जबरन दबाने के प्रयास में उसका चेहरा पथरा रहा हो।

मास्टर जी डर गये कि कहीं उसके फटने की आवाज़ या तपिश से मेरे या उन दोनों के भीतर कहीं कुछ टूट या पिघल न जाय।

इस बीच चारों के मध्य एक अजीब सा सन्नाटा खिंच गया। यह मौन छोटे के भीतर उठ रहे ज़लज़ले को फटने का आमंत्रण-सा देता लगने लगा। इसी आशंका से मास्टर जी ने ही मौन तोड़ा।

"मस्ज़िद कहाँ बनवा रहे हो?"

"फिरोजाबाद में, तालीमी मदरसे के साथ जहाँ करीब दो सौ बच्चे तालीम हासिल करते हैं।" उसने जबाव दिया जैसे वह इन्तज़ार कर रहा था मास्टर जी के इस सवाल का जैसे उसे पहले ही पता था कि वे क्या पूछेंगे।

मदरसे की बात सुनकर मास्टर जी के लिए फिर रास्ता खुल गया "क्या-क्या पढ़ाते हो मदरसे में?"

इस सवाल को पूछे जाने की उम्मीद शायद उसे बिल्कुल भी नहीं थी। इसलिए अब तक जहाँ वह किसी नाटक के रटे-रटाए सँवादों की तरह जबाव दे रहा था वहीं इस बार अटक गया और दूसरे आदमी के चेहरे की तरफ देखने लगा। दूसरा आदमी उसके इस तरह देखने का मतलब समझ गया सो उसने बात सँभाली।

"उर्दू, हिन्दी और अरबी।" दूसरे के यह बोलते ही, पहले ने मुस्कराते हुए सहमति में सिर हिलाया। अब तक छोटे के अंदर उठ रहा तूफ़ान शायद थम गया था। इसलिए उसने चाय का आदेश दे दिया था। अब मास्टर जी और छोटे दोनों भी अपनी निज़ी समस्या को भूल कर, इस बड़ी समस्या से जैसे भिड़ने की तैयारी में थे। उस आदमी ने भी अपने दोनों पैर उपर उठा कर कुर्सी में समेट लिए जैसे वह भी इस बहस के लिए पूरी तरह तैयार हो चुका हो। किन्तु मास्टर जी का अनुमान ग़लत निकला क्योंकि वे दोनों बहस के किसी पचड़े में नहीं पड़ना चाहते थे। इस लिए अगले ही पल उनमें से एक आदमी मोम की तरह पिघले शब्दों से बोलने लगा।

"मालिक का क़रम है भाई पर, किसी भी चीज़ की कमी नहीं है। पिछली दफ़ा भी तो हम पाँच सौ एक लेकर गये थे।" उसने यह पूरा सँवाद दूसरे को संबोधित करते हुए छोटे की तरफ इशारा करते हुए कहा था।

दूसरे आदमी ने एक सरसरी नज़र मास्टर जी पर डाली। वह उनके चेहरे के भावों को भाँप कर उन्हें भीतर तक समझ लेने के प्रयास में था। किन्तु मास्टर जी इस रहस्योद्‌घाटन से खिन्न थे कि पिछले ही महीने यह लोग छोटे से इतने रुपये ले गये और फिर दोबारा...!

मास्टर जी की मन:स्थिति का आभास मात्र होते ही दूसरा छोटे से पूछ बैठा "आपके भाई लगते हैं कहीं नौकरी करते हैं? बहुत ही नेक और समझदार इंसान हैं, हमारी ख़ुशकिस्मती है कि हमारी भी मुलाक़ात हो गई।"

वह मास्टर जी की प्रशंसा कर रहा था या उन्हें, उनकी सोच से दूर रखने की कोशिश...। मास्टर जी यह समझते कि छोटे ने ही बताया "आप स्कूल में मास्टर हैं।"

"वा-ख़ुदा बहुत खूब।" वे दोनों एक साथ बोले जैसे उन्हें छोटे की बातों में ही कोई अचूक बाण मिल गया था। जिसका काट किसी के पास न हो।

एक पल की शान्ति के बाद उनमें से एक बोला "क्या बात है! ख़ुदा ने आपको भी हमारी तरह बड़े नेक काम के लिए बनाया है। अब आपसे तो कुछ ज़्यादा कहने की ज़रूरत ही नहीं है क्योंकि आप तो तालीम का मतलब समझते हो।" कहते हुए उसने दूसरे के हाथ से रसीद बुक लेकर मास्टर जी की तरफ बढ़ाते हुए खींसें निपोरीं।

मास्टर जी इस हमले के लिए जैसे पहले से ही तैयार थे "इसे तो भर ही देंगे लेकिन आपको क्या लगता है कि केवल हिन्दी या उर्दू की अधकचरी तालीम के बल पर यह बच्चे अपना पेट भर पायेंगे?"

मास्टर जी के इस सवाल पर वह ऐसे मुस्कराया जैसे उन्होने कोई मूर्खतापूर्ण बात कह दी हो। वह कुछ देर और ऐसे ही मुस्कराता हुआ अपना पहलू एक बार और बदलता तो मास्टर जी झल्ला पड़ते लेकिन वह उनके अधीर होने को भांप चुका था और बोला-

"ज़नाब आपकी चिन्ता जायज़ है।...आप मास्टर हैं बच्चों को पढ़ाते हैं...। लेकिन हम भी इस नेक काम को बड़े सोच समझकर कर रहे हैं।" वह मास्टर जी को घुमा देना चाहता था इस लिए उसने गोलमोल बात ही की।

बेटी की पढ़ाई वाली समस्या से पूरी तरह मास्टर जी का ध्यान हटते देख छोटे के माथे की सलवटें गहराने लगीं। इसके लिए वह उन दोनों को ही ज़िम्मेदार मान रहा था। मास्टर जी को लगा, वह उन्हें फटकार कर भगा देगा। मास्टर जी अभी सोच ही रहे थे कि छोटे उठकर खड़ा हो गया। मास्टर जी सन्न, वे छोटे को रोकने को कुछ बोलते कि छोटे ने हाथ के इशारे से मास्टर को शान्त रहने को कहा और-

"भाई साहब कह रहे हैं कि जो तालीम आप उन बच्चों को दे रहे हो, कल को इस महँगाई में, इस तालीम के बल पर, क्या वे अपने बीवी-बच्चों का पेट पाल सकेंगे? कोई सरकारी या प्राइवेट नौकरी पा सकेंगे? सरकार से अपने

लिए मिलने वाली योजनाओं की जानकारी जुटा सकेंगे और उसके लिए किसी सरकारी बाबू को अर्ज़ी देकर अपना काम करवा सकेंगे?" तनिक उत्तेजना में अपनी बात कह कर छोटे अन्दर चला गया। दरअसल छोटे को जल्दी से चाय आने का इन्तज़ार था ताकि वह उन दोनों को चाय पिला कर शीघ्र ही चलता कर सके। छोटे की इस तुरत क्रिया से मास्टर जी ने जहाँ सुकून की साँस ली, वहीं उनमें से वह आदमी भड़का जो ठीक मास्टर जी के सामने बैठा था, उसने कुर्सी से पैर नीचे लटकाए जो अब तक कुर्सी में समेटे बैठा था। मास्टर जी को लगा अब यह खड़ हो जाएगा और चिल्लाने लगेगा, तुम मुसलमान के नाम पर एक कलंक हो। तुम इन हिन्दुओं के बीच रहकर इस्लाम के सारे अमल और आमाल भूल गये हो। इसी लिए मस्ज़िद के नाम चंदा देने में इतनी बहस किये जा रहे हो। तुम लोग तो ज़ाहिलों से भी ज़्यादा गये गुज़रे हो।

लेकिन उसने ऐसा नहीं किया। वह उठा तो ज़रूर और चुपचाप बाहर जाकर लगभग आधे गिलास के बराबर मुँह में भरी हुई पीक थूकी जिसे वह देर से बैठा-बैठा मुँह में घोल रहा था। अपने होठों पर बची पीक को अपने हाथों के सहारे अपनी दाढ़ी पर खिसकाते हुए अन्दर आ गया, यह पीक उसने इसलिए भी थूकी थी कि उसने अन्दर छोटे की आवाज़ सुन ली थी जल्दी चाय लाने की।

वह बिना देर किए बैठते ही बोला "बरख़ुरदार मैं वहीं आ रहा हूँ जो आप जानना चाहते हैं।" कहते समय उसके चेहरे पर पूरे आत्मविश्वास की लकीरें खिंची हुईं थीं। वह तसल्ली से एक-एक शब्द को चुन-चुन कर बोलने लगा।

"हम लोग भी समझते हैं इस बात को, इसीलिए हम बच्चों को दोपहर तक इल्मी तालीम देने के बाद हुनर की तालीम भी दिलवाते हैं।"

"हुनर की तालीम मतलब...?" मास्टर जी बीच में ही बोल पड़े।

"मैं बताता हूँ!" अब पाला दूसरे ने सम्भाला अब मास्टर जी का चेहरा उसकी ओर घूम गया जो बिल्कुल उनके बगल में बैठा था।

"हम, कुछ बच्चों को सिलाई की दुकान पर भेजते हैं, सिलाई सीखने को। कुछ को बैल्डिंग की दुकानों पर, कुछ हफ़ज़ा कर रहे हैं जो हाफ़िज़ या इमाम बन जाएंगे, कुछ को चूड़ियों के कारखनों में लगाते हैं। इस तरीक़े से सारा इंतजाम कर रखा है। हमें भी तो सब दिखता है।"

न जाने कैसे और न चाहते हुए भी इस बार मास्टर जी भड़क गये "तुम कुछ नहीं जानते हो बल्कि तुम महज़ अपने स्वार्थ और अपने घर चलाने के लिए इन बच्चों की ज़िंदगी के साथ खिलवाड़ कर रहे हो। इन्हें पैदाइशी अनपढ़ मज़दूर बनाने पर तुले हो। आप इन नन्हें परिन्दों के पर कतर रहे हो, जिनसे

उड़कर ये पूरे आसमान पर छा जाने की ताक़त रखते हैं, दुनिया को बदल देने की हिम्मत रखते हैं। लेकिन तुम इन्हें अपाहिज़ बनाकर उन बबूलों के इर्द-गिर्द घूमने को मज़बूर कर रहे हो जिनकी रखवाली करते-करते उन्हीं के काँटों से वे खुद ही लहूलुहान होते रहें।"

क्रोध और खीझ के कारण मास्टर जी की दोनों भंवें आपस में जुड़ गईं थीं। गले की नसें फूल कर फट पड़ना चाहती थीं। वे गुस्से में कंपकंपाते न जाने क्या-क्या बोलते जाते यदि ठीक समय पर छोटे ने उन्हें रोका न होता।

"यह तुम नहीं तुम्हारी वह पढ़ाई बोल रही है जो तुमने पढ़ रखी है, इसलिए तुम बेतुकी बातें कर रहे हो। तुम जैसे लोगों की वज़ह से ही आज दीन कमज़ोर हो रहा है। आज हमने देख लिया कि हमारे आलिम लोग ठीक ही कहते हैं कि दुनियावी कामयाबियों और आरामदेह ज़िन्दगी चाहने वाले लोग गुमराह हैं दीन से भटके हुए हैं।"

मास्टर जी के सामने बैठे उस आदमी के इस वाक्य ने आग में घी का काम किया था। मास्टर जी की नसों का खून अभी भी शान्त नहीं हो पाया था।

"किस दीन की बात कर रहे हैं आप! वही, जो हमें फ़िरक़ो में बाँटकर हमारे यक़ीन और ईमान को कमज़ोर कर रहा है। इस्लाम ने तो हमें एक क़लमा पढ़कर मौमिन होना सिखाया है। मस्ज़िद के बहाने हमें एक जगह इकट्ठा होकर एक दूसरे का सुख-दुख बाँटना सिखाया, नमाज़ में छोटा-बड़ा, अमीर-ग़रीब को एक लाइन में खड़ा होकर या अपनी कमाई का एक अंश ज़क़ात में देकर इंसानी बराबरी का पाठ पढ़ाया और...और तुम्हारे उन्हीं आलिमों के बच्चे, जो अंग्रेजी पढ़कर विदेशों में नोकरियाँ कर रहे हैं, उनके साफ-सुथरे बड़े घरों में इन गँदेले पाँवों से घुसते हुए, उनके विदेशी कालीनों के गंदे होने के डर से तुम्हारे पैर काँपते हैं। क्यों वे तुम्हारे इन्हीं बच्चों का साया तक अपने बच्चों पर बर्दाश्त नहीं करते? तब उनके द्वारा दीन की पैरोक़ारी कहाँ चली जाती है? कहाँ चली जाती हैं इस्लाम की इंसानी बराबरी की बातें...?"

"तुम चार अक्षर अंग्रजी पढ़ गये हो इसलिए कुफ्र बक रहे हो...यह ग़रीबी-अमीरी सब उसी की देन है और इंसान के अमल और आमालों का नतीज़ा है और फिर तुम कहाँ जानते हो कि अल्लाह किस तरह इंसानी सब्र का इम्तिहान ले...?" कहते हुए उस आदमी का चेहरा तमतमा उठा था। वह क्रोध से भर कर फट पढ़ने को था।

"यह भी आप नहीं बोल रहे, बल्कि आपके उन आलिमों के शब्द बोल रहे हैं जिन्होंने आख़िरत के बाद जन्नत का नक्शा तुम्हारी अधूरी इच्छाओं और

मज़बूरियों की नींव पर खड़ा किया है। तुम्हें ख़ुशबूदार रंगीन बगीचे में हूरों का लालच दिया और साथ ही भूख-प्यास के कष्टों से पूरा छुटकारा..., लेकिन, क्या कभी झांक कर देखा उनके घरों में, कि क्या वे ख़ुद भी आख़िरत की ज़िन्दगी के इन्तज़ार में तुम्हारी तरह ही दीन की हिफाज़त में जुटे हैं या विदेशी नीतियों के फायदे नुकसान पर अपने बच्चों से अंग्रेजी में गुफ्तगू करते हुए, अपनी जिन्दगी का फलसफा तय कर रहे हैं? क्या कभी आपने उनसे यह पूछने की हिम्मत की, कि उनके बच्चे कोन से मदरसे में केवल हिन्दी, उर्दू और अरबी पढ़कर ही विदेश पहुँचे हैं?" कहते हुए मास्टर जी के माथे पर पसीने की बूंदें छलछलाने लगी थीं। एक बारगी माहौल पूरी तरह गर्माने को था कि ठीक तभी छोटे की बेटी चाय लेकर बीच में आ गई।

"अस्सलामु-अलैकुम...।"

"वाअलैकुम-अस्सलाम...।" दोनों आगन्तुकों ने एक साथ किया और उपर से नीचे तक इस तरह देखने लगे जैसे परवीन का पूरा नक्शा अपनी आँखों में उतार रहे हों। जीन्स और टी-शर्ट में, परवीन को उनका यूँ देखना, मास्टर जी को अच्छा नहीं लग रहा था किन्तु परवीन पूरी तरह से सहज खड़ी छोटे से कुछ पूछने लगी। परवीन को तो आदत पड़ी है इस तरह घूरे जाने की। घर से बाहर निकलते ही आँखें उसे देखती कहाँ हैं घूरती ही हैं। पापा आप चल रहे हैं या मैं जाऊँ? मैं लेट हो रही हूँ। बेटी के इस सवाल से छोटे अजीब पशो-पेश में दिखने लगा। वह इस बहस को छोड़कर जाने न जाने का फैसला नहीं कर पा रहा था।

मास्टर जी ने कहा भी "हाँ छोटे तू इसे छोड़कर ही आ जा..."

लेकिन छोटे ख़ुद भी इस बहस को छोड़कर जाने वाला कहाँ था। "अभी टाइम है तू ऑटो से चली जा, मैं गुप्ता जी के यहाँ से लौटते समय तुझे उठा लाऊँगा।" लापरवाही से कहते हुए उसने चाय का एक कप उठाया।

"लो चाय लो..." कहकर छोटे ने उन दोनों को भी अपने साथ जोड़ने का प्रयास किया। चाय की चुस्की के साथ ही उनमें से एक आदमी बोला जो परवीन को देखने के बाद से ही अभी तक कुछ सोच रहा था। "वैसे तो तुम समझदार हो लेकिन...लड़कियों को ऐसे कपड़े पहनना जायज़ नहीं है।"

"इसमें जायज़ और नाजायज़ की कौन सी बात है? मुझे पसंद हैं इसलिए पहनती हूँ।" दरवाज़े से निकलते हुए परवीन ने उनकी बात को सुन लिया था। सुनकर वह ऐसे मुड़ी जैसे जाते हुए किसी ने उसेमें थप्पड़ मार दिया हो।

अब वह फिर उनके पास आ खड़ी हुई और बड़ी मासूमियत से कहने लगी "अंकल आप लोगों को हम लड़कियों के केवल कपड़े ही क्यों दिखाई

देते हैं। हमारा काम क्यों नहीं दिखता? क्या आपको ख़ुशी नहीं होती कि मैं हायर-ऐजूकेशन की ओर बढ़ रही हूँ...लेकिन इससे आपको क्या लेना-देना कि हम क्या कर रहे हैं और क्या कर सकते हैं, आपका काम तो बस हमारे लिए जायज़ या नाजायज़ को ही देखते रहना है।" कहते-कहते परवीन का चेहरा एक अजीब बेचैनी से भर गया। वे दोनों हक्के-बक्के से उसका चेहरा ताकने लगे जबकि मास्टर जी यह समझ नहीं पा रहे थे कि परवीन की इस हरकत को वे समझदारी मान कर ख़ुश हों या अशिष्टता मान कर दुखी। जबाव उन्हें उनके भीतर से ही मिला, अपनी बात कहना अभद्रता नहीं है बल्कि चुप रहकर सहना कायरता है। इसलिए, वे जान-बूझकर कुछ नहीं बोले और चाय पीते रहे। छोटे भी परवीन के बोलने से तनिक विचलित-सा था। उसने सवालिया नज़रों से मास्टर जी की आँखों में झांका। न जाने उसने, उनकी आँखों में क्या देखा कि वह भी तसल्ली से बैठकर चाय पीने लगा।

"बेटी हमारा मतलब था कि तुम अपना काम सलवार सूट पहन कर भी कर सकती हो..."

"और उपर से नक़ाब भी, यही न...?" बात को बीच में ही काटकर परवीन ने व्यंग्यात्मक लहज़े में कहा और अगले ही पल उसका चेहरा कठोर हो गया जैसे चलते-चलते उस आदमी ने परवीन को फिर चेता दिया हो।

"अरे मुझे ही क्या आपके इसी जायज़-नाजायज़ ने तो मलाला को भी कहाँ छोड़ा था...। लेकिन क्या हुआ उससे...। सिवाय इसके, कि कुछ दिन उसने शारीरिक कष्ट के साथ काटे...फिर इससे आपको क्या फर्क पड़ना था...।" वह कुछ और भी बोलती लेकिन छोटे से रहा नहीं गया "अब तू जा बेटा, लेट हो रही है।"

"हाँ जा रही हूँ..." कहती हुई वह तेज़ी से बाहर को लपकी।

परवीन के जाने के बाद दोनों ने जैसे साँस भरी थी। "बेटी बाप से चार क़दम आगे है।..." उनमें से एक फुसफुसाया था।

परवीन के साथ कुछ मिनटों की इस बातचीत ने उनके चेहरे की रेखाओं को एकदम शान्त कर दिया था। जैसे वे किसी अंधड़ से बाहर आए हों। "चलिए-चलिए पहले चाय पीजिए गर्मा-गर्मी में क्या रखा है।" कहते हुए छोटे ने जैसे युद्ध-विराम की घोषणा की। अब तक मास्टर जी भी लगभग पूरी तरह सहज हो चले थे लेकिन उनके भीतर का लावा अभी पूरी तरह निकल नहीं पाया था। चाय की चुस्की के साथ ही मास्टर जी सधे शब्दों में फिर बोलने लगे

"आप कहाँ सोये हैं अभी तक, आज बड़ी-बड़ी देशी-विदेशी रेडीमेड

कंपनियाँ बाज़ार में उतर आईं हैं। उन्होंने सिलाई मज़दूरों का काम तो बिल्कुल खत्म कर ही दिया है और उन्हें सस्ती मज़दूरी पर बंधुआ मज़दूर बन जाने को विवश भी कर दिया है।" मास्टर जी ने चाय की एक और चुस्की भरी तब तक उनकी बात को छोटे ने आगे बढ़ा दिया

"सही बात है, इसी लिए तो सिलाई मज़दूर जितनी मज़दूरी लेता है, उतने से कम में वे सिले हुए कपड़े दे देते हैं तो कोई सिलवाने ही क्यों जायेगा?" छोटे ने मास्टर जी की बात को संदर्भ में ढाल दिया था उन्हें साँस मिल गई और वे फिर बोलने लगे—

"आज बैल्डिंग मशीन पर काम करने को बैल्डर का सर्टिफिकेट चाहिए, चूड़ी कारखानों की हालत आपसे छुपी नहीं होगी? और रही बात इमाम या हाफ़िज़ बनने की, तो एक इमाम को किसी मस्जिद में कितने रुपये मिल जाते हैं? ज़्यादा से ज़्यादा दो या तीन हज़ार! और वह भी तब, जब सब आबादी जोड़-जमोड़ कर दे दे। आप क्यों नहीं सोचते कि वही इमाम या हाफ़िज़ गणित, विज्ञान या अंग्रेजी के मास्टर के बराबर तनख्वाह क्यों नहीं ले पाता?" मास्टर जी एक साँस में सब-कुछ कह गये, वे लगभग हाँफ से गये थे।

"तुम ही बताइए?"

"आपको नहीं दिखता कि इन मज़हबी और सियासी नेताओं ने दीनी तालीम के साथ वह गठजोड़ नहीं होने दिया जिसमें इंसानी तरक़्क़ी, रोज़गार और ख़ुशहाली छुपी है।"

"लगता है तुम होश में नहीं हो। आखिर उन्हें ऐसा न करने से क्या फायदा होना है?"

"यही बात समझने की है, असल में उनकी नज़रों में तुम इंसान हो ही नहीं।""'तो...?"

"सिर्फ वोट, चुनाव से पहले तुम्हारी सुरक्षा का ऐजण्डा क्या वाकई तुम्हारी सुरक्षा का होता है?...। नहीं, अपने वोटों की सुरक्षा का, और दुनियावी तालीम से दूर, अधकचरी दीनी तालीम लेती तुम्हारी औलादें, इन सियासतदानों के बच्चों के लिए वोट में बदल जाएँगी, फिर वे भी डरे-सहमे भीड़ के रुप में इस्तेमाल होंगे, कौम के नाम पर, कभी पेट भर रोटी के लिए, मज़हबी नेताओं की एक आवाज़ पर अंधे साँपों की तरह खड़े हो जाऐंगे। मालूम नहीं है आपको, तब यह इस्लाम के सिपाही उन्हीं सियासतदानों के लिए न इंसान रहते हैं और न वोट, तब सिर्फ यह आतंकवादी होते हैं...और फिर ये अपने पीछे भूख और मुफ़लिसी का बड़ा पहाड़ छोड़ जाते हैं।" पूरी बात कह कर मास्टर जी ने एक

लम्बी साँस भरी थी।

"बरख़ुरदार तुम कितना पढ़ गये हो जो यह भी भूल गये कि मालिक ने ज़िंदगी दी है, तो रिज़क का ज़िम्मा भी लिया है। वही है सबकुछ देने वाला...। क्या तुम और क्या हम?" बोलते समय उस आदमी का चेहरा एक कसैली मुस्कान में तर था। अब वह किसी रौ में बोले जा रहा था "तुम्हारी उम्र के हमारे बच्चे हो रहे हैं...। और तुम हमें सिखा रहे हो...हमने क्या अपने बच्चों की परवरिश नहीं की...?" अब उसने साँस भरी मास्टर जी जैसे इसी इन्तज़ार में थे कि उसकी बातों को तनिक सा विराम मिले और वे लपक लें। मास्टर जी ने वही किया—

"कितना पढ़ा लिया आपने अपने बच्चों को...? क्या पहचान बना पाए वे इस समाज में, एक मज़दूर से ज़्यादा...? कितने हक़ पा गये वे खुद को इन्सान होने के...?" मास्टर जी की बातों से उन दोनों का चेहरा तमतमाता जा रहा था। मास्टर जी इसकी परवाह किए बिना बोलते चले जाते अगर उनमें से एक आदमी ने उनकी बात को बीच में न काट दिया होता।

"आज तुम्हारे पास चार पैसे हैं इस लिए आसानी से यह बात कह पा रहे हो। हम और हमारे बच्चे जो काम कर सकते थे वह हम कर रहे हैं।"

"बस यहीं आप ग़लत हैं।" मास्टर जी बड़े ठंडे लहज़े में कह रहे थे जैसे अब उन्हें समझा रहे हों "आपके बच्चों ने एक मज़दूर के घर में जन्म ही तो लिया था किन्तु वे मज़दूर होने का ठप्पा लगवा कर तो नहीं आये थे। उनको यह ठप्पा आप लगा रहे हो निरा अनपढ़ रखकर।"

"कौन कहता है हमारे बच्चे पढ़े नहीं हैं...? आपको किस्मत से नौकरी मिल गई, नहीं तो मुसलमानों के लिए नौकरियाँ कहाँ हैं...? इसका मतलब यह तो नहीं कि...हमारे बच्चे भी तालीम याफता हैं, अच्छे-अच्छे आलिमों से बहस में पीछे नहीं रहते।"

"इन बहसों से काम चलता है? पेट भरता है? कोई मुक़म्मल पहचान बनती है? क्या पढ़ाई-लिखाई केवल नौकरी के लिए ही की जानी चाहिए...?" बोलते-बोलते मास्टर जी पल भर रुके फिर बोले "असल में, यह आप की ग़लती नहीं है। दरअसल यह सब बताने की ज़िम्मेदारी मेरी नहीं बल्कि उनकी है और थी जो हमारी क़ौम के आगे खड़े होते हैं। उन्होंने भी कहाँ अपनी तक़रीरों में यह बात शामिल की कि आज दीनी तालीम से कहीं ज़्यादा ज़रूरी है दुनियावी तालीम या कहूँ वह पढ़ाई-लिखाई जिसमें पूरी क़ौम की तरक़्क़ी छुपी है।" मास्टर जी ने थके बैल की तरह चेहरा थोड़ा सा उठा कर नज़र उन दोनों के चेहरे पर

डाली दोनों अपनी आँखें फाड़े मास्टर जी की बातें सुनने में पूरी तरह तल्लीन थे। मास्टर जी के रुकने पर उन दोनों के चेहरे की रेखाऐं बदलने लगीं जैसे कुछ अधूरा रह गया हो। उनकी यह मंशा भांप कर मास्टर जी फिर बोले "ठीक अंबेडकर की तरह, जिन्होंने केवल पढ़ाई-लिखाई के बल पर ही, उस समय अपने और अपनी क़ौम के लिए वे तमाम हक़ पा लिए थे जिनका मिल पाना तब आसान नहीं था। तब तक तो हमारा सँविधान भी नहीं था...अब तो सँविधान में सबको बराबरी का हक़ मिला है। बस पढ़-लिख कर आगे तो आओ...।"

मास्टर जी चुप हुए तो पाला छोटे ने संभाल लिया जो देर से चुप बैठा था जैसे अपनी बारी का इन्तज़ार कर रहा हो मौका मिलते ही रण में कूद पड़ा "हमारे पिता भी मज़दूर थे लेकिन उन्होने अपना पेट काट-काट कर भी हमें बस पढ़ाया ही नहीं बल्कि आसमान में उड़ने का हौसला भी दिया। हम नौकरी कर रहे हैं...हाँलाँकि यह भी मज़दूरी ही है लेकिन एक मुकम्मल पहचान के साथ। बस वही आपको करना था जो आपने नहीं किया।"

इसके बाद वहाँ एक सन्नाटा खिंच गया। मास्टर जी और छोटे की बातों ने उनके भीतर कुछ तोड़ दिया था। अब वे दोनों एकदम शान्त होकर अपने भीतर की उस टूटन को कहीं टटोलने लगे थे। इन सारी बातों से कहीं इन्हें ठेस न पहुँचे इस ख्याल से मास्टर जी ने ठंडे शब्दों में ही बातों के टूटे तार को फिर से जोड़ने की कोशिश की—

"मेरा इरादा आपको ठेस पहुँचाने का बिल्कुल भी नहीं है और न ही मैं यह कह रहा हूँ कि आप एक अच्छा काम नहीं कर रहे हैं लेकिन, क्या आपको नहीं लगता कि आज मस्ज़िद से कहीं ज़्यादा स्कूलों की ज़रूरत है।"

दोनों की नज़रें एक साथ मास्टर जी की ओर उठीं जैसे वे उनकी बातों को पूरे ध्यान से सुनना चाहते हों। मास्टर जी ने भी तीर ठीक निशाने पर लगता देख बात आगे बढ़ा दी—

"क्या आपको नहीं लगता कि हमारे बच्चों को आज एक सामाजिक पहचान की ज़रूरत है...? और फिर दुनिया बदल रही है नये-नये अविष्कार हो रहे हैं, फिर हम क्यों चैदह सौ साल पुरानी हिदायतों के साथ वहीं खड़े रहें और समय को आँख बंद करके दौड़ते रहने दें यह कैसी अक्लमंदी है...?"

मास्टर जी का गला लगभग सूख गया था सो पानी के लिए उठे और उन दोनों के लिए भी पानी लाये। उन दोनों को भी पानी की ज़रूरत थी लेकिन वे कह नहीं पा रहे थे। पानी पीने के बाद उन्होंने जैसे तरकश से अंतिम तीर निकाला था "तुम जिसे स्कूल कहते हो हम उसे मदरसा कह रहे हैं।"

"हमने कहाँ मना किया है।...सिवाय इसके कि उसमें केवल हिन्दी, उर्दू और अरबी ही क्यों गणित, विज्ञान और अंग्रेजी भी क्यों न पढ़ाई जाय...? सर सैयद अहमद ने भी ऐसा ही सोचा होता तो क्या तक्षशिला, नालंदा जैसा एक और स्वरुप आज अमुवि के रुप में हमारे सामने खड़ा होता। वे दीन के जानकार नहीं थे या उन्हें क़ौम से नफ़रत थी? बताइए...जबाव दीजिए...!"

मास्टर जी की तरह छोटे को भी यह बहस आसानी से खत्म होती नहीं दिख रही थी। समय मुट्ठी में बंद रेत की तरह ऐसे खिसक गया कि कब परवीन की परीक्षा खत्म हो गई, छोटे और मास्टर जी को इसका भान भी न रहा। परवीन का फोन आने पर छोटे ने ही इस बहस को खत्म करने के मूड़ से कहा "देखिए साहब! मुझे लगता है कि इस बहस का अंत अब तो हो ही जाना चाहिए क्यों कि मुझे भी अब निकलना है और वैसे भी, ये बातें या तो आपकी समझ में नहीं आ रहीं हैं या आप समझकर भी ना समझने का नाटक कर रहे हैं।"

मास्टर जी ने ताबूत में जैसे अंतिम कील ठोकी थी "आपको लगता है कि आपकी और आने वाली पीढ़ी की भलाई, ख़ुशहाली और तरक्की इसी रसीद के भरे जाने में है तो भर दीजिए एक कागज मेरे नाम का...इतना कह कर मास्टर जी ने अपनी जेब में हाथ डाला। यह सब करते हुए मास्टर जी के चेहरे पर अनजाने दर्द के भाव अनायास ही उभरने लगे थे। मास्टर जी एकदम मौन और अपने विचलन को दबाने के असफल प्रयास के साथ उन दोनों के द्वारा होने वाली प्रतिक्रया के इन्तज़ार में थे, कि उनमें से वह आदमी उठा जो दूसरे से उम्र में ज़्यादा था। मास्टर जी और छोटे दोनों भाइयों की निगाहें भी उसके साथ उठती हुईं उसके चेहरे पर टिक गईं। इतनी देर बहस के बाद वह पहली बार मास्टर जी और छोटे की आँखों में आँखें डाल कर बोला—

"नहीं मेरे भाई! अब हमें चंदे की ज़रूरत नहीं है...बल्कि आपकी सलाह-मशविरे की दरक़ार रहेगी।" अब तक वह दूसरा आदमी भी उठ खड़ा हुआ था। मास्टर जी व छोटे कुछ कह पाते कि दोनो ने ख़ुदाहाफ़िज कहा और निकल गए। लियाकत अली मास्टर अपने भाई छोटे के साथ पत्थर की तरह बैठे रह गये, तभी परवीन का फोन फिर से आ गया।

पत्थलगड़ी

*

कमलेश

बिसराम बेदिया सब जानता है। नदी-नाला, जंगल-पहाड़ और पेड़-पौधे सबके बारे में। आप छोटानागपुर के किसी भी इलाके के किसी भी जंगल से कोई पत्ता उठाकर ले आइये और बिसराम बेदिया के सामने रख दीजिये। वह आँख बंद करेगा, पत्ते को छुएगा और ऐसे सहलाएगा जैसे कोई माँ अपने नवजात बच्चे को सहला रही हो। इसके बाद आँख बंद किये हुए ही बता देगा कि यह पत्ता किस तरह के पेड़ का है। कई बार तो वह यह भी बता देता है कि ये पेड़ किस दिशा में ज्यादा पाए जाते हैं। वह कहता भी है कि सूँघकर या चखकर तो कोई भी बता सकता है लेकिन कोई केवल छूकर बता दे तो वह जान जाए। उसने यह कला अपने पिता से सीखी है जो कहता था कि आदिवासी तभी तक है जब तक जंगल है, पेड़ है, पहाड़ है और नदियाँ हैं। वह कहता था कि जो लोग आदिवासियों को लड़कर नहीं हरा सके वे लोग जंगल और पेड़ काटकर, पहाड़ों को खोद कर और नदियों को सुखाकर उन्हें मारना चाहते हैं।

बिसराम बेदिया हुँडरू ओर दशम के जलप्रपात से लेकर झारखंड की नदियों पर बने सारे डैम के बारे में सबकुछ जानता है। साल के पेड़ों को काट कर बनने वाली सड़कों का तो इतिहास और भूगोल सबकुछ उसे पता है। वह अंगुली पर गिनकर बता सकता है कि फलां सड़क कब बनी और इसके लिए कितने और कौन से पेड़ काटे गये। वह कभी गाड़ी पर नहीं चढ़ा लेकिन आपको बता सकता है कि यदि आप हुँडरू के पास वाले स्कूल से होकर निकली पतली सड़क का उपयोग कीजिएगा तो रांची पहुँचने में आपका आधा घंटा बच जाएगा। वह रांची के ठीक बगल के हुँडरू के जलप्रपात के आसपास घूमता रहता है तो कभी दशम के जलप्रपात के पास की पत्थलगड़ी के पास मिल जाता है।

कभी पंचघाघ तो कभी जोन्हा में भी उदास भाव से पानी को देखता रहता है। पता नहीं किस चीज से चलता है। ऐसा लगता है जैसे कभी थकता ही नहीं। कभी जलप्रपात की उन पहाड़ियों के बीच निडर भाव से खड़ा होता है जहाँ से सैकड़ों फीट नीचे पानी गिर रहा होता है। जंगली झाड़ियों में ऐसे घुसता है जैसे हिरण। ना साँप-बिच्छू का भय और ना ही जंगली जानवरों का डर। वह आपको पहाड़ी से नीचे गिर चुके पानी और पहाड़ी के ऊपर पाये जाने वाले पानी के स्वाद के बीच का जब अंतर बताता है तो आप हैरत से उसका चेहरा देखने लगते हैं—बाप रे। यह बूढ़ा आदिवासी पागल है कि वैज्ञानिक। वह आपको दशम का अर्थ बताते हुए कहता है—"दशम नहीं बाबू दसम। दसम माने दस नहीं। द माने पानी और स माने चावल को कूटना। जैसे चावल को कूटा जाता है वैसे पानी पत्थर को कूटता है। इसीलिए द और स। बाकी तो आपलोगों की सरकार ने जोड़ दिया बाबू।"

जब हंड़िया का नशा कुछ ज्यादा चढ़ जाता है तो वह झूम-झूम कर गाना शुरू करता है—

टन-टन-टाना, टाना बाबा टाना
भूत-भुतनी के टाना, टाना बाबा टाना
कोना-कुची भूत—भुतनी के टाना
टाना बाबा टाना
लुकल-छिपल भूत-भुतनी के टाना...

पूछने पर बताता है कि यह गीत जतरा भगत गाते थे जिन्होंने अंग्रेजों को यहाँ से बाहर भगाने के लिए लम्बी लड़ाई लड़ी थी। अभी भी ये गीत टाना भगत लोग गाते हैं जो गांधी बाबा के कहे के अनुसार चलते हैं। उसने यह गीत टाना भगतों से ही सीखा है। नये लड़कों को वह इस गीत का अर्थ भी बताता है—"हे पिता, आदिवासियों को लूटने वाले भूत-भुतनियों को यहाँ से खींच कर बाहर करने में हमारी मदद करो।"

लेकिन बिसराम के साथ एक समस्या है। वह सब कुछ जानता है इसीलिए दूसरों की बात नहीं सुनना चाहता। किसी को बोलने ही नहीं देता। बाहर से आये बड़े-बड़े पढ़े-लिखे लोग जब भी हुँडरू या दशम आते हैं और ज्ञान की बातें करते हैं तो वह उन्हें रोक देता है—"नहीं, पहले आप मेरी बात सुनिये।"

कोई उसको झिड़क कर भगा देता है तो कोई उसका मजाक उड़ाता है। हाँ, नई उमर के लड़के कई बार उसकी बात गंभीरता से सुनते हैं। कई बार अपनी बात कहने के दौरान वह फूट-फूट कर रोता है। जलप्रपात देखने आने

वाले लोगों से कहता है—“सुबरनरेखा को मार दिया लोगों ने। काँची को भी सुखाना चाहते हैं। एक दौर था बाबू, जब हुँडरू के जलप्रपात से पानी गिरता था तो लगता था कि सैकड़ों हाथी एक साथ गरज रहे हों। लेकिन अब तो पानी की आवाज ऊपर तक नहीं आ पाती। कान लगाइये तो सुनाई देती है।”

सुबरनरेखा मतलब स्वर्णरेखा नदी। कई बार तो वह चुपचाप इस नदी को घंटों देखता है तो कभी उससे बात भी करने लगता है। बिसराम बेदिया की उमर लगभग सत्तर साल होगी। पतला-दुबला एक काठी की देह। काली भुजंग देह पर सफेद बाल। हमेशा नंगे बदन। घुटनों तक लुंगी और कंधे पर गमछेनुमा कपड़ा। इस उमर में भी जलप्रपात के चट्टानों पर इतनी तेजी से चढ़ता-उतरता है कि देखने वाले सिहर जाते हैं। वह लोगों को रास्ता भी बताता है—“नहीं...। पहले मेरी बात सुनिये बाबू। इधर से चढ़िये। एकदम खतरा नहीं है। पानी ही तो देखना है बाबू। ऊपर से ही देख लीजिये। इसके लिए नीचे जाने की क्या जरूरत है।”

लेकिन उसके सबकुछ जानने से ही उसका बेटा सोगराम डरता है। जब भी वह बिसराम बेदिया को बोलते हुए देखता है, उसे अपने दादा आलसाराम बेदिया की बात याद आ जाती है। आलसाराम भी बहुत ज्ञानी था। सबकुछ जानने वाला। वह ओझा था और हुँडरू की इन पहाड़ियों पर पूजा-पाठ कराता था। पता नहीं बिसराइत था या कुछ और। लेकिन इन पहाड़ियों पर जानवरों की बलि देने का विरोध करता था। गाँव के लोगों से कहता कि जानवर मत काटो। वे तो तुम्हारे परिवार की लोगों की तरह हैं। वह और भी कुछ कहता जैसे—पेड़ काटने वाले तुम्हारे दुश्मन हैं। अपने स्वार्थ के लिए पेड़ काट रहे हैं। देवता इससे नाराज होगा। पेड़ मत काटने दो। उसने तो सुबरनरेखा पर डैम बनाने का भी विरोध किया था। चिल्ला-चिल्ला कर कहता था कि सुबरनरेखा हम आदिवासियों की माँ है। इसको मत रोको। आदिवासी उसकी बात सुनते थे। वे उसके पास देवता को पूजा देने आते तो कहता—देवता को पूजा मत दो लेकिन सुबरनरेखा को बचाओ। उसकी बात पर किसी ने अमल किया या नहीं ये तो सोगराम को नहीं पता लेकिन आलसा राम को अपनी जान गँवानी पड़ी। लोग बताते हैं कि एक दिन आलसाराम हुँडरू की इन्हीं पहाड़ियों में कहीं मरा हुआ पाया गया। उसकी लाश पर कई जगह चोट के निशान थे। सोगराम को उसकी दादी बताती थी कि आलसाराम के मरने के पहले कई नये चेहरे हुँडरू के आसपास मँडराते थे। जहाँ भी आलसाराम जाता वे उसके पीछे-पीछे जाते थे। आलसाराम की मौत के बाद ये चेहरे अचानक गायब हो गये थे। ऐसे ही नये चेहरे अब एक बार फिर हुँडरू में मँडराने लगे हैं। ये चेहरे कभी हुँडरू का जलप्रपात नहीं देखते।

वे बिसराम बेदिया के पीछे लगे रहते हैं। सोगराम को डर है कि दादा की तरह कहीं उसके पिता की भी लाश किसी पहाड़ी पर फेंकी हुई या यहाँ तैरती हुई नहीं मिले। इसीलिए वह लोगों से यह भी कहता है कि वे उसके पिता की बातों पर ध्यान ना दें। वह तो ऐसे ही हंड़िया पीकर बकता रहता है।

सोगराम का अपने बाप बिसराम बेदिया के अलावा और कोई नहीं। माँ बहुत पहले मर गई। रात दिन बिसराम बेदिया के पीछे भागती। हमेशा खांसती रहती और अपने पति को कोसती रहती। एक रात सोई तो सुबह उठी ही नहीं। किसी ने कहा, बीमारी से मर गई तो किसी का कहना था कि देवता का कोप पड़ गया। सोगराम की बीबी तो भली चंगी थी। जंगल से लकड़ी लाने गई थी और ठनका गिर गया। तड़प-तड़प कर मरी। लोगों ने लाख कहा लेकिन सोगराम ने दूसरी शादी नहीं की। हुँडरू में उसने छोटी सी दुकान खोल ली है जिसमें वह छोटी-मोटी चीजें बेचकर गुजारा करता है।

हाँ, अपने बाप का पूरा ख्याल रखता है। लेकिन बिसराम को तो मानो उसकी कोई चिंता ही नहीं। वह सुबह होते ही हंड़िया के चक्कर में पड़ जाता है। सोगराम को ये अच्छा नहीं लगता लेकिन करे क्या। सुबह में लोग दे ही देते हैं। हालाँकि उसका दादा आलसाराम आदिवासियों को कहता था कि वे हंड़िया नहीं पीएँ और जानवरों का मांस नहीं खाएँ। लेकिन बिसराम बेदिया कहता है कि अगर वह हंड़िया नहीं पीए तो मर जाएगा। जब वह नशे में नहीं होता तो उसे यहाँ के जंगलों और पहाड़ियों में अजीब-अजीब सी चीजें दिखाई पड़ती हैं। कई बार इन पहाड़ियों में उसे अपने पिता आलसा राम भी दिखाई देते हैं—जंगलों के गीत गाते और लोगों को समझाते—बिरसा की लड़ाई अभी खत्म नहीं हुई है। कुछ लोग अपने ऐशो आराम के लिए हमारे पेड़ काट रहे हैं, हमारी नदियों का पानी रोक रहे हैं और हमारे पहाड़ी इलाके खोद रहे हैं। वह घबराकर हंड़िया पीने बैठता है और तब तक पीता है जबतक कि उसकी आँखों के सामने से उसके पिता की तस्वीर धुंधली नहीं पड़ जाती। नशे में आते ही जैसे आलसाराम उसके भीतर बैठ जाता हे और वह अपने बाप की भाषा बोलने लगता है।

अब उसी दिन वह अपने बेटे की दुकान के आगे दोनों पाँवों को मोड़कर बैठा था और उसके सामने बैठे थे नई उमर के लड़के और लड़कियाँ। ये लड़के जलप्रपात देखने आये थे। बिसराम बेदिया उन्हें ऐसी जगह ले गया जहाँ से पूरा जलप्रपात आसानी से दिख जाए। इसके बाद उसने उन्हें अपने सामने बैठा लिया। वह उन्हें किसी शिक्षक की तरह बता रहा था—"देखिये, पहले आपलोग मेरी बात सुनिये। जमीन हमारी, पेड़ हमारे, जंगल हमारे बाप-दादों

के। फिर ये कंपनी वाले उन्हें काटने और खोदने वाले कौन। ये सारे जलप्रपात हम आदिवासियों के हैं। सरकार ने इन पर कब्जा कर लिया है। वह इन सबसे पैसे कमा रही है और हम भूखे मर रहे हैं। ऐसा नहीं है कि हम आदिवासियों ने इसका विरोध नहीं किया। तुमलोग दसम जलप्रपात के आसपास के गाँवों में जाओ। वहाँ लोगों ने पत्थलगड़ी की है।"

"पत्थलगड़ी मतलब?" एक नई उमर के लड़के ने बिसराम को रोका।

"पत्थलगड़ी मतलब हम आदिवासियों का ऐलान। इन पत्थरों पर लिखा है कि ये पूरा जंगल, और नदियाँ हमारी हैं लेकिन सरकार ने इनपर धोखे से कब्जा कर लिया है। आज नहीं तो कल सरकार को इसे खाली करना होगा।" बिसराम बेदिया यह बात कहते हुए जैसे थर-थर काँपने लगा।

एक लड़की हँसी—"अरे बाबा, क्या केवल पत्थर गाड़ने से सरकार इन्हें आदिवासियों को दे देगी। और आदिवासी इन्हें लेकर करेंगे क्या? सरकार ने तो इनका विकास किया है। इसे घूमने लायक बना दिया है।"

बिसराम बेदिया उठा और उस लड़की के पास जाकर खड़ा हो गया—"घूमने लायक तो बना। बाहर से आये लोगों ने यहाँ दुकानें बना ली। बड़ी-बड़ी गाड़ियाँ दौड़ने लगी लेकिन हम आदिवासियों को क्या मिला? सब चीज हमारी फिर भी हम दास के दास।"

सोगराम ने देखा कि बिसराम बेदिया जब उन लड़कों को ये बात बता रहा था उस समय तीन चार लोग आकर आसपास खड़े हो गये थे। वे गौर से बिसराम की बात सुन रहे थे। उसमें से एक ने अपना मोबाइल फोन निकाला और किसी से कुछ बात की। इसके बाद उसने अपने साथ आये लोगों को बिसराम की ओर इशारा करके कुछ कहा। सोगराम डर गया। उसने जाकर बिसराम बेदिया का हाथ पकड़ कर खींचा ओर लड़कों से कहा—"क्यों आपलोग इस पियक्कड़ की बातों को सुनते हैं? ये तो हंड़िया पीते ही नशे में बकबक करने लगता है। अरे, इसकी बातों का कोई मतलब नहीं है। आपलोग जाइये और मौज मस्ती कीजिए।" इसके बाद बिसराम को अपनी झोपड़ी के भीतर लाते ही उसे खाट पर पटका—"क्यों अपने बाप की ही तरह अपनी भी जान देने पर तुले हो? तुम्हारे चलते मेरे साथ-साथ टोले के सभी लोग किसी मुश्किल में पड़ जाएँगे। अरे दो-चार साल और जीना है। खुद भी चैन से जीओ और हमें भी चैन से जीने दो।"

बिसराम चुपचाप खाट पर सो गया था। लेकिन शाम होते ही जैसे ही हंड़िया के दो गिलास उसके हलक के नीचे उतरे वह जलप्रपात के पास पहुँचा और देखने वालों के आसपास मँडराने लगा। जैसे ही उनलोगों ने जलप्रपात

की सुंदरता का बखान शुरू किया उसने जोर से कहा—"नहीं पहले आप मेरी बात सुनिये। यहाँ की सुंदरता खत्म हो रही है। कुछ लोग इसे नष्ट कर रहे हैं।"

"कौन नष्ट कर रहा है?" एक आदमी ने हैरत से उसे देखा।

"आप जानते हैं वे उसी तरह जंगल में घुस रहे हैं जैसे कभी अंगरेज घुसे थे। अंगरेजों ने भी हमारे पेड़ काटे और अब वे भी काट रहे हैं। हमारी उन पहाड़ियों को खोद रहे हैं जिनकी हम पूजा करते हैं। हमें जंगलों से निकाल रहे हैं।"

"अरे ये बूढ़ा तो पूरा माओवादी लगता है? कहाँ इसके फेरे में पड़े हो यार? फॉल देखो और साथ में जो लाए हो उसे खाओ-पीओ।" समूह में आये एक उम्रदराज व्यक्ति ने कहा।

"लेकिन कुछ तो सच है। कल ही मैंने अखबार में पढ़ा कि सड़कों को बनाने के लिए पूरे झारखंड राज्य में पौने तीन लाख पेड़ काटे जाएँगे।" एक नई उमर के लड़के ने धीरे से कहा।

"तो? पेड़ नहीं काटे जाएँगे? विकास कैसे होगा? बड़े-बड़े प्रोजेक्ट कैसे आएँगे? सड़कें कहाँ बनेंगी? पर्यावरणवादियों की तरह मत बको। सोचो तो जरा, जंगल नहीं काटे गये होते तो दुनिया इतनी सुंदर कैसे बनती?" यह बात कहने वाला शायद उस नई उमर के लड़के का पिता था।

"नहीं आप पहले मेरी बात सुनिये...।" इतना ही कह पाया बिसराम बेदिया। अचानक तेज झटका लगा और पहाड़ी के बीच में जा गिरा। वह तो गनीमत थी कि उसका सिर दो चट्टानों के बीच दरार में पड़ा वरना वहीं टें बोल जाता बूढ़ा। वह अपने गिरने का कारण समझने की कोशिश करता तभी उसके पेट में लात का एक जोरदार वार पड़ा और उसकी आँखें बंद हो गई। उसने बोलने के लिए मुँह खोला लेकिन आवाज नहीं निकल पाई। जब वह रात में घर पहुँचा तो उसका पेट किसी घाव की तरह जोर से दर्द कर रहा था और पूरा चेहरा सूज गया था। गालों के सूज जाने के कारण आँखों से ठीक से दिखाई नहीं पड़ रहा था। उसके बेटे सोगराम ने उसकी हालत देखी और समझ गया कि आसपास मँडराने वाले नये चेहरों का यह पहला हमला है। अगर अब भी उसका बाप नहीं सुधरा तो जान से जाएगा। उसने सोचा कि कल से वह बिसराम बेदिया का पाँव बाँधकर रखेगा। ना तो वह कहीं बाहर निकलेगा और ना ही किसी के लिए समस्या बनेगा।

लेकिन अगली सुबह। सोगराम के सोकर उठने के पहले ही बिसराम बेदिया गाँव में निकल गया था। रोज की तरह आसपास के जंगलों में पेड़-पौधों से बतियाता, पत्तों और फलों को सहलाता। पहाड़ों के ऊपर से गिरने वाले

पानी को सूँघता और चखता। उसके साथ इलाके के कई बूढ़े थे। ये वैसे लोग थे जिन्होंने बिसराम बेदिया के बाप को देखा था और उन्हें पता था कि वह गलत नहीं बोलता था। कुछ दूर निकलते ही सारे लोग चौंके। जंगलों में खूब चहल-पहल है। नई-नई और बड़ी-बड़ी गाड़ियाँ। इन गाड़ियों से उतरते देशी और विदेशी लोग। कुछ लड़के-लड़कियाँ तो कुछ उम्रदराज लोग भी। साथ में बंदूकें लिए खतरनाक दिखने वाले लोग। सब के सब जंगल में जैसे इधर से उधर दौड़ रहे थे। जंगल की फोटो उतारते और पास की पहाड़ी तक जाने का रास्ता बनाते। किसी ने बिसराम को बताया कि ये कंपनी वाले लोग हैं। बहुत दूर से आए हैं। इन्हें पता चला है कि पास की पहाड़ी में सोने की खान हो सकती है। पहाड़ी की खुदाई होगी। लेकिन पहाड़ी तक गाड़ियों के आने-जाने के लिए रास्ता बनाना होगा और इसके लिए पेड़ काटने होंगे। जाहिर है, पहले पेड़ कटेंगे और इसके बाद सड़क बनेगी। सरकार का मानना है कि खान की खुदाई होगी तो राज्य में खुशहाली आएगी और लोगों को रोजगार मिलेगा। दो चार दिनों के बाद पेड़ों को काटने का काम शुरू होगा। इसके लिए गाँव के लोगों को खोजा जा रहा है। उन्हें यहाँ काम मिलेगा।

बिसराम चुपचाप सुन रहा था। उसे एक बार फिर बाप आलसाराम नजर आने लगा। इस बार आलसाराम जंगलों के गीत नहीं गा रहा था। बिसराम को लगा कि आलसराम गुस्से में है। उसकी आँखें लाल-लाल हैं और पूरा बदन काँप रहा है। ऐसा तो तभी होता था जब उसके पिता की देह पर देवता सवार हो जाते थे। बिसराम बेदिया कभी अपने साथ चल रहे गाँव के लोगों को देखता तो कभी बाहर से आये हुए लोगों को तो कभी अपने बाप को। उसने अपना सिर झुकाया और चुपचाप टोले में वापस आ गया। घर के बगल की झोपड़ी में किसी भी वक्त उसे हंड़िया मिल सकती थी। झोपड़ी के बाहर के साल के पेड़ के नीचे पालथी मारकर बैठा, दो गिलास हंड़िया के उड़ेले और इसके बाद धीरे से बुदबुदाया—"साले अंगरेज फिर आ गये हैं। पेड़ काटेंगे, पहाड़ी खोदेंगे और सब कुछ खत्म कर देंगे। लेकिन इन्हें जंगल से भगायेगा कौन? अब ना तो जतरा भगत हैं और ना ही बिरसा।"

अचानक उसने अपने कंधे पर किसी के हाथ का दबाव महसूस किया। उसने मुड़कर देखा—यह गेतला भगत था। हुँडरू का ओझा। बिसराम की ही उमर लेकिन लम्बा-चैड़ा कद। गरदन तक झूलते लम्बे बाल जिनमें गाँठे पड़ गई थीं। बड़ी-बड़ी दाढ़ी और मूँछें जिनमें अब काले बाल गिनती के ही नजर आते हैं। गरदन में तरह-तरह की माला और हाथ में लाठी। लाठी के ऊपर एक

गोला जिसे देखकर कई बार खोपड़ी लगे होने का अहसास होता। गाँव के लोगों का मानना था कि एक साथ बीस भूतों को बाँधने में माहिर है गेतला भगत। कितनी भी भयानक डायन का टोना हो, गेतला का एक मंतर उसे हरा सकता था। हुँडरू की पहाड़ियों पर जानवरों की बलि देने वाला गेतला भगत गँड़ासे के एक वार से मोटे से मोटे बकरे या सुअर का सिर धड़ से अलग कर देता। कई बार जब उस पर देवता आता तो वह मारे गये जानवर का धड़ दोनों हाथों से उठाकर अपने मुँह से लगा लेता। उसका पूरा मुँह खून से भर जाता। सारा कपड़ा और उसके बाल, दाढ़ी सब खून से सन जाते। बलि देने वाला अगाध श्रद्धा से भर जाता। उसे लगता देवता ने उसकी बलि स्वीकार कर ली है। वह भगत के पैरों पर गिरता, अपनी नाक रगड़ता और देवता की ओर से जो भी माँग होती उसे अर्पित कर देता। लेकिन बिसराम बेदिया को गेतला भगत एक आँख नहीं सुहाता। वह जानता है कि भगत छल करता है। बलि से उसे काफी मांस, शराब, चावल और पैसे मिलते हैं। इसीलिए वह अपने धंधे को बनाये रखने के लिए नौटंकी करता है। अरे पाहन तो उसका पिता आलसाराम भी था लेकिन वह कहाँ जानवरों की बलि देने की बात करता था।

गेतला भगत उसके बगल में बैठा, हंड़िया का पूरा गिलास पेट के अंदर डाला और फिर धीरे से कहा—"कौन आ गया है बिसराम और जतरा भगत को क्यों याद कर रहे हो?"

बिसराम ने हिकारत भरी नजरों से उसे देखा और ऐसे बोला जैसे चेतावनी दे रहा हो—"तुम्हारा भी धंधा ज्यादा दिन तक चलने वाला नहीं है गेतला। अरे जब आदिवासी ही नहीं रहेंगे तो तुमसे देवता की पूजा कौन करवायेगा? बलि कौन दिलवायेगा? शहर से आकर यहाँ धंधा पानी करने वाले लोग तो तुम्हें भाव देने से रहे।"

"क्यों? यहाँ के लोग कहाँ भागे जा रहे हैं? अकाल या सूखा पड़ने वाला है का?" गेतला पर हंड़िया का असर तुरंत दिखाई पड़ने लगा।

हँसा बिसराम—"अरे बिपत उससे भी भयानक आने वाली है। और जंगलों में रहने वाले लोग खुद नहीं भागेंगे तो भगाये जाएँग। अब पहाड़ी पर खान खोदी जाएगी। अरे, वही पहाड़ी जिसमें तुम्हारा देवता सिंगबोंगा रहता है। पहाड़ी खोदी जाएगी तो कहाँ रहेगा देवता? इसके लिए सड़क बनेगी और सड़क बनने के लिए पेड़ काटे जाएँगे। पेड़ कटेंगे तो जंगल खत्म होंग। और जंगल खत्म होंगे तो हमलोग...?" अपनी बात अधूरी छोड़कर बिसराम वहीं पसर गया।

गेतला भगत बेवकूफों की तरह उसका चेहरा देखने लगा। उसे बिसराम

भगत का चेहरा उसके बाप आलसाराम की तरह नजर आने लगा। वह भी तो इसी तरह की बात करता था। गेतला ने सामने पत्तल के दोने में पड़े चना के दानों को उठाया और मुँह में डाला। उन्हें चबाते हुए कहा—"तो इसमें हमलोग क्या कर सकते हैं बिसराम? जंगल तो सरकार का ही है न? अब सरकार चाहे तो उसे रखे या काट डाले। और रही मेरी धंधे की बात तो यह कभी बंद नहीं होगा।"

"सरकार का जंगल? जंगल तो हमारा माई-बाप है ना? और पहाड़ी? तुम ही ना लोगों से कहते हो कि उसकी पूजा करो। हर साल वहाँ मेला लगवाते हो तुम ओझा लोग? ये सब यहाँ रहने वालों का है। अब कोई छीन रहा है तो आसानी से छोड़ रहे हो।" बिसराम की देह फिर काँपने लगी।

"बिसराम तो पागल है। वह तो ऐसी बातें करता है जो समझ में ही नहीं आती। जंगलों को कौन बचा सकता है? सरकार से कौन लड़ सकता है? कंपनी वालों से लड़ना आसान बात है का? अरे समझदारी इसी में है कि कंपनी वालों के साथ मिलकर काम करो और कुछ तुम भी खाओ कुछ उन्हें भी खाने दो।" बोलने वाला कार्तिक महतो था। बिसराम ने घूरकर उसका चेहरा देखा। चालीस साल का कार्तिक पक्का दलाल है। रात दिन बलौक आफिस पर पड़ा रहता है। बीडीओ-सीओ के सामने हमेशा चिरौरी करते हुए। किसी को इंदिरा आवास का पैसा दिलवाना है तो किसी को शौचालय का। सबमें कमीशन खाता है। बिसराम ने उसका चेहरा देखा और एक तरफ थूक दिया।

"अरे तुम्हारे लिए जंगल और नदी का क्या मतलब? आदिवासी होकर उनसे ही कमीशन खाते हो? दिनभर पैसा कमाने में लगे रहते हो और शाम होते ही हंड़िया पीकर टून्न हो जाते हो। अरे जंगल में बाहर के लोग आयेंगे तो ना तो तुम्हारी रोटी बचेगी और ना ही बेटी।" सुखन उरांव ने कार्तिक की ओर देखते हुए कहा।

बिसराम को लगा उसे सहारा मिला। उसने अपने गिलास में बचे हंड़िया को एक साँस में खत्म कर डाला। इसके बाद लड़खड़ाती देह के साथ उठने की कोशिश की। सुखन ने उसे सहारा देते हुए कहा—"लेकिन इस बार पहाड़ी खोदना आसान नहीं होगा। पहाड़ी के नीचे गाँवों के रहने वालों ने पूरा हल्ला मचा दिया है। उनका कहना है कि वे पहाड़ी को खोदने नहीं देंगे। इससे उनके देवता नाराज हो जाएँगे। मैंने सुना है उनको समझाने के लिए रांची से कुछ अफसर कल जाने वाले हैं।"

"ये अफसर किसके हैं सुखन? आदिवासियों पर बड़ी से बड़ी विपत

आ जाए लेकिन इन पर कोई असर नहीं पड़ता। जैसे ही कंपनी फेरे में पड़ती है इनके हाथ-पाँव फूल जाते हैं।" बिसराम ने मद्धिम स्वर में कहा। फिर उसने गेतला भगत के कंधे पर हाथ रखा और मुस्कुराते हुए कहा—"तुमने हवाई भूतों को भगाने के लिए दर्जनों मंतर सीख लिए। कुछ मंतर इन भूतों को भगाने के लिए भी सीखा होता।" कहने के साथ जैसे उसे कुछ याद आया। वह झटके के साथ उठा, वापस घर जाने के लिए झुका लेकिन फिर घूम कर वापस आ गया और हँसते हुए कहा—"गाँव वालों को मनाने के लिए अफसर जा रहे हैं ना? तुमलोग देखना। अगर लोग अफसर की बात नहीं सुनेंगे तो फिर पुलिस वाले जाएँगे। मारेंगे, पीटेंगे और जरूरत पड़ी तो गाँव वालों को निकाल बाहर करेंगे। लेकिन हमेशा की तरह वे जंगल काटेंगे, पहाड़ी खोदेंगे और जरूरत पड़ी तो नदियों को भी रोकेंगे।"

गेतला भगत ने आधी बंद हो चुकी अपनी आँखों से बिसराम बेदिया को देखा और वहीं जमीन पर लेट गया। फिर धीरे से कहा—"लेकिन इस बार लोग मानने वाले नहीं हैं। कल लोग आये थे पूजा देने। कह रहे थे कि देवता का घर उजड़ने नहीं देंगे। इसके लिए जान लड़ा देंगे। माने इस बार फिर लड़ाई बरियार होने वाली है। जरूरत पड़ी तो पत्थलगड़ी भी करेंगे।" बिसराम बेदिया ने अपना चेहरा ऊपर किया और साल के पेड़ की टहनियों को देखा। फिर होंठों में ही कुछ बुदबुदाने लगा। गोया साल के पेड़ों से कुछ बात कर रहा हो।

अगले दिन बिसराम हमेशा की तरह अहले सुबह निकला लेकिन दोपहर तक घर नहीं लौटा। रोज तो दोपहर में खाने के समय घर पहुँच ही जाता है। लेकिन आज कहाँ रह गया? जब सूरज ढलने को आया तो सोगराम को चिंता हुई। पूरा जंगल छान मारा लेकिन कहीं पता नहीं चला। झख मारकर वापस लौट रहा था कि गेतला भगत मिला। आँखें लाल किये हुए। नशे में झूमता हुआ। पता नहीं क्या बड़बड़ा रहा था। अचानक सामने सोगराम को देखकर ठठा कर हँसा। फिर चीखते हुए कहा—"बाप को रोक पागल, बाप को। उसे सबसे बड़े भूत ने पकड़ लिया है। तुमको पता है वह क्या कर रहा है?"

"पता नहीं। सुबह से ही उसका कोई पता नहीं है। उसे खोजते हुए जंगल की तरफ गया था। वहाँ भी उसका कुछ पता नहीं है।" सोगराम ने धीरे से कहा।

"जंगल में कहाँ से मिलेगा? पगलाया है साला। अब पूरे गाँव को पागल बनाएगा।। अकेले पत्थलगड़ी करेगा, पत्थलगड़ी। हा-हा-हा। पागल साला।" गेतला भगत ने अपने दोनों हाथ उठाकर हवा में लहराये। इस तरह वह तब करता था जब बलि लेने के लिए देवताओं का आह्वान करता था।

"पत्थलगड़ी? किस बात की पत्थलगड़ी? और अकेले पत्थलगड़ी कैसे करेगा?"

"क्यों? तुझे नहीं मालूम? जंगल के पार वाली पहाड़ी में सोने की खान मिली है। कंपनी वाले पहाड़ी खोद कर सोना निकालेंगे। इसके लिए सड़क बनायेंगे और सड़क बनाने के लिए जंगल साफ करेंगे।" कहते-कहते धम्म से नीचे बैठ गया था गेतला।

"तो...। तो...। पत्थलगड़ी क्यों करेगा वह?" हकलाया सोगराम।

"अपने बाप की मौत मरेगा साला। आज सुबह मेरे पास आया था। कह रहा था कि वह खूब सारे पत्थर जमा करेगा। मुझसे कह रहा था कि मैं उन पर लिख दूँ कि कंपनी वालों जंगल से बाहर जाओ। इसके बाद वह इन पत्थरों को जंगल के हर कोने में गाड़ेगा। मैंने बहुत मना किया लेकिन नहीं माना। हुँडरू की पहाड़ियों में दौड़ रहा था और जंगल में गाड़ने लायक पत्थर खोज रहा था।"

सोगराम ने माथा पीट लिया। आज तो बगैर हंड़िया पीए ही पगला गया उसका बाप। अब कहाँ खोजे उसे। हुँडरू की पहाड़ियों में किसी को खोजना आसान काम है क्या? इन्हीं पहाड़ियों में मारकर फेंक दिया था उसके दादा आलसाराम को। अब ये भी जान देने के लिए उतावला है। सोगराम ने अपनी लाठी उठाई और गेतला भगत के बताये रास्तों पर बाप को खोजने निकल पड़ा। लेकिन बाप कहीं हो तो मिले। रात हो आई और आसामान में चाँद निकल आया लेकिन बिसराम नहीं मिला। खोजकर थक गया। थका हारा घर पहुँचा और खाट पर पसर गया। खुद जब हंड़िया की तलब होगी तो आएगा घर। कब उसे नींद आई पता ही नहीं चला। अचानक देर रात तेज शोर से उसकी नींद खुली। धम-धमा-धम-धम-धम। अरे ये तो कोई उसकी झोपड़ी पर लगे टीन के दरवाजे को पीट रहा है। हड़बड़ा कर उठा सोगराम। सामने वाला तो जैसे दरवाजा ही तोड़ देना चाहता था। वह पूरी ताकत से चीखा—"ठहरो भाई। आता हूँ। दरवाजा तोड़ोगे क्या?"

दरवाजा खोलते ही चौंका सोगराम। सामने तीन-चार पुलिस के जवान। जीप की हेडलाइट से आती रोशनी के कारण पूरी तरह से आँख खोलना मुश्किल था। उसने अँधेरे से अनुमान लगाया—आधी रात के आसपास का वक्त है। और इस समय पुलिस वाले? उसका दिल धड़का। बाप तो ठीक है? तभी एक पुलिस वाला आगे बढ़ा—"बिसराम बेदिया का घर यही है?"

"जी...जी। क्या बात है? लेकिन वह तो अभी घर पर नहीं है।" सोगराम

की आवाज घबराहट से लटपटाने लगी।

"नहीं। वह थाने में है। हमें घर की तलाशी लेनी है। तुम बाहर निकलो।" कहने के साथ पुलिस वालों ने उसे इस तरह खींचकर बाहर निकाला जैसे उसे पटक रहे हों। इसके बाद वे खुद अंदर घुस गये। थोड़ी ही देर के बाद उसकी झोपड़ी लुटी-पिटी नजर आने लगी। ऐसा लग रहा था जैसे पागल जंगली जानवरों का कोई झुंड उसकी झोपड़ी में घुस आया हो। सारे बरतन बिखरे पड़े थे। ओढ़ना-बिछावन झोपड़ी के बाहर और डब्बों में रखा हुआ अनाज मिट्टी में मिला दिया गया। सोगराम किसी बच्चे की तरह हैरत से सबकुछ देख रहा था। उसकी समझ में कुछ नहीं आ रहा था। थोड़ी देर के बाद पुलिस वाले घर के बाहर निकल गये। अचानक एक सिपाही लपका और उसने सोगराम का गला पकड़ लिया। उसे दो तमाचे लगाये और चीखा—"घर में कौन-कौन आता है?"

"जी...जी...। कोई नहीं। बस...। हम बाप और बेटा रहते हैं। और...। और कौन आयेगा हमारे घर?" सोगराम को लग रहा था कि पुलिस वाला गला दबा कर उसकी जान ले लेगा।

"हमें शिकायत मिली है कि बिसराम का संबंध माओवादियों से है और वह अपनी झोपड़ी में दस्ते को टिकाता है। पुलिस थाने में पूछताछ कर रही है। अभी तो हमें कुछ मिला नहीं है लेकिन जल्दी ही हम फिर आयेंगे। अगर सबूत मिला तो तुमको भी हमारे साथ थाने चलना होगा।"

सिपाही ने गला छोड़ने के साथ इतनी जोर का धक्का दिया कि सोगराम नीचे गिर पड़ा। पुलिस वालों के चले जाने के बाद देर तक उसकी समझ में नहीं आया कि वह क्या करे। अचानक वह मुड़ा और दौड़ते हुए गेतला भगत की झोपड़ी पर पहुँचा और उसका दरवाजा पीटने लगा। कुछ देर तक दरवाजा पीटने के बाद अंदर से जोर-जोर से गाली बकने की आवाज आने लगी। सोगराम निश्चिंत हुआ। गाली बकने का मतलब था कि गेतला जग गया है। टीन का दरवाजा खुला और बिखरे बाल और लाल आँखों वाला गेतला भगत लगभग अधनंगी स्थिति में बाहर निकला। सामने सोगराम को देखकर चौंका। फिर धीरे से पूछा—"बिसराम तो ठीक है?"

"पुलिस ने पकड़ लिया है।" सोगराम ने धीमे स्वर में कहा।

"क्यों?" गेतला चौंका। "मैं साले से मना करता था कि फालतू काम के फेरे में नहीं पड़ो। अब भुगतो और पूरे गाँव को फेरे में डालो।" बड़बड़ाते हुए फिर से गेतला झोपड़ी के अंदर चला गया।

"पुलिस का कहना है कि माओवादी आता है गाँव में। मेरे घर पर।" सोगराम ने जरा ऊँची आवाज में कहा।

"अरे अब तो सबसे रिश्ता जोड़ देगी पुलिस। ससुर पत्थलगड़ी करने निकले थे? दिमाग खराब हो गया था।" गेतला इस बार झोपड़ी से निकला तो उसने लुंगी के ऊपर चादर डाल लिया था। उसने सोगराम के कंधे पर हाथ रखा—"चिंता मत कर। मैं चलता हूँ थाने। इस थाने का एक दारोगा एक बार बलि लेकर आया था मेरे पास। चलो उससे मिलते हैं।"

थाना लगभग तीन किलोमीटर दूर था। आधी रात और पैदल राह। पूरे रास्ते देवता को सुमिरता रहा सोगराम। संयोग अच्छा था। थाना पहुँचते ही उसी दारोगा से भेंट हो गई। वह गेतला को देखते ही चिल्लाया—"आओ-आओ भगतजी। आज इतनी रात में थाना कैसे? चोरी हुई कि डाका पड़ गया?"

"जी सुना है कि हमारे गाँव के बिसराम बेदिया को पकड़ा गया है। कोई गलती हुई है क्या? पागल है ससुरा। हंड़िया पी लेने के बाद साले को कुछ बुझाता ही नहीं है। ऐसे है बड़ा सिधुआ आदमी।" गेतला ने हाथ जोड़ लिया।

"पागल है? सिधुआ है? अरे सिधुआ तो तुम हो भगतजी। पक्का माओवादी है इ बूढ़ा। खुफिया का इन्फारमेशन था। आज रेड हैंडेड पकड़ा गया है। पत्थर जमा कर रहा था, पत्थर। पत्थलगड़ी कौन करता है पता है न भगतजी?" दारोगा के चेहरे पर क्रूरता के भाव आ गये।

"अइसा नहीं है हुजूर। जरा पागल है ससुरा। उसका बाप ओझा था। कुछ-कुछ गुन उसमें भी आ गया है। इ सोगराम है, उसका लड़का। एक बार मिला दिया जाता। हमलोग भी जान लेते कि बात क्या है।" इस बार गेतला के साथ-साथ सोगराम ने भी हाथ जोड़ लिये था।

"तुम्हारा कहना कैसे टाले भगत? क्या पता मुझपर ही दो-चार भूत भेज दो।" कहते हुए उसने एक सिपाही को इशारा किया। सिपाही ने गेतला और सोगराम को अपने पीछे आने का इशारा किया। हवालात में कराहता हुआ लेटा था बिसराम बेदिया। उसके पिचके रहने वाले गाल इतने सूज गये थे कि आँखें दिखाई नहीं पड़ रही थी। माथे से निकल रही खून की धार अब सूख चुकी थी। दाहिना हाथ एक तरफ झूल रहा था। शायद टूट गया था। एकदम नीम बेहोशी में बड़बड़ा रहा था—"नहीं...। पहले आप...मेरी बात...। सुनिये..." बुदबुदाते हुए अचानक चुप हो गया। शायद बेहोश हो गया था। गेतला भगत ने एक दो बार उसका नाम लेकर पुकारा लेकिन बिसराम पर उसका कोई असर नहीं पड़ा।

सोगराम से तो बाप की यह हालत देखी नहीं गई और वह दूसरी तरफ मुँह करके फूट-फूट कर रोने लगा। गेतला ने उसे पकड़ा—"पागल मत बनो। हिम्मत रखो। पहले इसे छुड़ाने का उपाय करते हैं।"

"भूल जाओ भगतजी। अब तो कल आएँगे एसपी साहेब। उ पूछताछ करेंगे और उसके बाद ही तय होगा कि इसका क्या होगा। जेल जाएगा जेल। केस चलेगा। वकील का इंतजाम कीजिए। माओवादियों की मदद करने का मामला है। हँसी-खेल थोड़े है?" दारोगा दोनों के पीछे ही खड़ा था।

"अरे हमारे लिए तो वकील भी आप और जज भी आप ही हैं हुजूर। आप चाहे तो क्या नहीं हो सकता?" गेतला भगत गिड़गिड़ाया। उसने सोगराम को इशारा किया कि वह दारोगा का पाँव पकड़ ले। सोगराम सीधे दारोगा के पाँव में लोट गया।

"अरे-अरे। छोड़ो-छोड़ो। इ सब का करते हो? अब कुछ नहीं हो सकता है। चोरी-चमारी का मामला थोड़े है। और भगतजी...। अब तुम इसको लेकर जल्दी से यहाँ से निकल जाओ। भोर होने वाली है। कोई तुमको थाना में देख लेगा तो झुठो बवाल होगा कि दारोगाजी रात में थाना में ओझा-गुनी बुलाकर झाड़-फूँक कराते हैं।"

गेतला भगत ने उसकी बात का कोई जवाब नहीं दिया। उसने सोगराम का हाथ पकड़ा और खींचते हुए थाने के बाहर चला आया। धीरे से कहा—"दो दिनों तक दम धरो। देखो पुलिस क्या करती है। कुछ ना कुछ उपाय तो होगा ही।"

अहले सुबह झापेड़ी में पहुँचा सोगराम। उसकी समझ में नहीं आ रहा था कि क्या करे। पहले तो उसने अपने बाप को जी भर कर कोसा और पुलिस वालों को पेट भर कर गालियाँ दी। इसके बाद फूट-फूट कर रोने लगा। रोते-रोते कब आँख लग गई पता ही नहीं चला। देर तक बेसुध सोता रहा। अचानक तेज शोर से झटके से आँख खुली। अचकचा कर उठा तो पता चला कि आवाज उसके घर के बाहर से आ रही है। उसने झटके से दरवाजा खोला। सामने कल रात वाले वही तीन-चार पुलिस के जवान खड़े थे। टोले के लोग उन्हें घेरे हुए थे। कोई कुछ नहीं बोल रहा था। सोगराम का दिल धड़का—तो क्या उसके बाप को छोड़ दिया इनलोगों ने? लेकिन वह तो कहीं नजर नहीं आ रहा है? उसने आसपास देखा। गेतला भगत माथे पर हाथ रखे चुपचाप बैठा था। तभी एक पुलिस वाले ने कहा—"रात थाने में तुम्हारे बाप की तबीयत खराब हो गई। उसे अस्पताल में भरती करा दिया था हमलोगों ने। आज सुबह मर गया। जाकर बाडी ले लो।"

“क्या?” सोगराम को मानो लकवा मार गया। उसके मुँह से आवाज ही नहीं निकली। वह पागलों की तरह उस पुलिस वाले का चेहरा देखे जा रहा था जिसने यह सूचना दी थी। रात में ही तो वह अपने बाप को थाने में देखकर आया था। इसका मतलब इनलोगों ने मार दिया उसे? अचानक पता नहीं कहाँ से उसके शरीर में ताकत आ गई। वह लपका और एक सिपाही की गरदन पकड़ ली। सिपाही की तो मानो साँस बंद होने लगी। उसके मुँह से गों-गों जैसी आवाज निकलने लगी। तभी दूसरे सिपाही ने डंडे का एक जोरदार वार सोगराम के माथे पर किया। माथे से खून की धार बह निकली लेकिन उसने सिपाही की गरदन नहीं छोड़ी। इसके बाद सारे सिपाही मिलकर उसपर टूट पड़े। किसी ने रायफल के कुंदे से तो किसी ने लाठी से तो किसी ने लात से उसे पीटना शुरू किया। सोगराम नीचे गिर गया। इसके बावजूद सिपाही मारते रहे। अचानक गेतला भगत चिल्लाया—“हाँ-हाँ इसे भी मार डालो हत्यारों। पहले इसके बाप को मार डाला और अब इसे भी मार डालो। हत्यारों तुम्हें कोढ़ फूटेगा। देवता का शाप लगेगा। तुमलोगों ने एक सीधे-साधे आदमी को मार डाला।”

गेतला के इस शाप का असर पुलिस वालों पर नहीं पड़ा। सोगराम लगातार मार खाने के कारण एक तरफ निढ़ाल होकर पड़ा था। चारों सिपाही ऐसे हाँफ रहे थे जैसे मीलों दौड़ कर आ रहे हों। धीरे-धीरे गाँव भर के लोगों की भीड़ जुटती जा रही थी। सिपाहियों ने एक-दूसरे से आँखों-आँखों में बात की और सभी दौड़ते हुए जाकर जीप पर बैठ गये। उन्होंने चिल्लाकर जीप स्टार्ट करने को कहा। ड्राइवर ने इस तरह जीप स्टार्ट किया मानो उसके पीछे भूत लगा हो। सोगराम के माथे और होंठ से खून बह रहा था। वह कभी आसमान की ओर देखता तो कभी हुँडरू की उन पहाड़ियों की तरफ जहाँ वर्षों पहले उसके दादा आलसाराम की लाश मिली थी। उसकी आँखों से ना तो आँसू निकल रहे थे और ना ही मुँह से आवाज। गेतला भगत ने उसे सहारा देकर उठाया—“चल बेटा, अस्पताल से बिसराम को ले आना है। उसे मिट्टी देनी है। अब तो जो होना है वो तो हो चुका। अस्पताल टोले से चार कोस होगा। अभी चलना होगा तो शाम तक लौट पाएँगे।” किसी तरह उठा सोगराम और धीरे-धीरे गेतला भगत के साथ चल पड़ा। उन दोनों के पीछे पूरा टोला चल रहा था।

इस घटना के चार दिन बाद। गेतला भगत हुँडरू की पहाड़ियों पर एक बकरे को बलि देने के बाद उसके सिर को हाथ में लिए उतर रहा था। अचानक उसे एक जाना-पहचाना चेहरा दिखाई पड़ा। अरे सोगराम? यहाँ क्या कर रहा है? और अपने हाथ में छेनी-हथौड़ी क्यों लिये हुए है? वह लपक कर उसके

पास पहुँचा—“छेनी-हथौड़ी लेकर कहाँ जा रहा है बेटा?”

“पत्थलगड़ी करनी है चाचा। जमीन हमारी, जंगल हमारे, नदी और पहाड़ हमारे और हमें ही बेदखल किया जा रहा है। पत्थरों पर लिखना है—कंपनी वालों बाहर जाओ। फिर इन्हें जंगलों के कोने-कोने में लगाना है।”

गेतला भगत को झटका लगा। उसने गौर से सोगराम का चेहरा देखा। अरे...अरे...ये कैसे हुआ? बिसराम बेदिया तो...? यह साला मरता क्यों नहीं?

कस्तूरीगंध

*

पूनम सिंह

रोहिणी सेक्टर 14, 'साकेत अपार्टमेंटस / 27 डी'—नोटबुक निकाल कर मैंने पते को गौर से देखा और ऑटो का किराया देकर सीढ़ियाँ चढ़ने लगी। डी-27 तक आते-आते मैं हाँफने लगी थी...

इतनी खड़ी सीढ़ियाँ! उफ!

बहुमंजिली इमारतों की यह कसरत अगर मुझे हर दिन करनी पड़ती तो?

ना बाबा ना-मैं तो पस्त हो जाती। मुझे पैरों के नीचे समतल जमीन चाहिए—औंधा लटका आसमान नहीं।

वैसे भी दिल्ली की जमीन मुझे हमेशा औंधा लटका आसमान ही नजर आती है। इसपर चलते हुए मेरा दिल जोर-जोर से धड़कने लगता है। मैं परेशान हो जाती हूँ—मोम की चिकनी सतह पर यहाँ के लोगों को आग के जूते पहनकर दौड़ते देख। करतब दिखाने के लिए ऐसा साहस मैं तो हरगिज नहीं कर सकती। नाहक जले पाँवों को अंजुरियों में भरकर रोने का शौक नहीं है मुझे...।

प्रज्ञा है ना!

उसे नंगे पाँव धूप में तारकोल की पिघली सड़क पर चलने का अदभुत शौक है। छालों से भरे हैं उसके पाँव लेकिन मैं क्या कर सकती हूँ?

वह करतब दिखा रही है...दिखाये...।

बेवजह मैं क्यों अपने पाँवों को अग्निपथ पर झुलसाऊँ?

मैंने अपने सुन्दर सुकुमार पाँवों को बड़ी हसरत से देखा। नीले कपड़ों के जूते में कसे वे डी-27 के दरवाजे पर थके-थके से मौन खड़े थे। कॉलबेल बजाने से पहले मैंने ऊँचाई चढ़ी अपनी साँसों को संयत किया फिर बटन पर हल्के से उँगली रख दी। जलतरंग की महीन आवाज बंद कमरे की किसी सुराख से छन

कर बाहर तक सुनाई पड़ी मैं अपने को व्यवस्थित करने लगी। घुटने तक उपर चढ़ आये कुरते को खींच कर सलीके से दुपट्टे को ओढ़ा-हवा की छेड़खानी से मुँह पर छितरा गये बालों को पीछे करके क्लिप लगाई—सूखे होठों को जीभ की नमी से तर करके उसपर मुस्कान की एक लकीर खींची फिर उत्सुक्ता से बंद दरवाजे के खुलने की प्रतीक्षा करने लगी।

एक-दो-तीन-चार-पाँच-छः...

कई पल गुजर गये लेकिन हठी मुद्रा में बंद दरवाजे का मौन नहीं टूटा। मेरी बेसब्री बढ़ने लगी। कहीं सुराग वाला ताला तो नहीं जड़ा है घर में। अगर अंदर कोई होता तो अब तक दरवाजे की कुण्डी खुल गई होती। प्रज्ञा को सरप्राइज देने का सारा उत्साह अचानक ठंडा पड़ गया। भीतर एक अजीब सी झुँझलाहट पैदा होने लगी। विकास ने आते वक्त अगर टोका न होता तो मैं ऐसी मुसीबत में न पड़ती।

चलते वक्त उसने कहा था..."अपनी दिलीआइट बहन से मिलने नोएडा से रोहिणी जा रही हो—वह भी बिना इन्फार्म किये। अरे यार! फोन तो कर लो। दिल्ली में कहीं ऐसे किसी के घर जाते हैं लोग। यहाँ बिहारी कल्चर नहीं है कि न दिन देखा न रात, न भाव न भंगिमा-जब जहाँ जी चाहे, मुँह उठाये चल दिये।"

उसी की टोक लग गई मुझे। मेरा सारा रोष विकास की ओर मुड़ गया था। अगर वह चाहता तो अपने जीजा मनोहरजी की गाड़ी से यहाँ तक पहुँचा सकता था मुझे। बंद घर देखकर मैं तत्काल लौट जाती उसके साथ लेकिन उसे तो प्रज्ञा से न जाने कैसी चिढ़ है। नाम लेते ही बिदक जाता है...

"तुम्हारी मौसी की बेटी है तुम निभाओ बहिनपा...मैं वैसी लड़की से दस हाथ दूर ही रहना चाहता हूँ। बनेली स्टेट की प्रतिष्ठा आज उसके कारण कौड़ी भर भी नहीं है किसी की नजरों में। वह दीपंकर आखिर कौन लगता उसका—प्रेमी या पति जिसके साथ वह खुलेआम एक छत के नीचे रह रही है इन दिनों। 'सेल्फ एक्जिस्टेंस' को लेकर न जाने कौन सा किला फतह करना चाहती है तुम्हारी बहन। वर्जनाओं को तोड़ने की जिद में एक दिन खुद टूट कर रह जायेगी वह...तुम देखती रहना।"

विकास की बातों से मेरा मन इतना खिन्न हो गया था कि बिना एक शब्द बोले मैं पर्स उठा कर तेजी से कमरे से बाहर हो गई थी...।

तभी 'खट'! किसी ने भीतर से दरवाजे का लॉक खोला।

प्रज्ञा गुलाबी गाउन पहने भींगे बालों में तौलिया लपेटती मेरे सामने खड़ी थी—अवाक मुझे देखती हुई। होंठो पर शब्द जैसे अकबका कर ठहर गये

थे...'सु-म-न! तुम? अचानक इस तरह? '

स्टेट बैंक के कॉन्फ्रेंस में विकास को तीन दिनों के लिए दिल्ली आना था। तुमने घरबार से नाता तोड़ लिया है लेकिन मैं तुझसे विमुख कैसे होऊँ! जिद करके चली आई विकास की इच्छा के विरुद्ध।"

'सच '...

उसने खींच कर मुझे अपने से चिपटा लिया। उसके भींगे बालों से चूता पानी मेरे चेहरे—कपड़े सबको गीला कर गया। उसके बदन से चंदन की खुशबू आ रही थी। मुझे ताजगी मिली।

'यह भी कोई नहाने का वक्त है—शाम के पाँच बजे। सारे दिन क्या घोड़ा बेचकर सो रही थी तुम...'

मैंने कमरे में प्रवेश करते हुए उसे टोका।

"क्या बताऊँ! बहुत दिनों बाद घर में इतना पानी आया। ढ़ेर सारे कपड़े धोई हूँ—बाहें चढ़ आई हैं। पिछले दिनों पानी की बड़ी किल्लत थी। इस महीने दो-दो बार बोरिंग फेल कर गया इस कॉलानी का। सोसाइटी द्वारा पानी की वैकल्पिक व्यवस्था भी की गई परन्तु हर जगह कुछ ऐसे लोग होते हैं सोसाइटी में, जो धूप, हवा, पानी को भी अपनी तिजौरी का माल समझते हैं। सातवीं मंजिल वाले लोग टैंक पर चढ़कर रोज नल बंद कर देते थे। मत पूछो चुल्लू भर पानी के लिए कितना घमासान मचता था इस बिल्डिंग में। यहाँ रहकर मैं भी बहुत लड़ाकू हो गई हूँ सुमन! बिल्कुल दिल्ली की पंजाबनों की तरह।"

"वह तो तू शुरू से है प्रज्ञा। मैंने तो हमेशा तुझे युद्धरत ही देखा है। 'समर शेष है ' कहती हुई तू कब तक इसतरह पूरी दुनिया से लड़ती रहेगी। तुझे पता है जावेद और जया के संबध को लेकर अपने गाँव में कितना टेंशन है? बिहार तो ऐसे भी झाड़ झाखड़ों से भरा प्रदेश है...कहीं से एक जलती तीली टपक जाये तो पूरा प्रदेश धू-धू दहकने लगता है।"

'लेकिन ऐसी क्या बात हो गई...'—प्रज्ञा के स्वर में एक कातर विह्नलता थी।

"बात तो कुछ भी नहीं फिर भी लोग उसे साम्प्रदायिक टकराव का एक मुद्दा ज़रूर बनाते जा रहे हैं। जावेद और जया को कोर्ट मैरिज करने की सलाह तूने दी थी—इस छोटी सी बात को दोनों पक्षों के मठाधीशों ने एक बड़ी बात बना दी और कोर्ट रजिस्ट्रेशन के कागज पर तुम्हारे दस्तख्त को लेकर काफी बबाल मचा। जया के घर वालों का कहना था कि तूने ही शह देकर उससे ऐसा गलत काम करवाया और जावेद के बड़े भाई ने भी अपनी बिरादरी वालां से वही बात

कही कि गाँव की एक बागी लड़की दिल्ली में रहकर भोले भाले ग्रामीण बच्चों को उग्रवादी बना रही है।"

"अच्छा तो उग्रवादियों के प्रशिक्षक के रुप में लोग मुझे देख रहे हैं क्यों?"

"टू-बी सीरियस प्रज्ञा। यह मजाक की बात नहीं है। मैं गाँव की हवाओं में एक जहर घुलते देख रही हूँ। तुम्हें तो मालूम है जावेद के चाचाजान नूर आलम हमारी कंस्टीच्योन्सी के कितने दबंग नेता हैं। लगातार तीन बार उसी क्षेत्र से जीतकर अभी वे कैबिनेट मंत्री हैं। इसबार होली के अवसर पर वे गाँव आये थे तो जया जावेद के कोर्ट मैरिज को सामाजिक स्वीकृति देने के लिहाज से उन्होंने गाँव में 'फाग-मिलन' के रुप में एक भव्य जलसे का आयोजन किया था। वे चाहते थे—एक सौहार्दपूर्ण वातावरण में दो निर्दोष प्रेमियों को पूरा गाँव स्वीकार ले लेकिन ऐसा हुआ नहीं प्रज्ञा। होली के ठीक एक दिन पहले अपने गाँव से सटे रामपुर महंत के हनुमान मंदिर के परिसर में किसी मृत जानवर की कुछ हड्डियाँ देखी गईं। अन्वेषकों ने कहा यह मरी हुई गाय की अस्थियाँ हैं। मुस्लिम कौम ने जानबूझकर यह फसाद खड़ा किया है। फिर क्या था राग रंग के उस माहौल में यह जलती चिंगारी पिघले शीशे की तरह एक कान से दस कान होती हुई पूरे गाँव तक फैल गई। मुझे भी धक्का लगा जब सुना कि गाँव के पंचों ने इस कबूलनामे जलसे का खुलकर विरोघ करतें हुए कहा कि इस समारोह में जो लोग शरीक होंगे वे हिन्दू जाति और धर्म के जबह का कलमा पढ़ेंगे तथा अपनी जात बिरादरी से गद्दारी करेंगे...।"

ओह सुमन! प्रेम के विरोध में इतनी बड़ी-बड़ी साजिशें कब तक करते रहेंगे लोग?

प्रज्ञा का सुन्दर चेहरा तनावग्रस्त हो गया था। वह उठकर कमरे से सटे किचेन की ओर मुड़ गई। मुझे लगा इस प्रसंग पर वह अपने और दीपंकर के रिश्ते को लेकर भी कहीं से अपसेट हो गई है।

घर में दीपंकर की कोई आहट नहीं थी परन्तु उसका संपूर्ण वजूद मौजूद था वहाँ। हेंगर पर टंगे उसके कपड़े, रैक पर रखे जूते, मेज पर ढ़ेर लगी किताबें—आधे अधूरे रफ किये गये पेज...।

मन के भीतर बहुत देर से घुमड़ रही बात मेरे होंठो पर आ गई...

'दीपंकर आजकल तेरे साथ ही रह रहा है क्या? '

'हाँ, पिछले छः महीने से'—प्रज्ञा कप में चाय उड़ेलती हुई बहुत सहजता से बोली।

'...लेकिन अभी वह ग्वालियर गया हुआ है...इन्टरव्यू देने। मध्य प्रदेश में

60 सीटें है अंग्रेजी व्याख्याताओं के। वैसे दिल्ली वाला इन्टरव्यू भी अच्छा हुआ है उसका लेकिन सुना है विभागाध्यक्ष के किसी करीबी रिश्तेदार को मिलेगी वह नौकरी। दिल्ली में यह खूब होता है पहले से सब कुछ तय रहता है। वैसे तो दीपंकर नौकरी के पक्ष में बिल्कुल नहीं है केवल मेरे फोर्स करने से वह इधर उधर कुछ हाथ पैर चला रहा है। लेकिन मैं जानती हूँ अन्तत: वह स्वतंत्र लेखन ही करेगा। इन दिनों वह अखवार के लिए कुछ लिखता है। थोड़ा बहुत इन्दिरा गाँधी युनिवर्सिटी के अनुवाद का काम भी करता है। काम लायक पैसे मिल जाते हैं उसे। बाकि एनव् जीव् ओव् की छोटी सी नौकरी से मैं घर चला लेती हूँ।'

प्रज्ञा ने बहुत साफ-साफ शब्दों में अपनी संघर्षमय गृहस्थी का ब्यौरा मुझे दे दिया जिसमें जीवन की तल्खी और तपिश के बीच अनुराग का गहरा रंग था। मुझे पता नहीं क्यों उससे ईर्ष्या हुई। प्यार की ऐसी तुष्टि किसी स्त्री के जीवन में नामुमकिन है...। मैं उसके जीवन में कहीं दु:ख पश्चाताप की परछाई देखना चाह रही थी। पर वहाँ दिन भर के थके सूरज को फाग गाते देख मुझे पहली बार अपना जीवन बहुत अर्थहीन लगा।

शायद उसे डिमोर्लाइज करने के ख्याल से ही मैंने तत्काल उससे कहा... प्रज्ञा! गाँव घर के लोग तेरे बारे में कैसी ओछी बातें करते हैं शायद तुझे नहीं मालूम, लेकिन मुझे शर्म महसूस होती है। तुझे लेकर अक्सर मेरे और विकास के बीच कई-कई दिनों तक तनाव बना रहता है। इस तरह बिना किसी सामाजिक

बंधन के तू दीपंकर के साथ जिस तरह एक छत के नीचे रह रही है क्या तुझे अनुचित नहीं लगता?

अचानक उसके चेहरे पर एक ऐसी तमतमाहट दीख पड़ी जैसी दहकती भट्ठी के आसपास की हवाओं में होती है। उसकी भृकुटि प्रत्यंचा की तरह तन गई।

"अनुचित तो मेरे पूर्वजों के आचरण में भी बहुत कुछ था सुमन! उधर कभी किसी की दृष्टि क्यों नहीं उठी? उतनी खूबसूरत मेरी आई के रहते दद्दा ने भीखू कहार की पत्नी को आजीवन अपनी रखैल बनाकर महियारपुर कामत पर रखा...क्या यह अनुचित नहीं था? जब जी चाहा गुलाबबाग की मशहूर रण्डी मुन्नीबाई को गाड़ी भेजकर अपने फार्म हाउस में बुलवाकर ऐश किया... क्या यह अनुचित नहीं था? बारह वर्षो तक बनैली स्टेट को कोई पुत्ररत्न न दे सकने के कारण मेरी आई अपनी सास से रुई की तरह धुनी जाती थी...क्या यह अनुचित नहीं था? बुआ के मुँह से मैंने अपने ऊँचे घराने के सात पुश्तों की नैतिकता मर्यादा की परचम लहराती अनगिनत शौर्य कथायें सुनी है सुमन। मैं

कभी नहीं भूल सकती किस तरह बुआ ने रोते हुए कहा था मुझसे...मोमबत्ती की तरह बूंद-बूंद जलती गलती आई जिस दिन मरी थी उस दिन भी ददा को शराब के नशे में धुत्त दूसरी स्त्री के आगोश से जबरदस्ती उठाकर लाया गया था...मुखाग्नि देने के लिए। बिना इसके उनकी अखण्ड सौभाग्यवती पतिव्रता स्त्री की मृत आत्मा को शान्ति नहीं मिल सकती थी। जीवन भर जिसकी आत्मा अतृप्त रही...सुहागशय्या पर जो ओदी लकड़ी सी धुआँती सुलगती क्षय होती रही...मृत्युशैया पर पति के हाथों शाश्वत अग्नि संस्कार ने उसे तार दिया। आई की आत्मा ने तृप्त होकर कहा...ओ अग्नि...ओ दाह...ओ ताप...तू अब तक कहाँ थी? किधर?"

प्रज्ञा का कंठ भर आया था। मेरा मन भी बहुत आहत हो गया था। मैंने उससे कहा—"अतीत के गहवर में झाँकने से दुख के सिवा कुछ भी हासिल नहीं होगा प्रज्ञा...गड़े मुर्दे उखाड़ने से क्या फायदा?

सुमन! मैं कभी नहीं चाहती इतिहास के उन घिनौने पृष्ठों को पलटना। उसके खुलते ही मेरे आसपास मरी हुई सड़ी मछलियों की दुर्गन्ध फैल जाती है। स्त्री यातना की अंतहीन दास्तां है हमारे पूर्वजों का इतिहास। स्त्री के दूध और खून को साथ-साथ पीने वाले पिशाच अब भी जीवित हैं उसमें...गंध की झाग उगलता सदियों पुराना पाप का गहरा कुण्ड है बनेली स्टेट। मैं जब भी झांकती हूँ उसमें...कातर विह्वल चीखें मुझे भीतर तक उद्वेलित कर देती हैं। तुमने आज नैतिकता की दुहाई देकर मेरी बहुत सी दुखती रगों को दबा दिया है। तुझे शायद नहीं मालूम दद्दू से पहले उनके परबाबा के शौक में जंगली जानवरों के शिकार के अलावा दस से बारह वर्ष की छोटी बालिकाओं को गोद में लेकर दुलराने पुचकारने का भी एक अजीब सा नशीला शौक शामिल था जो तब तक नहीं उतरता था जबतक वह बच्ची उनकी बाहों में खून से लथपथ बेजान नहीं हो जाती थी। वहशियत का यह क्रूर खेल अरण्य में ही खेला जाता था जहाँ महीनों वे जंगली जानवरों, निरीह पंक्षियों के शिकार के साथ काढ़ागोला की गंगा में अपने पापों का विर्सजन भी करते थे। पाल तने नाव के भीतर एक छोटी मेमना को बाँधकर पूरी-पूरी रात उसका करुण आर्तनाद सुनना उन्हें कैसा आनंद देता होगा सुमन...सोचती हूँ तो रोंगटे खड़े हो जाते हैं और कैसी निरीह थी वह प्रजा जो अपने हाथों बली चढ़ाने के लिए अपने घर की भेंड़ बकरियों को उनके हवाले कर देती थी। बदले में उन्हें अनाज पानी और लगान में थोड़ी छूट मिलती होगी...यही न।

एक बार यूँ ही मैंने अम्मा से जब इस विषय पर कुछ जानना समझना

चाहा था तो वह भयभीत हिरणी की तरह मेरी ओर देखती रह गई थी फिर मुझसे बहुत नाराज और दुखी होकर बोली थी...बाबूजी सुनेंगे तो तेरी खाल उधेड़ देंगे प्रज्ञा...क्यों इतनी पड़ताल करती है तू अपने पूरखों की? मेरी कोख में क्या दुर्गा का अवतार लेकर पैदा हुई है तू?

अंतत: बनेली स्टेट की 'दुल्हिनजी' कहलाने वाली मेरी आस्थावान अम्मा भी एक दिन चक्रवर्ती राजा के अश्वमेघी अश्वों के टापों तले रौंद दी गई लेकिन एक उफ तक नहीं निकला उसके होंठो से। क्यों सुमन?

धरती की तरह इतनी सहनशील क्यों होती है औरत?

प्रज्ञा की आँखों से मेघ झरने लगा था।

अपनी मौसी का सौम्य शांत चेहरा मेरी आँखों के सामने चित्रित हो उठा। जीवन भर उस विशाल हवेली की बत्तीस कोठरियों को खोलते बंद करते पसेरी भर चाभियों का गुच्छा कमर में लटकाये 'दुल्हिनजी' कहाती मेरी मौसी का जीवन एक बाँदी से भी बदतर था। सब के लिए मरती खटती उस स्त्री के दु:ख दर्द की परवाह किसी को नहीं थी।

उतने बड़े राज-पाट की भीतरी व्यवस्था का पूरा भार मौसी के नाजुक कंधों पर था। नाते रिश्तेदारों की एक फौज रहती थी वहाँ...उनके आने-जाने, खाने-ठहरने, बर-विदाई से लेकर ठाकुरबाड़ी में इष्टदेव के भोग के लिए कड़ाह भर हलुआ, मखान की खीर, रामदाना के लड्डू, बेसन के मुकदर तक का इंतजाम अकेली उन्हें ही करना होता था। मौसाजी अपने अभिन्न मित्र कुमार वीरेन्द्र सिंह के साथ रजनीश के योग भोग के दर्शन में डूबे सैकड़ों चेले चेलियों को लेकर रानीपतरा के 'बरबीघा मानसरोवर' में आनंद बिहार करते रहते थे। उन्हें घर की ओर देखने की फुर्सत कब थी। पुराने नौकर-चाकर, गुमाश्ता-बराहिल उनकी जमींदारी मौजों के रखवाले थे...धीरे-धीरे सब कुछ बिलाता चला गया। मौसी भी धुन खाये गेहूँ की तरह भीतर ही भीतर फोकली होती एक दिन धुँआ हो गई...।

उस समय तक यकृत की पुरानी बीमारी ने कैंसर का रुप ले लिया था। उससे पहले दर्द से दोहरी होकर वे कई-कई दिनों तक हवेली के किसी अलक्षित कोने में पड़ी कराहतीं रहतीं लेकिन कभी किसी ने इसे गंभीरता से नहीं लिया। बैद्य हकीम की पुड़िया चाटकर वे स्वस्थ हो जाती थीं। नजदीक रहने के कारण अपनी गृहस्थी के बीच भी मैं अक्सर उनकी खोज-पूछार करने बनेली चली जाती थी क्योंकि उन्होंने मुझे प्रज्ञा से कम प्यार दुलार नहीं दिया था। जिस दिन पूर्णिया के ड़ाक्टरों ने एडभांस स्टेज कहकर उन्हें बाहर ले जाने की सलाह दी थी उस दिन मैंने मौसाजी को बहुत परेशान देखा था। उन्होंने मेरी ओर देखते

हुए बहुत गंभीर स्वर में कहा था..."प्रज्ञा शायद मुझे ब्लेम करेगी...क्यों सुमन!" फिर उन्होंने मेरे सामने ही प्रज्ञा को फोन लगाया था..."हम तुम्हारी अम्मा को लेकर दिल्ली पहुँच रहे हैं...उसके इलाज में हम कोई कसर नहीं छोड़ेंगे। कुमार वीरेन्द्र ने कैंसर विशेषज्ञ डॉ लाल से एप्वाइंटमेंट ले लिया है। उनका पता तुम नोट कर लो हॉस्टल से सीधे वहीं आ जाना।"

मौसी की जिद पर मुझे और विकास को भी जाना पड़ा था। प्रज्ञा पहले से पहुँची हुई थी वहाँ। मौसी की हालत देखते ही काले मेघ से भरे बादल की तरह वह गरजने लगी..."इस लाश को ढोकर यहाँ क्यों लाये बाबूजी? मर जाने दिया होता अपनी पुश्तैनी हवेली के किसी अँधेरी कोठरी में। इसकी आत्मा को ढंडक मिल जाती अपनी सजी-धजी अर्थी को डोली की तरह उस डयोढ़ी से बाहर निकलते देख।"

सब लोग स्तब्ध थे। विकास ने मुझे एक ओर खीचकर कहा था...प्रज्ञा को संभालो सुमन...वह अभी मेंटली अपसेट है। सी हैज लॉस्ट हर पेसेंस।

लेकिन प्रज्ञा कहाँ मानने वाली थी! उसे जैसे दौरा पड़ गया था..."बाबूजी आज यह दायित्वबोध कैसे जागा आपके भीतर? क्या कुमार बीरेन्द्र का मान सरोवर सूख गया है इन दिनों या उन्हें मोक्ष की प्राप्ति हो गई और उन्होंने आपको मुक्त कर दिया।"

मौसाजी का चेहरा उतने लोगों के सामने अपमान और क्रोध से आग हो गया था लेकिन उन्होंने अपने को जब्त करते हुए कहा..."इस समय यह सब कहने सुनने का वक्त नहीं है प्रज्ञा अपनी माँ की ओर देखो जिसकी आँखों में जिन्दगी अब कुछ दिनों की मेहमान है। जीवन भर की कैफियत फिर कभी पूछ लेना मुझसे...दूँगा तुम्हें जबाब लेकिन अभी नहीं...।"

उनकी आवाज गेहूँवन की फुँफकार से कम भयानक नहीं लगी थी मुझे।

दस दिनों तक जीवन मृत्यु के बीच जूझती रही मौसी। मृत्यु से एक दिन पहले दीये की लौ पूरी तरह प्रज्जवलित हो उठी थी। मौसी ने मुझे पास बुलाकर कहा...सुमन बेटा, प्रज्ञा को लेकर मैं बहुत परेशान हूँ, वह बचपन से विद्रोही है, मैंने उसका नाम पूजा रखा था, कालेज में दाखिला लेते समय उसने अपने सार्टिफिकेट से उसे हटाकर प्रज्ञा करवाया यह कहते हुये कि पूजा, आरती, अराधना ये सभी नाम मुझे हवन कुंड की समिधा जैसे लगते हैं माँ इसलिए आज मैंने अपना नाम पूजा से बदलकर प्रज्ञा कर लिया है। तुम मुझसे नाराज तो नहीं हो न। मैं उससे क्या कहती सुमन?

तुम्हारे मौसा ने अपनी आजादी में खलल नहीं पड़ने की गरज से बचपन

से ही उसे बाहर रखकर पढ़ाया लिखाया। उन्होंने सोचा होगा दूर रखकर वे इस लड़की को अपने अनुकूल कर लेंगे लेकिन परिणाम उल्टा निकला। उन्होने सच्चाईयों पर जितना पर्दा डालना चाहा यह लड़की उतनी ही आक्रामक होकर उसे उठाती गई। मैं सब समझती हूँ बेटा लेकिन विवश हूँ। न तो प्रज्ञा को समझा सकती हूँ न उसके पिता को...। मेरे प्राण बहुत कष्ट में हैं। दर्द की एक तेज लहर उनके भीतर उठी और वे तड़प कर खामोश हो गईं। उसके दूसरे दिन ही मौसी अपने सारे दुख, सारी चिंताओं से मुक्त होकर हमसे बहुत दूर चली गईं...।

सुमन तुम कहाँ खो गई? क्या सोच रही हो इतनी देर से?

कुछ नहीं प्रज्ञा! मौसी याद आ गई थी...अपनी गीली आँखों को पोछती मैं वर्तमान में लौट आई थी।

हम दोनों की मन:स्थिति अभी बिल्कुल एक सी थी...अतीत के मुहाने पर रखा कोई वजनी शिलाखण्ड अचानक हट गया था और हम पाताली लहरों के तीव्र प्रवाह में थे...।

प्रज्ञा ने मेरी दोनों हथेलियों को अपनी अंजुरियों में भर कर कहा...मैं जानती हूँ बनेली स्टेट के शिवप्रताप सिंह की बेटी ने अपने सात पुश्तों की रत्नजड़ित पगड़ी को दिल्ली के मीना बाजार में कौड़ी के मोल नीलाम कर दिया है... घर गाँव बिरादरी सब के लोग उसपर थूक रहे हैं। पिता ने अपनी वसीयत से बेदखल कर दिया है उसे लेकिन इस नीलामी से मैं कितनी तुष्ट हूँ...तुमसे नहीं बता सकती। मुझे लगता है जैसे बहुत दिनों बाद मैं खुली हवा में साँस ले रही हूँ...दीपंकर मेरे लिए प्राणवायु है सुमन।"

मैं निर्निमेष उसकी ओर देखती रही।

"सुमन! क्या तुम्हें नहीं लगता ये ऊँची जाति, जमींदार धराना, पारिवारिक मर्यादा, कुलीन संस्कार...ये सोशल कॉम्प्लेक्स हैं जो मनुष्य को एक बेहतर इंसान कभी नहीं बनने देते।"

"प्रसंगवश तुम्हें एक बात बताती हूँ...अम्मा की मृत्यु के ठीक छ: महीने बाद की घटना है मेरे जीवन के रेगिस्तान में दीपंकर का प्रवेश खुनक छांव की तरह हठात हुआ था और मैं जिन्दगी को गुनगुनी धूप की तरह चाहने लगी थी...। मुझे नहीं मालूम बाबूजी तक कैसे यह खबर पहुँच गई और वे दूसरे दिन ही दिल्ली पहुँच गये। उन्हें अप्रत्याशित रुप से अपने सामने पाकर मैं भौचक रह गई। उनके चेहरे की आड़ी तिरछी लकीरों को देखकर मुझे आभास हो गया... आगे क्या फेस करना है। बिजली की तरह कड़कती आवाज थी उनकी...प्रज्ञा! यह दीपंकर आदित्य कौन है?"

"जे. एन. यू. का रिसर्च स्कॉलर है और मेरा अच्छा मित्र भी"...मैंने बहुत सहजता से कहा।"

"जाति का दुसाध है वह?"

"होगा'...मैंने कभी जानने की कोशिश नहीं की। उसके कुल, गोत्र, जाति से आपको क्या लेना-देना? क्यों इतने परेशान हैं आप?"

"मेरी परेशानी का कारण तुम अच्छी तरह समझती हो प्रज्ञा।"

मैंने उनकी बात को बीच में ही काटते हुए कहा...'बाबूजी! योग-भोग के दर्शन में भी कभी आपके मन में कुल, गोत्र, जाति का प्रश्न उठा है?

वे क्रोध से तमतमा उठे..."बचपन से बाहर रखकर पढ़ाने लिखाने का यह अर्थ कदापि मत लेना कि तुम अमर्यादित व्यवहार और अपनी मनमानी करने के लिए स्वतंत्र हो। हमारे खानदान में जो आजतक नहीं हुआ वह आगे भी नहीं होगा। तुम्हारी शादी मैंनें कुमार वीरेन्द्र के भांजे प्रताप के साथ तय कर दी है।"

"लेकिन बाबूजी सिन्दूरी स्टाम्प लगाकर जर-जमीन की तरह कोई मुझे अपने नाम रजिस्टर्ड करा कर जीवन भर के लिए खरीदी लौडी समझे...मैं ऐसा हरगिज नहीं होने दूँगी।"

प्रज्ञा एक बात कान खोल कर सुन लो..."अगर तुम जिद या विद्रोह पर उतारु हुई तो वह गरीब निरीह प्राणी बेमौत मारा जायगा। यह योग-भोग में डूबा रजनीश दर्शन का कोई साधक नहीं...एक बेटी का बाप राजा शिवप्रताप सिंह बोल रहा है।"

और बाबूजी धम-धम पैर पटकते हुए छात्रावास की सीढ़ियाँ उतर गये।

उनकी बातें मुझे बहुत नागवार लगी थीं। मैं समझ नहीं पा रही थी, बाबूजी के निर्णय के विरुद्ध निषेध का कौन सा काट बनकर खड़ी होऊँ! वे मुझे वीरेन्द्र सिंह के भांजे के साथ ब्याह कर स्त्री यातना के इतिहास में फिर एक नया अध्याय जोड़ना चाहते थे और मैं इस इतिहास के जीर्ण शीर्ण पन्नों को फाड़कर नई भूमिका के साथ अंतिम निष्कर्ष तक पहुँचना चाहती थी।

शाम को दीपंकर आया तो मैंने उससे कहा..."मुझे बाहों में भर कर सात बार चूमो...तुम्हारे तपते होठों की अग्नि के सात फेरे लेकर मैं आज सुहागिन होना चाहती हूँ...तुम्हारी प्रशस्त छाती पर सर रखकर अपनी आँखों में पूरा आकाश भर लेना चाहती हूँ...क्या ऐसा नीलवर्णी आकाश तुम मुझे आज दे सकोगे दीपंकर?"

उसदिन उसने पहली बार मुझे होठों से छुआ सुमन! उसके सीप जैसे खुले होठों पर समुची पृथ्वी की राग भरी एक साँस दीपशिखा सी लहरा रही थी... मेरी बाहों में एक नीलवर्णी आकाश अबोध शिशु सा बेसुध पड़ा था...उसकी

नाभि रन्ध्रों से कस्तूरी की गंध भरी रोशनी निकल रही थी...और मैं कुल-गोत्र से मुक्त, स्पर्श परिधि से परे...विदेह हो गई थी...।"

दूसरे दिन मैंने पिता द्वारा चयनित अपने भावी पति प्रताप सिंह को एक पत्र लिखकर स्पष्ट पूछा कि...'क्या आपकी सामंती क्षुधा जूठन खाकर पचा सकेगी...अगर हाँ तो मैं बाबूजी की इच्छा के आगे नतमस्तक होने को तैयार हूँ।'

लेकिन हाय सुमन! उस पत्र का कोई प्रतिउत्तर आज तक नहीं आया। और कितने दिनों तक प्रतीक्षा करूँ बोल!

वह शरारत से मेरी ओर देखती फ्रिज खोलकर पेप्सी का बोतल निकालने लगी।

मेरी चेतना कस्तूरी गंध के दिव्य लोक में भटक रही थी। उसकी अनुभूतियों का स्पंदन मेरे भीतर तक एक थ्रिल पैदा कर गया था। मैं सोचने लगी जिसने प्रेम को कस्तूरीगंध की तरह महसूसा है...उसे सामाजिक रिश्तों की मांसल गंध कैसे रुचिकर लगेगी...तभी तो प्रज्ञा मरी हुई सड़ी मछलियों के दुर्गन्ध से बेचैन हो जाती है...।

तुम कुछ सोच में पड़ गई हो सुमन?

नहीं प्रज्ञा! मैं देख रही हूँ अंधकार के गरजते महासागर को चुनौती देती तुम किस तरह दुर्घष लहरों पर तैरती चली जा रही हो...तुम्हें न डूबने की चिन्ता है...न किनारा तक पहुँचने की उत्कंठा। तुम एक अजस्त्र प्रवाह हो जीवन की... जिसकी गति कभी अवरुद्ध नहीं हो सकती। 'सच'...उगते सूरज की गुलाबी धूप सी वह खिलखिला उठी।

मैंने उठते हुए कहा..."अब मैं चलूँगी प्रज्ञा लेकिन जाने से पहले अपने मन की आशंका को तुम्हारे सामने प्रायश्चित की तरह स्वीकारना चाहती हूँ कि मैंने दीपंकर को तुम्हारी जिन्दगी का एक 'रियेक्शनरी डिसिजन' समझा था... वह मेरी गलती थी। आज वह भ्रम दूर हो गया। उससे नहीं मिलने का बहुत अफसोस है मुझे। दीपंकर से कहना...मैंने उसे आकाश के विस्तार सा महसूस किया है तुम्हारी साँसों की कस्तूरीगंध में।"

और मैं बहुमंजिली इमारत की सीढ़ियाँ उतरती एक अदृश्य सुगंध से सराबोर थी।

विस्थापित

*

सुमति सक्सेना लाल

आदित्य का फोन आया था। अपनी दिल्ली की पोस्ंटिग से बहुत ख़ुश है वह। काफी सालों तक उत्तर प्रदेश से दूर प्रांत में रहने के बाद दिल्ली आ गया है। अलीगढ़ से कुछ ही घंटों का तो रास्ता है। अब की से उसे घर बहुत ही बढ़िया मिला है, वैल मेन्टेन्ड। चाहता है कि दिवाली सब लोग उसके घर पर मनाएँ। कह रहा था ख़ूब जश्न रहेगा। पिछले साल हम लोग दीवाली पर इकट्ठा भी नहीं हो पाए हैं। मुझे भी यह कार्यक्रम सही लगा था। इधर कुछ समय से बच्चे यह जमावड़ा अपने घर पर करने लगे हैं। कभी आदित्य कभी दिव्या।

आदित्य बता रहा था कि उसने दिव्या और दीपा दी दोनों से बात कर ली है। दिव्या बहुत खुश है इस प्रोग्राम से। उसका दिल्ली के आस पास की जगह घूमने का मन है। आदित्य चाहता है कि कम से कम हफ्ते दस दिन का प्रोग्राम बना लें यह दोनों तो आगरा, मथुरा, भरतपुर, जयपुर घूमने भी चला जा सकता है। ख़ूब बढ़िया फैमिली गैट टुगैदर रहेगा, साथ में घूमना भी। पर दीपा को लेकर परेशान था। कह रहा था, "दीदी का कुछ समझ ही नहीं आता। मुझे लग रहा है कि कहीं इस बार भी डिच न कर दें। अजब टाल मटोल वाली मुद्रा में बात करने लगीं हैं दीदी।"

"सुरेन्द्र से बात की?" मैंने पूछा था।

"कैसी बात करती हो माँ। यह भी कोई कहने की बात है। मैंने और रुचि ने उनसे और जीजा जी से अलग अलग बात की थी। पर पता नहीं क्यों लगा कि दीदी ऐसे ही हाँ हाँ कर रही हैं। आने का या मिलने का कोई उत्साह नहीं था उसमें। कपूरथला कितना तो नज़दीक है यहाँ से, कहे तो लेने के लिए गाड़ी भेज देता हूँ पर पहले अपना प्रोग्राम तो बनाएँ वह लोग। पता नहीं क्या हो गया

है दीदी को, कैसी तो हो गयी है।" उसकी आवाज़ में खिजलाहट थी। कुछ देर वह चुप रहा था फिर बड़ी आज़िज़ी से बोला था "तुम्ही उनसे बात करो माँ।"

अच्छा कह कर मैं चुप हो गयी थी। इससे ज़्यादा और कहा भी क्या जा सकता था। फोन रख कर मैं देर तक उलझन में रही थी। मन पर बोझा बना रहा था। मैं जानती हूँ कि दीपा ने अपने आप को अजब तरह से अपने आप में बंद कर लिया है। कभी कभी लगने लगता है जैसे उस तक पहुँचने के सारे रास्ते बंद हो गए हों। लगता है जैसे हमसे बस एक औपचारिक से अपनेपन का रिश्ता भर रह गया है उसका। जब मैं माँ हो कर उस दूरी को नहीं लाँघ पा रही तो बाकी सब की क्या कहूँ। आदित्य, रुचि, दिव्या, आनन्द सब महसूस करते हैं उस दूरी को और सब दुखी होते हैं। बस फर्क नहीं पड़ता है तो दीपा के पापा को। उनसे इस विषय में कभी बात भी करना चाहो तो सब कुछ हवा में उड़ा देते हैं, "बेकार सोचने और परेशान होने की आदत है तुम्हारी। अरे भई उसके बच्चे बड़े हो रहे हैं सो अपने घर में, बच्चों की पढ़ाई, उनके कैरियर में उलझ गयी है। सभी के साथ तो ऐसा होता है।"

मैं चुप हो जाती हूँ। पर मैं जानती हूँ बात केवल उतनी ही नहीं है। आदित्य और दिव्या भी कुछ कुछ वैसा ही महसूस करते हैं। दीपा को लेकर हमारे पास केवल हमारे अनुमान रह गए थे। पर अनुमान के सहारे रिश्ते नहीं चल पाते न। वह भी अपने ही बच्चों से। तब लगने लगता जैसे रिश्ते घिसटने लगे हों। कभी लगने लगता कि शायद उसे हमसे रिश्तों की ज़रूरत और इच्छा दोनों ख़तम हो गयी है और साथ ही लगता कि बहुत अकेली हो गयी है वह। उसका अकेलापन कभी कभी मुझे एकदम अकेला बना देता है। दीपा मुझसे अपनी पीड़ा नहीं बाँट पाती। मैं भी तो दीपा को लेकर अपनी पीड़ा किसी से नहीं बाँट पाती। उसके पापा तक से नहीं।

कुछ ही सालों में कितना कुछ बदल गया। अनेकों अर्थो में मैं बहुत भाग्यवान हूँ। ज़िन्दगी ने ज़मीन से उठकर जैसे आसमान की तरफ रूख कर लिया है। फिर भी, फिर भी। सच कहूँ तो जीवन में कभी सुखों दुखों का हिसाब नहीं किया था मैनें। कभी ज़रूरत ही नहीं लगी थी। हमेशा ही मेरे साथ ऐसा रहा कि कभी कोई ऐसा प्रसंग आता तो वर्तमान बीते हुए जीवन से बेहतर लगता। एक बार कुछ ऐसा ही बड़े भैया से कहा था तो हँसने लगे थे, कहने लगे "ऐसा होता नहीं बेटा। असल में यह तुम्हारा सोचने का तरीका है। वैसे ऐसा समझती हो तो अच्छा ही है।" मैं चुप हो गयी थी। पर मैं अच्छी तरह से जानती थी कि वह

केवल मेरी सोच ही नहीं मेरी ज़िंदगी का सच भी था।

पिता जी बरेली की कचहरी में मुन्सरिम थे। पाँच भाई बहनों में सबसे छोटी थी मैं। घर में सम्पन्नता नहीं थी पर वे सीमाएँ हमारे लिए इतनी स्वभाविक थीं कि कभी अभाव की पीड़ा मन ने महसूस नहीं की। अपने अभावों को न तो अभाव समझने की अकल थी, न उससे ऊँचे सपने देखने की। शहर में ही अपने कई रिश्तेदार थे, मामा, मौसी, चाचा, बुआ सब कोई अपने ही जैसे। घर के पास में जो स्कूल था उससे प्रायमरी की पढ़ाई कर ली। फिर पास के ही कालेज से बीए। जिस दिन फर्स्ट डिवीज़न का रिज़ल् आया था उस दिन घर में बहुत ख़ुशी मनाई गयी थी। पिता जी दौड़े हुए मंन्दिर जा कर प्रसाद चढ़ा आए थे। अम्मा ने सत्य नारायण की कथा कराई थी और मेरा बी. एड. में दाखि़ला करा दिया गया था। बाईस साल की उमर में एक अपने ही जैसे परिवार में शादी हो गयी थी। दो साल बाद दीपा हुयी थी। दीपा के पापा लखनऊ की कचहरी में बाबू थे। सैक्रटैरियट कालोनी में बाबूओं के लिए बने घर, पीछे एक छोटा सा आँगन और सामने आठ दस फीट का एक छोटा सा लॉन। सब कुछ बहुत अच्छा लगता, अपने साम्राज्य जैसा। बच्चे आगे पीछे के खुले हिस्से में खेलते रहते। उसी घर में तीनों बच्चे पैदा हुए। शादी के दो साल बाद दीपा उसके चार साल बाद आदित्य, फिर उससे तीन साल छोटी दिव्या। परिवार बढ़ता गया था और उस दो कमरे के घर में सब के लिए जगह बनती गयी थी। मैंने पास के एक प्रायमरी स्कूल में नौकरी कर ली थी। कुल मिला कर ज़िदगी सफल और ख़ुशहाल ही लगती। शाम को साथ होते तो हम लोगों के लिए करने को ढेरों बातें होतीं। इनके पास आफिस की, मेरे और बच्चों के पास अपने अपने स्कूल की। दीपा के पापा लोअर डिवीज़न क्लर्क से अपर डिवीज़न हुए, फिर आफिस सुपरिटेंडेंट और फिर इनका क्लास टू में प्रमोशन हो गया था और अफसर बन कर तबादला। नई जगह हमें आफिसर्स कालोनी में रहने के लिए एक छोटा सा बंगला मिला था। घर में फोन, मदद के लिए चपरासी आने लगे थे। कहीं आने जाने के लिए गाहे बगाहे जीप भी मुहैया हो जाती। हम सब की निम्न मध्यवर्गीय ज़िन्दगी जैसे हवा में उड़ने लगी थी। लगा था अपने घर के आँगन में जैसे आसमान उतर आया हो और मन में सपने अपने पंख फड़फड़ाने लगे हों। इनका ट्रांसफर एक शहर से दूसरे शहर होता रहा था। अपने आस पास कम उम्र के अफसर दिखते नए नए नौकरियों में आए हुए और मुझे अपने बच्चों की पढ़ाई, उनका स्कूल जाना, उनको लेकर अपना सपने देखना, सब कुछ योजना बद्ध लगने लगा था और अपनी माँ की भूमिका बेहद सार्थक लगने लगी थी।

सुबह आदित्य का फोन फिर आया था "दीदी से क्या बात हुयी" उसने पूछा था।

"मैंने अभी बात नहीं की है" कहने पर वह झुँझलाने लगा था। उसके फोन रखते ही मैंने दीपा को फोन किया था। उसकी वही टालने वाली बातचीत और धीमे-धीमे रुक-रुक कर हँसी। काफी देर तक उसे समझाने, मनाने और डाँटने के बाद जैसे मैं मजबूर होने लगी थी, "तुम्हें घर की याद नहीं आती बेटा। मिलने का मन नहीं करता?"

उसकी हँसी एकदम रुक गयी थी, "ऐसा क्यों कहती हो माँ। आते तो हैं तुम्हारे पास।"

"भाई बहन से मिलने का मन नहीं करता बेटा, उनकी याद नहीं आती?"

टेलिफोन के उस तरफ एकदम सन्नाटा हो गया था। लगा था उधर कोई नहीं है, "दीपा" मैंने पूछा था।

"हाँ माँ"

मैंने फिर वही सवाल पूछा था। लगा था वह एक क्षण को झिझकी है फिर लगा था जैसे उसकी आवाज़ में आँसू तैर गए हों। फिर बिना किसी लाग लपेट के उसने सीधा सा जवाब दिया था, "नहीं माँ। सच मुझे किसी की याद नहीं आती। बस उन दोनों को लेकर एक ही बात रहती है मन में कि दोनों स्वस्थ रहें, उनकी नौकरी बनी रहे। इन दोनों बातों से बहुत डर लगता है मुझे। अगर वे दोनों ठीक हैं तो मुझे उनकी याद नहीं आती। सच में नहीं आती। , "

मैं एकदम स्तब्ध रह गयी थी। मेरे लिए आगे बोलने के लिए जैसे कुछ भी नहीं बचा था फिर भी मैंने बात को आगे बढ़ाया था, "वह दोनों तुम्हें बहुत याद करते हैं दीपा।"

"उनसे कहो मैं एकदम ठीक हूँ माँ। मेरे लिए परेशान न हुआ करें।" ठंडी शिला सी सर्द आवाज़। लगा था दीपा नें जैसे पूरी बातचीत पर पूर्ण विराम लगा दिया हो। मन में बहुत सी बातें उमड़ी थीं। मेरे पास कहने और पूछने के लिए बहुत कुछ था पर मैं चुप हो गयी थी। आगे कुछ बोलने की हिम्मत ही नही पड़ी थी जैसे। दीपा यह कैसी सजा दे रही है मुझे, अपने आप को भी।

प्रतिभा दीपा की बहुत अच्छी दोस्त है। बचपन से लेकर कम्पटीशन्स की तैयारी तक दोनों साथ पढ़े हैं। दीपा की शादी के एक दिन पहले मेरे साथ उसका बक्सा ठीक कराती रही थी। अचानक उसके स्वर सहित उसके चेहरे पर शिकायत आ गयी थी, "आण्टी आपको दीपा की शादी की इतनी क्या हड़बड़ी थी।"

मैंने उसकी तरफ चैंक कर देखा था, "सैटिल तो करना ही होता है बेटा। दीपा अगले महीने तीस साल की हो जाएगी।"

"सैटिल" वह फीका सा हँसी थी "क्या उसे ग्रो करने का पूरा मौका नहीं मिलना चाहिए था आण्टी? अभी तक तो वह सारा समय कम्पटीशन्स की तैयारी को ही देती रही थी। अब रिसर्च कर रही थी, सैटिल तो वह अपनी काब्लियत से ही हो जाती।" वह कुछ क्षण झिझकी थी, "क्या शादी ही सब कुछ है? क्या सही मायनों में सैटिल हो जाना है वह? दो बार आई.ए.एस. रिटिन में निकल जाना छोटी बात थी क्या? आदित्य आई ए एस बन गया, पर सोचिए आण्टी सही बात तो यही है कि दोनो के बीच सिर्फ एक कदम का ही तो फासला रह गया न। उसके लिए उसे इतनी बड़ी सजा। आपने तो उसे एकदम घर गृहस्थी की ज़िदगी में धकेल दिया। वह भी एकदम लोअर मिडिल क्लास।"

मैं स्तब्ध सी प्रतिभा की तरफ देखती रही थी। क्या उसकी ज़ुबान से स्वयं दीपा अपने मन की पीड़ा कह रही थी। पर अब क्या करूँ? अब कुछ भी सोचने, कहने या करने का समय निकल चुका था। असल में सब कुछ इतनी हड़बड़ी में हुआ था कि मैंने तो बस दीपा की हाँ ले ली थी। उसका मन टटोलने की, सच कहूँ तो अपना भी मन टटोलने का समय ही कहाँ मिला था या शायद उस समय मुझे भी सब ठीक सा ही लगा था। उन दिनों घर में एक अजब सी उत्तेजना और हड़बड़ी फैल गयी थी। आदित्य के आईएएसमें आ जाने की ख़ुशी, उससे फैला हंगामा, रिश्ते लेकर आने वालों की भीड़, दीपा की शादी से पहले आदित्य का अपनी शादी की बात तक करने से इन्कार, सुरेन्द्र के परिवार की तरफ से जल्दी शादी का दबाव और हम लोगों की अनुभव हीनता, सब कुछ मिला कर दीपा की शादी हड़बड़ी में हो गयी थी।

फेरे पूरे होते तक भोर का सूरज उठ आया था। सुरेन्द्र की बहन ने विदा में दीपा को पहनाने के लिए साड़ी निकाल कर मुझे पकड़ा दी थी। साड़ी देख कर दिव्या जैसे बौखला गयी थी और मुझे खींचते हुए कमरे के बाहर ले गयी थी, "जून की इस सड़ी गर्मी में दीदी आर्टिफिशियल सिल्क की बनारसी साड़ी पहन कर विदा होगी?" उसके स्वर में दुख है, "माँ मैं और आदित्य तो बाहर थे। पर तुमने कुछ तो देखा होता दीदी के लिए। ऐसे धकेल दिया उसे। हाउ कुड यू माँ?" उसकी दोनों आँखो से कई धार ऑसू बहने लगे थे। मैं जानती थी कि वह बिलख कर रोना सिर्फ बहन की विदा का रोना भर नहीं था।

क्या जवाब दूँ दिव्या को। आजकल तो मेरा मन हर पल अपने आप से

सवाल करता रहता है। ऐसा मैंने क्यों होने दिया। दीपा के पापा की ज़िद्द के आगे ऐसे क्यों हथियार डाल दिए मैंने। उनको सुरेन्द्र ठीक लगे थे। फिर उनका वही तर्क "न आपको रूप, न बाप को पैसा। असल में घर बैठे आसानी से यह मैच हमें मिल रहा है इसलिए हमें समझ नहीं आ रहा है। कहाँ से लाएंगे इससे बेहतर मैच। खा तो रहे हैं शादी ठहराने के लिए पूरे एक साल से धक्के। फोटो और कैश के सवाल पर ही बात ठप्प हो जाती है। फिर उमर भी तो निकल रही है। हम भी तो क्लास थ्री ही तो थे। हमारी ज़िदगी भी ठीक ठाक कटी। कहो अच्छी कटी। ख़ुद भी ख़ुश रहे, बीवी बच्चे भी। बच्चों को भी पढ़ा लिखा लिया, सैटिल कर लिया। क्या सबको अफसर ही मिल जाते हैं ऐसे। वैसे भी लड़का रेलवे में है। डिपार्टमेंटल परीक्षाएँ पास कर लेगा तो जल्दी ही अफसर बन जाएगा"। मैं निरुत्तर हो गयी थी। सच कहूँ तो उनका कोई तर्क उस समय एकदम ग़लत भी नहीं लगा था। फिर भी दीपा के लिए मन बहुत बेचैन था। मैं कतई भी नहीं समझ पा रही थी कि उसके लिए क्या ग़लत है और क्या सही। उस समय यह ध्यान में भी नहीं आया था कि हमारे भाई आईएएस नहीं थे, हम स्वयं उसकी लिखित परीक्षा में सफल नहीं हुए थे। हमारे पास न उतनी लियाकत थी, न उतने ऊँचे सपने। अपने चारों तरफ हमने वह स्वाद नही जाना था। हमारे भाई बहन, पड़ोस सब हमारे जैसे ही तो थे।

दीपा की शादी तय हो गयी थी, फिर शगुन। तारीख भी पक्की हो गयी थी और कार्ड छप कर बॅटना शुरू हो गए थे। यह कैसी शादी हो रही थी कि न दुल्हन के चेहरे पर खुशी थी, न उसकी माँ के चेहरे पर। सच बात यह है कि मैं रिश्ता तय होने के दिन से ले कर बारात आने के क्षण तक मनाती रही थी कि किसी तरह से यह शादी टूट जाए। मैं यह बात भी बाद में समझ पायी थी कि उन दिनों ये आदित्य की सफलता से बेहद उत्तेजित थे और दिव्या के प्रति आशावान। दीपा की हार का मातम मनाने का समय उनके पास नहीं था। उसके लिए और रास्ते तलाशने का उछाह भी नहीं। और मैं? दीपा की पराजय से पूरी तरह पराजित। अभी तक मैं एकदम आसमान की तरफ देखती रही थी। वह नहीं मिला तो मैं तो एकदम धरती पर आ गयी थी। मैंने तो सोचा ही नहीं कि धरती और आकाश के बीच में भी बहुत कुछ था। कम से कम उसके लिए थोड़ा सा और समय हम दीपा को दे सकते थे।

दिव्या फूट फूट कर रोती रही थी, "दीदी कैसे मान गयी माँ?"

क्या कहूँ मैं? दीपा तो बचपन से ही ऐसी थी। उसके हाथ का खिलौना भी किसी को दे दो तब भी कोई शिकायत नहीं। पर खिलौने और ज़िन्दगी में तो फर्क होता है न। मैंने ऐसा क्यों होने दिया?

आज यह भी लगता है कि रुचि, आन्नद और दिव्या ये तीनों रेलवे में ही अफसर न होते तो शायद दीपा इस परिवार से इस तरह टूट न गयी होती। आज यह सोच कर तकलीफ होती है कि दिव्या को रेलवे लेने की राय क्यों दी थी हमने। आदित्य ने तो शादी का अन्तिम निर्णय हमारे ऊपर छोड़ा था तब हमने रेलवे अफसर ही क्यों चुन ली और सर्विसेस से भी मैच आए थे। पर अब कुछ कहने या सोचने या नए नए मुद्दे बनाने से क्या लाभ? घड़ी की सुइयों को लौटा कर अपना कोई निर्णय बदला नहीं जा सकता। न दीपा के जीवन को किसी और ढंग से गढ़ा जा सकता है। दीपा जहाँ है, जैसी है, रिश्तों के जिस चक्रव्यूह में घिरी है वहाँ से उसे बाहर निकालने की बात मैं सोच भी नहीं सकती। वैसा तो सोचना तक गुनाह लगता है। सुरेन्द्र जैसा सीधा, सरल और सज्जन व्यत्ति। कोई उलझाव नहीं। कितना तो प्यार करते हैं वह दीपा को।

"पर सिर्फ प्यार से ही तो ज़िदगी सँवर नहीं जाती। प्यार तो कभी कभी गले में पड़ा हुआ फंदा भी हो सकता है, बेहद मजबूर। ऐसा लगे कि दम घुट रहा है। पूरी साँस लेने के लिए ऐसे में कहीं चला जाए इंसान। पर कैसे?" बहुत साल पहले मुझसे दीपा ही ने कुछ ऐसा कहा था। तब वह मित्रों की तरह मुझसे काफी बातें कर लेती थी-अपना सुख, अपना दुख, अपनी हताशा, अपना आक्रोश, सब कुछ।

उन दिनों वह अजब तरह से उलझी सी रहने लगी थी। कभी सुरेन्द्र के लिए अतिरिक्त रूप से सँवेदनशील। वह आने वाले होते तो बार बार खिड़की से झॉक कर आहट लेती रहती। कभी एकदम कटी कटी सी, जैसे उनके सामीप्य से कतरा रही हो। मेरे पास आती तो अक्सर उसके चेहरे पर फैले सन्नाटे को देख मुझे डर लगने लगता। कभी मेरी ज़रा सी बात पर भड़क जाती, "माँ तुम लोगों ने तो मेरी सफलता के सारे रास्ते ही बन्द कर दिए। अलीगढ़ में रहती तो शायद किसी दिन मेरी यूनिवर्सिटी में नौकरी ही लग जाती। पार्ट टाइम पढ़ा रही थी वहाँ। कितने ही पार्ट टाइम रैगुलराइस हो गए। पर यहाँ कपूरथला में कौन तो पूछेगा यूपी की हिन्दी मीडियम को। प्राइवेट स्कूल में पढ़ा रही हूँ। दूर दूर तक कोई तरक्की नहीं। कोई स्टेटस नहीं।" कभी बड़ा मजबूर सा सवाल पूंछती, "शादी इतनी ज़रूरी चीज़ थी माँ? मैं तो नहीं करना चाहती थी। फिर क्यों कर दी?" और कभी उसके स्वर में आक्रोश भर जाता, "पापा को मुझे सैटिल

करने की जल्दी थी या आदित्य के लिए रास्ता खुलने की?" वह बड़बड़ाई थी "आदित्य नें भी बड़ी महानता ओढ़ ली थी कि दीदी की शादी से पहले शादी की बात भी नहीं करूँगा। अपना फर्ज़ पूरा कर लिया। दीदी कहाँ जा रही है, कहाँ फेकी जा रही है किसी बात से मतलब नहीं था उसे। या सोच लिया था उसने भी पापा की तरह कि दीपा तो है ही इन्फिरियर।"एक समय ऐसा आया था कि मुझे लगने लगा था कि दीपा सबसे नाराज़ है—अपने पापा से, मुझसे, आदित्य से, छोटी होते हुए भी दिव्या तक से। उसके स्वर में सबके लिए रोष झलकने लगा था। मुझे दीपा से डर जैसा लगने लगा था। उसके लिए चिन्ता भी रहने लगी थी। लगने लगा था कि वह आत्म दया में जीने लगी है। मुझे पता था यह उसके लिए स्वस्थ नहीं है, उसके परिवार के लिए भी नहीं।

कभी-कभी दीपा को ले कर इतना हताश होता है मन कि लगने लगता है कि काश हमने उतने ऊँचे सपने देखना शुरू न किया होतां आदित्य और दिव्या भी न निकले होते इतनी अच्छी नौकरियों में तो कम से कम मेरी दीपा तो यूँ अकेली न छूट गयी होती। अगले ही क्षण मैं जैसे अपनी ही सोच से डर जातीजैसे उन दोनों का कोई अपशकुन चाहा हो मैंने। कुछ ऐसा ही एक बार दिव्या ने भी तो कहा था मुझसे। काफी देर तक दीपा की बात करती रही थी फिर लगा था उसकी आँखें पसीजने लगी हैं, "दीदी की बहुत याद आती है माँ। मेरे पास तो सभी कुछ है, पैसा, पोज़ीशन, प्यार। पर अपनी हर ख़ुशी, हर उपलब्धि पर ऐसा लगता रहता है जैसे कोई अपराध हो गया है मुझसे। कितनी अधूरी सी हो गयी है ज़िदगी," उसकी आवाज़ भर्राने लगी थी, "इससे अच्छा तो बैठे ही न होते सर्विसेस में।"

मैं क्या कहूँ? मेरे पास कहने के लिए कुछ भी नहीं है फिर भी मैं देर तक उसे समझाती रही थी। दिव्या को अपनी बेचैनी बता कर क्या करूँ? बॉटने से हर पीड़ा घट तो नहीं जाती। दिव्या जिस दिन एलाइड्स में निकली थी तो दीपा अनायास बहुत याद आई थी। सबसे पहले यह खुशख़बरी उसे ही देनी थी मुझे। पर मैं काफी देर तक फोन पर हाथ रखे हुए चुपचाप खड़ी रही थी, जैसे बात करने की हिम्मत जुटानी पड़ रही हो मुझे। उन दिनों काफी समय तक मुझे यह लगता रहता कि इससे अच्छा सुरेन्द्र दीपा को तंग करते होते तो मैं अपनी लड़की वापिस ले आती। एक बार फिर उसके सामने तरक्की के, अपनी इच्छा से जीने के रास्ते खोल देती। पर सब कुछ इतना आसान तो नहीं होता।

दीपा की शादी के करीब दस साल बाद मैं पहली बार उसके घर गयी थी। उसके घर जाने की बात कभी दिमाग में ही नहीं आई थी। जब कभी उसकी बहुत याद आती तो उसे ही बुला लेती थी। पर दिव्या अपनी शादी के कुछ ही महीनों के अन्दर एक तरह से घसीट कर मुझे अपने साथ ले गयी थी उसने मेरी किसी बात को सुना ही नहीं था। बिना किसी मौके के, बिना किसी काम के बेटी के घर जाने की बात ही मुझे अटपटी लगी थी। मेरी अपनी माँ अपने पूरे जीवन में केवल दो बार मेरे घर आई थीं, दीपा और आदित्य की शादी में। दिव्या की शादी में वह जीवित नहीं थीं। पर दिव्या नहीं मानी थी, "कैसी माँ हो तुम। अपनी बेटी का घर देखने की इच्छा नहीं होती तुम्हारी?"दिव्या के घर जा कर सच में बहुत अच्छा लगा था। लगा था उनके घर रह कर मैंने आनन्द को पहली बार जाना है। कुछ ही दिनों में उनसे एक अपनेपन का रिश्ता बन गया था। तब इतने सालों तक कभी दीपा के घर न जाने की बात सोच कर अजब सा दुख हुआ था। लगा था दीपा को इतने सालों तक ऐसे कैसे छोड़ दिया मैंने। यह भी लगा था कि इतने सालों में भी सुरेन्द्र को तो अभी तक मैंने जाना ही नहीं।

दीपा के घर गयी थी। रेलवे की बहुत बड़ी कालोनी। अंदर जाती कई सारी पतली सड़कें उनके दोनो ओर बने मिले मिले एक से घर। मेरा अपना आधे से अधिक जीवन ऐसे ही घरों में बीता है। तब यही सब बहुत अच्छा, बहुत सुविधा जनक लगता था। दो कमरों के छोटे छोटे घर, पीछे एक ऑगन, आगे छोटा सा लॉन, घर में एकाध आम अमरूद के पेड़। आस पास सब अपने साथ के, अपने पहचान के लोग। और क्या चाहिए। पर अब यही सब बेहद उदास, बेहद फींका लगता है। इस सबके बीच अपनी दीपा को पा कर एक अजब सी पीड़ा होती है। आदित्य और दिव्या के घर याद आते हैं। उन दोनों का रहन सहन का तरीका और सलीका। उन दोनों के घरों में सब कुछ होते हुए भी कितना कुछ तो मैं बता और सुझा देती हूँ पर यहाँ तो दीपा से बात करते हुए भी डर लगता है पता नहीं किस बात पर उसके चेहरे पर झुँझलाहट तैरने लगती है और किस बात पर हताशा।

उस दिन मैं अकेले ही टहलने के लिए निकल गयी थी। लगा था इतने दिनों से बैठे बैठे हाथ पैर जम जैसे गए हैं। मैं काफी दूर तक निकल गयी थी। दो लेन छोड़ कर मैं बाँए हाथ को उस पतली सी सड़क पर मुड़ गयी थी। इस तरफ बने मकानों का नक्शा एकदम दीपा के मकानों जैसा ही लगा था। पर पता नहीं क्यों वह मकान साफ सुथरे और बेहतर लगे थे। लौट कर आ कर दीपा से कही थी यह बात तो क्षण भर के लिए चुप रही थी वह फिर उसने मेरी तरफ

देखा था "हाँ माँ। आफिसर्स के लिए घर कम पड़ रहे थे तो उस लेन के घरों में अफसर रह रहे हैं। सो वे घर बेहतर मेन्टेन्ड हैं और उनमें एक कमरा और बना दिया गया है।"

"अच्छा" कह कर मैं चुप हो गयी थी। वह एक साधारण सा सवाल था जिसका दीपा ने सीधा सा जवाब दे दिया था। पर न जाने क्यों मैं खिसिया सा गयी थी और न जाने क्यों लगा था कि दीपा खिन्न सी हो गयी है।

वैसे इस बार मिलने पर मुझे लगा था कि दीपा ठीक है। उसने अपने आप को एकदम संभाल लिया है। शायद ख़ुश भी है वह। बच्चों की पढ़ाई में जुटी है। अपने सपनों को अपने बच्चों में साकार करना चाहती है। मैं भी तो यही चाहती थी। ईश्वर उसके बच्चों को वह सब कुछ दे जो वह पाना चाहती थी, किन्तु नहीं पा सकी। मैं जानती थी कि दीपा बहुत समझदार है बहुत सहनशील भी। पर साथ ही मुझे यह भी लगा था कि वह पूरी तरह से अपने आप में सिमट गयी है। वह और उसका परिवार। बस। वह हमारी पहुॅच के परे चली गयी है। एकदम अपनी दुनिया में बंद। वैसे सब ठीक जैसा ही तो है। सीधे सादे हैं सुरेन्द्र। दीपा का ख़्याल करते हैं। शिकायत जैसा तो कुछ भी नहीं। फिर भी दीपा के लिए एक कसक बनी रही थी मन में। कितना तो काम पड़ता है उस पर। सुबह अँधेरे उठ कर घर का काम निबटाना। फिर जल्दी से उल्टा सीधा तैयार हो कर स्कूल चली जाती है। दुपहर को कुछ समय मिलता जब उसके बगल के पलंग पर लेट कर हम लोग बतियाते। बच्चों की पढ़ाई, उनके रिज़ल्ट उनकी हारी बीमारी के बारे में छिटपुट बातें। जैसे अपनेपन का कोई सेतु तैयार करने की कोशिश करनी पड़ रही हो उसे। बातचीत में कभी व्यक्तिगत मुद्दे पर नहीं आती वह, आना ही नहीं चाहती। कभी लगता सहज स्वभाविक ढंग से कोई सँवाद संभव नहीं हो पा रहा। बातों को खींचना पड़ रहा है—उसे भी, मुझे भी। कितनी बार मन आया था कि दीपा से सुरेन्द्र की विभागीय परीक्षाओं के बारे में या फिर उनके प्रमोशन की संभावनाओं के बारे में पूछूं पर कभी साहस ही नहीं पड़ा था। बहुत साल पहले एक बार बात की थी इस बारे में तो बड़ा तीखा सा जवाब दिया था उसने, "माँ मेरे बारे में सपने देखना छोड़ दो तुम लोग। सुरेन्द्र ने अपने बारे में जितना बताया था और जो कुछ बताया था वह एकदम सच था। वे उतने और उस जगह पर हैं। उससे ज्यादा बनने का दबाव उन पर हम कैसे डाल सकते हैं।" उसके बाद वह काफी समय तक सुस्त और गुम्म सी रही थी।

दस दिन रह कर मैं आ गयी थी। पर दीपा के लिए एक कसक मन में बनी रही थी। थोड़े से नम्बरों की गिनती ने उसके जीवन की दिशा ही बदल दी

और मेरे सुख की सीमा भी तय कर दी जैसे।

आजकल आदित्य के घर में ख़ूब रौनक है। दिव्या के दोनों बच्चे छोटे ही हैं अभी। वे अन्दर बाहर दौड़ते खेलते रहते हैं। आदित्य के बच्चे कुछ न कुछ कहानी किस्से सुनाते रहते हैं। स्कूल के, दोस्तों के, टीचर्स और अपने मम्मी पापा के। पिछले सालों की तरह दीपा और उसका परिवार इस बार भी नहीं आया है। ये हमेशा की तरह किसी सृष्टि विजेता जैसे बेहद खुश, बेहद उतेजित लगते हैं।

रुचि नें लंच पर कुछ रेलवे अफसरों को बुलाया था। शायद आनन्द और दिव्या आए हैं, इसलिए। रुचि और आनन्द एक ही बैच के हैं। दिव्या इन दोनों से तीन साल जूनियर है। दो तीन दिव्या के बैच मेट्स और कुछ रुचि के कलिग्स आए थे। दिव्या के कोई मित्र अभी दो तीन महीने पहले ही यहाँ आए हैं। उन्हें अभी तक घर नहीं मिल पाया है। इसलिए कालोनी में ख़ाली घर या ख़ाली होने वाले घरों की बात होती रही थी। किसी एक ख़ाली होने वाले घर का ज़िकर आया था। तभी किसी ने कहा था, "नहीं वह घर एकदम बेकार हैं, वह मत लेना। उसके दोनों तरफ के घरों में प्रमोटीस रह रहे हैं।"

दिव्या मेरी बेटी है, सोचने और महसूस करने वाली। फिर उसका अपना अतीत भी तो कहीं वहीं से जुड़ा हुआ है। वह सिमट सी गयी थी। उसने उस प्रसंग को काफी टालना चाहा था। पर बात चीत काफी देर तक उसी विषय पर अटकी रही थी।

"इन लोगों को रहने की तमीज़ नहीं होती।" किसी एक ने कहा था।

किसी दूसरे ने टिप्पणी दी थी, "वह हैं तो मिसेस सियाल, उनके सारे अनाज मसाले, कपड़े सामने के लान में ही सूखते हैं।"

"आधे दिन तो नाइटी में ही घूमते दिखती हैं।" किसी और ने कहा था। फिर बड़ी देर तक प्रमोटेड अफसरों के चर्चे होते रहे थे।

मेरे मन में रोष पनपने लगा था। पिछले पोस्टिंग पर दिव्या की पड़ोसन मिसेज़ दीक्षित की याद आई थी। पति आई आर एस और स्वयं भी हाई कोर्ट जज की बेटी। रहने, सहने, चलने, बोलने किसी की तमीज़ नहीं। इन में से भी एक अफसर के तो घर भी जा चुकी हूँ मैं। इतना बढ़ बढ़ कर बोल रही हैं-प्यालों में रैडीमेड चाय, आधी ट्रे में झलकी हुयी लेकर चपरासी एकदम सिर पर खड़ा हो गया था। हूँह। सारा क्लास तो इन डायरैक्ट अफसरों की बपौती है जैसे। पर मैं चुप रही थी। दिव्या मेरी बेटी है, मेरी ज़िदगी का हिस्सा। पर न जाने क्यों अपने

ही बच्चों के सामने अजब शर्म सी महसूस हुयी थी। दीपा के पापा का प्रमोशन, अपनी कोठी बंगलों में रहने की ख़ुशी भी याद करके बड़ी दीनता भरी लगी थी। दीपा बहुत ज़्यादा याद आई थी। मन मे उसके लिए बेहद पीड़ा हुई थी। सुरेन्द्र तो अभी प्रमोटेड भी नहीं हैं। अचानक लगा था कभी दीपा के सामने ऐसी कोई बात हुयी है क्या जो इन भाई बहन के यहाँ और इनकी मौजूदगी में मेरे यहाँ आना ही नहीं चाहती। पर मैं आदित्य, रुचि, आनन्द, दिव्या चारों को जानती हूँ। वे कुछ भी ऐसा कह और कर नहीं सकते जिससे दीपा के सम्मान को ठेस लगे। किन्तु अपमान केवल अपमानित किए जाने ही से तो नहीं होता। वह तो कभी कभी अतिरिक्त सम्मान से भी होता है। आज सोचती हूँ तो दीपा का न आना, भाई बहन से दूरी बनाए रखना समझ आने लगता है। आप स्वयं जिस भीड़ का हिस्सा ही न बन पाओ, चाहे ग़लती किसी की भी न हो, तो वहाँ जाने से फायदा। लगता है शायद सही है वह। पर किसी के या सबके सही होने से ही स्थितियाँ तो सही नहीं हो जाती। उससे कोई तसल्ली भी नहीं मिलती। रिश्तों की पीड़ा तो बनी ही रहती है। मन पर लगी खरौचें भी रिसती ही रहती हैं। भले ही सब मल्हम लगाने को तैयार हों।

उस पूरी रात मैं सो नहीं पायी थी। लगता ज़िन्दगी की दौड़ में सब तो आगे निकल गए, मेरी दीपा बेचारी कहीं अकेली छूट गई-जैसे बेसहारा, तन्हा। मन में अजब बेचैनी सी बनी रही थी। आँखें बंद करती तो लगता दीपा अँधेरे में बैठी है—अकेली। आँखों के आगे खिंची उस तस्वीर को हटाती तो मन की स्लेट पर वह छवि दुबारा खिंच जाती। मैं जानती हूँ कि दीपा अकेली नहीं है। सुरेन्द्र और बच्चे हैं उसके साथ। वहाँ अँधेरा भी नहीं है। कोई सन्नाटा भी नहीं। वहाँ भी दीए जलेंगे, पटाखे छूटेंगे, हँसी खुशी सब कुछ होगी वहाँ। पर क्या करूँ कोशिश कर के थक गयी वह चित्र आँखो के आगे से हटता ही नहीं। अचानक लगता है दीपा की ज़िन्दगी में, उसके उल्लास और हताशा में, उसके अँधेरे और उजाले में मेरा सम्मिलित होना बेहद अनिवार्य है। मन में एक निर्णय पनपता है कि कल की दीवाली मैं दीपा और उसके परिवार के साथ ही मनाऊँगी। अपने ऊपर आश्चर्य होता है कि इतने वर्षो से यह बात मेरे दिमाग में क्यों कभी नहीं आई थी। ऐसे कैसे मैंने उसे पूरे परिवार से अलग छूट जाने दिया। वह नहीं आई तो क्या, मैं तो उसके पास पहुँच सकती हूँ। इस निर्णय से अजब सा सुकून महसूस किया था मैंने और मुझे नींद आ गयी थी।

जड़ें बुलाती हैं

*

निवेदिता

एक बगल में चाँद होगा और होगी रोटियाँ

आसमान में बादल नहीं है। लू के नुकीले नाखूनों ने उसकें पुरसुकुन चेहरे को नोच कर लहूलुहान कर दिया। उसने गहरी साँस लेकर पीठ पर पडे बोझ को एक तरफ खिसकाने की कोशिश की। उसी लम्हाँ उसे महसूस हुआ कि उसके साथ चलने वाले लोग पीछे छूट गए हैं। उसने एडियों के बल उचककर चारों तरफ नजर दौड़ाई वे कहीं नजर नहीं आए। भूख से उसकी अतड़ी पिघलने लगी थी। उसका बस चलता तो अपनी ही अतड़ियों को भून कर खा लेता। हलक सूख रहा था। पानी के बोतल निकाल कर उसने अंतिम घूँट पीया। अपने आस पास नजर दौड़ाई कहीं कोई नल नहीं था। उसे चक्कर आने लगा। पिछले सात दिनों से लगातार चल रहा था। चलते वक्त पड़ोस की कुलसुम ने उसे रोटी और सूखें आलू की सब्जी थमाया था। उसे थमाते हुए कहा था भाईजान हालात ठीक हों जाएँ तो लौट आना। देर सबेर फैक्ट्री खुल जायेगी। उसनें भरी आँखों से कुलसुम को देखा। परदेस कहाँ रह गया था ये शहर। गुजरात उसकी रगों में दौड़ता था। पिछले 15 सालों से रह रहा था यहाँ। अपने गाँव से ज्यादा वह इस शहर का हो गया था।

गुजरात से चलता हुआ नासिक पहुँचा था। नासिक और मुंबई के बीच की दूरी करीब 180 किलोमीटर है। इस बीच में दो घाट पड़ते हैं। नासिक से चलते हुए पहले वो कदवा नदी के पास रुका था। कदवा नदी के पास कुंभ सा नजारा था। हजारों की संख्या में मजदूर वहाँ सुस्ता रहे थे। वह वहाँ से जल्दी निकल गया। जैसे उसे घर की मिट्टी बुला रही हो। हवा बहुत गर्म थी। उसमें

पेट्रोल और मिट्टी की महक घुली थी। उसे अपने गाँव के मुहाने पर पेट्रोल पंप की याद आ गयी। पहली बार गाँव में बाबू मदन सिंह का पेट्रोल पंप खुला था। जब से उसके गाँव की सड़क एन एच राश्ट्रीय मार्ग से जुड़ा गाँव को शहरों की हवा लगने लगी थी। मदन बाबू का लड़का गुजरात में विजनेस करता था। अपने साथ गाँव के कई लोगों को काम के लिए ले गया था। एकदिन उसे भी लेता गया था।

उसकी आँखों के सामने गाँव का पूरा मंजर घूम गया। वह अपने बचपन की तरफ लौटना चाहता था। उन परी कथा के अंदर जहाँ अक्सर कोई नेक दिल परी सारी मुसिबतें दूर कर देती थी। उसकी आँखें थकान के मारे बंद हो रही थी। भूख दम तोड रहा था। उसे लगा धरती से भी ज्यादे गर्म उसकी देह हो रही है। आँखें लाल हो गयी थी। अब एक कदम भी चलवा मुमकिन नहीं था। उसने सायकिल खडा किया और एक पेड की ओट में लेट गया। उसकी आँखों में नींद और थकान उतर आयी। उसे अपना घर, खलीहान, ओसारा, आम का बगीचा याद आया। भोर के तारे सुबह के आकाश में खो गए थे। सामने खेत की फसल लहलहा रही थी। सुबह की पारदर्शी नीरवता में हल्की आवाज सुनाई दे रही थी। वह खेत की मेड पर चल रहा था नंगे पाँव। सुबह की ओस से भीगी फसलों पर बूंदे चमक रही थी। दलदली घासों और ठहरे पानी की परिचित गंध उसके भीतर उतर गयी। अचानक से दृश्य बदल गया।

उसने देखा अम्मा आँगन में बैठी है। बहन रसोई में है। चाँद चमक रहा है और पाले के दुकडे की भांति हल्की सी आभा दिख रही है। बाबू कहते थे की पहले उसके गाँव को हसनपुर बालू धीमा के नाम से जाना जाता था। अब रानीगंज के नाम से लोग जानते हैं। 289 एकड में फैला विशाल जंगल ही उस गाँव की खास बात थी। उसे सर्दियों का मौसम बहुत पसंद था। अक्सर वह भागकर जंगलों की ओर जाता था। दूब पर तैरता कोहरा दरख्तों पर गहरी धुंध, फूलों पर जमी बूंदें, पहाड़ी मैंनाएँ, लाल चोच वाला गुल सेहरा, नीले रंग के नूरपोश। बाबू कभी साथ होते तो प्यार से कहते देखो नूरपोश तुम्हें सलाम करने आए हैं। उसे अपने बाबू की जुबान पर हैरानी होती। बाबू बोलते तो शहद टपकता। कई बार उसके दोस्त उसे चिढ़ाते तुम्हारे बाबा मुसलमान हैं। वह बाबू से पुछता बाबू तुमको लोग मुसलमान क्यों कहते हैं। बाबू हँसते। उनकी आँखें पनीली हो जाती। जैसे कोई राज दफन हो आँखों में।

जब ठंडी हवा चलती जंगल में सियार बोलते। मैया बहुत ड़ांटती। किसी दिन तुमको सियार उठा लेगा। घर के काम में हाथ बटाओ ननकू। बाडे में भैंसे

डकार रही हैं उसको साना पानी दो। मैया मुँह अँधेरे उठती थी। गाँव में औरतें मर्द सभी सुबह ही उठ जाते हैं। मैया सूर्य नमस्कार के बाद पीपल के पेड के नीचे पूजा करती। एक दिन सुबह सुबह उसकी आँखें खुल गयी। किसी के रोने की आवाज आ रही थी। वह धीरे से आवाज कर पीछा करते हुए गया। बाबू गोहाल में रो रहे थे। मैया बाबू का पीठ सहला रही थी। मत रोयें! हमें वहाँ जाना चाहिए। अम्मा की कब्र पर चादर डाल कर आते हैं। ननकू को बहुत हैरानी हुई। माई अम्मा किसे कह रही है? किसके कब्र की बात कर रही है? तो क्या बाबा मुसलमान हैं? और अम्मा? उसका माथा भन्ना गया। उस अबूझ पहेली को वहीं छोड वह बाहर खेलने भाग गया था। जमीन तबे की तरह धीप रहा था। वह नीम बेहोशी में था। उसने जोर देकर गुजरते लम्हों की डोर पकड़नें की कोशिश की। उसे अपने गाँव के कब्रिस्तान की याद आयी। बाबू उसे लेकर गए थे। कब्र पर सर झुकाएँ देर तक रोते रहे थे। उसे हिम्मत नहीं हुई बाबू से कुछ पुछने की। बावू ने ही धीरे से कहा तुम्हारी दादी यहाँ सो रही है। उन्हें सलाम करो। वो हैरान रह गया। दादी कहाँ थी अबतक? बाबू ने कभी तो नहीं बताया। तो क्या सच में बाबू मुसलमान हैं?

दलदली घासें, जो पहले ओस के कारण रुपहली लग रही थी, अब सुनहरी हो गयी थी। दलदली पक्शी झाड़ियों में फुदक रहे थे। उसे नींद में ही लगा कोई पुकार रहा है। उसने हिम्मत कर आँखें खोली। पूरा बदन टूट रहा था। हे हो कतेय सुतबह। चलू नय। उसने आँखें खोली। कई साथी उसे उठा रहे थे। उसने सायकिल उठाई और मजदूरों के झुण्ड के साथ चल पड़ा। अब चाँद निकल आया था। तारीक घने दरख्तों में खडी बड़ी बडी इमारतें चमकने लगी।

जिस दिन वह गाँव छोड रहा था बाबू ने कहा था अपनी जड़ों को मत छोड़ो। जड़ें चैन से नहीं रहने देती। वो हँसा था। बापू अब इस गाँव में बचा ही क्या है। जो जमीन थी वो भी मुनिया के ब्याह में बेचना पडा। एक धुर जमीन पर सारे दिन खटते हो फिर भी सबका पेट नहीं भर पाते। बाबू शहर जायेंगे तो दो पैसा कमाकर ही लायेंगे। शहर आकर हैरान रह गया था। यहाँ तो रात जागती है और दिन सोता नहीं है। मदन सिंह के बेटे ने एक कपड़े के मील में काम लगा दिया था। उसकी तरह कई मजदूर काम करते थे और कई पाले में। गाँव से निकले कितने दिन हो गये थे। हर साल सोचता था अबकी बार पैसा बचाकर गाँव जायेंगे। कुछ जमीन खरीद लेंगे और वही खेती करेंगे। लोटेंगे नहीं। साल बीतता जा रहा था और पैसे बचते ही नहीं। किसी तरह अपना पेट पालते हुए बाबू को कुछ पैसा भेज देता था। उसे याद है कैसे एक फैसले ने करोड़ों लोगों

की जिन्दगी एक झटके में बदल दी। हजारों मजदूर रातों रात सडक पर आ गए। 24 मार्च का दिन उन सबों के लिए आफत लेकर आयेगा उसे कहाँ पता था।

24 मार्च को फैक्ट्री बंद कर वह घर की तरफ जाने वाली अंतिम बस के इतंजार में खड़ा था। आम दिनों में इतनी रात को बडी दुकानें बंद हो जाती हैं पर दुकानों पर लाईन लगी हुई थी। लोग बदहवास लग रहे थे। पारचून की दुकानें खुली थी और लंबी कतारें लगी थीं। अंदर जो हो रहा था उस तक उसकी जानकारी तेज धार दीवारों का भेदकर कुछ इस तरह पहुँची की वो लडखडा गया। क्या आज 12 बजे रात से देश में लॉक डाउन हो गया। उसने देखा डरी हुई जर्द चेहरे वाली एक औरत ने जल्दी से अनाज खरीदे और तेज कदमों से निकल गयी।

उसे पहली बार डर लगा। पहली बार लगा ये शहर अपना नहीं है। उसने अपनी जेब में हाथ डाला कुल जमा पुंजी 100 रुपए। महीना का अंतीम हैं। मील भी बंद हो गया। अगले महीने की तनख्वाह भी नहीं मिलेगी लॉक डाउन के चलते। उसने तेजी से सडक पार किया। सडक के उस पार राशन की दुकान के पास खडा हो गया। एक लंबा लडका दुकानदार से बहस कर रहा था। तुमनें सामान की कीमत बढा दी है। उसने कुछ ज़रूरी सामान लिए और निकल पडा। अब चारों ओर सन्नाटा था। भौकते हुए कुत्तों से आगे निकलता हुआ वह धर की तरफ मुड गया। घर क्या था एक खोली थी। शुरु होते ही खत्म हो जाती थी। सफेद आसमान और लैंप पोस्टों की जंद सी रोशनी में सब कुछ नहाया हुआ लग रहा था। पुरानी खस्ताहाल इमारतें, जिसकी हर खिड़की से स्टोव की नलियाँ उगी हुई थीं। पाँच सौ साल पुराने पत्थर के पुल और बेजान सी झुग्गियों से उठते हुए धुंए की पतली लकीरें। इन खबरों ने उसे इतना उदास कर दिया कि वह रोने लगा। अपनी गरीबी और बेबसी पर गुस्सा आने लगा। उसके पास केाई रास्ता नहीं था सिवाय इसके की अपनी जड़ों के पास लौट जाय।

आज सबकुछ हारकर वापस जा रहा है। बाबा की बात याद आने लगी जड़ें बुलाती हैं। उसकी चाल धीमी हो गयी थी। आहिस्ता आहिस्ता पैडल चलाता वो चला जा रहा था। उसे मालूम था बाबा उसका इंतजार कर रहे होंगे। उसकी देह थकान से टूटने लगी थी। उसने सायकिल किनारा किया। और पेड के किनारे बैठ गया। कई मजदूर सुस्ताने बैठ गए। रात काफी हो गयी थी। बाहर काफी अँधेरा था। बंजर बीरान जमीन जैसे मुलायम नर्म रेशम के धागे में तब्दील हो गई। जिन्दगी के फररिश्तें के होठों से हँसी की किरनें फूटी। मुहब्बत के चेहरे ख्ुाले और गायब हो गए। उसने देखा माँ आँगन को गोबर और मिट्टी से नीप

रही है। बाबू गाय को सानी दे रहे हैं। गाय रँभा रही है। उसने तेज आवाज में कहा मैया हम आ रहे हैं। अचानक उसके हलक में तेज दंर्द हुआ। जमीन काँपने लगी। जमीन का सीना खून में डूब गया। खून की धारें जमीन से फूट पड़ी। एक जोरदार आवाज। ट्रेन पटरियों पर शोर करता हुआ निकल गया।

लोगों ने देखा मजदूरों के खून से रेल की पटरियाँ नहा गयी है। पटरियों पर रोटियाँ बिखरी हुई है।

पिता ने अपने बेटे को जमीन पर लिटाया। उसकी आँखें स्वप्न से भीगी थी। उस रात चाँद उतर आया था सिराहने। रेशम की चादर बन रेल की पटरियाँ रुई की फाहे की तरह लरज रही थी। पिता की आँखों में आज से 73 साल पहले का मंजर पसर आया। इसी तरह अमृतसर से ट्रेनो में लाशें भर भर कर आयी थी गाँव।

जब उनकी आँखें खुली थी कैम्प की ठंडी जमीन पर खून से लथपथ माँ की लाश पड़ी थी। उसने अपने चारों तरह मर्दो, औरतों और बच्चों का उफनता हुआ संमन्दर देखा था। वह देर तक रोता रहा था लाशों में से दो कोमल हाथों ने उसे उठाया था। वही थी उसकी अम्मा नसीमा बेगम। उसके वजूद के रेशे रेशे में उतर गयी थी। आज फिर लाशें दरवाजे पर है। पर कोई हाथ नहीं जो उसके बेटे को लौटा दे। वे पागलों की तरह अपने बेटे की बदन से लिपट गए। नहीं! मैं इतिहास नहीं दुहराने दूँगा।

वो जो हममें तुममें करार था

*

शैलेन्द्र शर्मा

उत्तर प्रदेश सरकार की जान बसती है सचिवालय में। पुरातन ओरियंटल-गोथिक शैली की इस खूबसूरत इमारत के तीन अतिरिक्त संस्करण अभी तक तैयार हो चुके हैं, पर उनमें वह रोमांच कहाँ जो विधानसभा मार्ग के सामने मुख्य द्वार से इस श्वेत इमारत में प्रवेश कर दिखती है। वैसे तो यह विशाल परिसर एक कंक्रीट का जंगल ही नजर आता है, लेकिन तब इसके आठ प्रवेश द्वारों के निकट कुछ पेड़ों और लॉन में व्यवस्थित हरियाली के माध्यम से बेहतरीन लैंडस्केपिंग की गयी थी।

कई लोग ऑफिस जाना एक बोझ समझते हैं, पर मुझे कभी ऐसा नहीं लगा। मुझे यहीं अच्छा लगता था, तभी तो अकसर छुट्टियों का समय भी यहीं कटता था। इसी सुकून भरे परिसर में बाहर अशोक के पेड़ों की कतार के बीच एक हरसिंगार का पेड़ भी था, शायद यह उसी का आकर्षण रहा था। यूँ तो यह सचिवालय प्रशासन की जिम्मेदारी थी, पर मैंने व्यक्तिगत तौर पर माली को हिदायत दी हुई थी कि सुबह लॉन में झाड़ू के समय रात को झरे फूल साफ़ नहीं होने चाहिएँ। सुबह जैसे ही मेरा आना होता, सबसे पहले मेरी नज़र उन बिखरे फूलों पर जाती थी, और मन खिल उठता था। ऐसा ही एक और विचित्र काम माली के जिम्मे था...जब मैं काम पर से वापस जा रहा होता, तो वह मुझे पत्तों में लिपटे, हरसिंगार के बहुत सारे चुने हुए फूल देता। मेरी कार उस महक से सुवासित हो उठती।

आज मुख्य द्वार से अन्दर जाते हुए वही हरसिंगार के नारंगी डंठल वाले सफ़ेद फूल धरती पर बिछे हुए थे, जैसे मुझे देख कर खिलखिला रहे हों, किन्तु उन्हें आज देख कर एक हूक सी उठी...कल से कहाँ देख पाऊँगा इन फूलों

को, जो रोज़ शाखों से गिर कर मेरे आने की प्रतीक्शा करते थे!

ड्राइवर ने गाड़ी पोर्टिको में लगाई ही थी कि पहले से मौजूद चपरासी ने अभिवादन करके दरवाज़ा खोला। वह मेरा थर्मस और टिफन सँभाले चल रहा था। आज खूबसूरत, सुरुचिपूर्ण कक्श के बाहर दीवार पर लगी ब्रास के उभरे अक्शरों की नाम पट्टिका देख एक विचित्र-सी अनुभूति हुई। कल से मेरे नाम के स्थान पर नए साहब की पट्टिका लग जायेगी। रिवॉल्विंग चेयर पर बैठ कर भी यही बात बार-बार याद आती रही। इतना पर्सनल टच देकर सजाया गया कमरा कल से मेरा नहीं रहेगा। ये मेरी ख़ास पसंद के प्याजी रंग के सिल्की परदे, सागौन की प्राकृतिक रंग की कुर्सियाँ-मेजें, आगंतुकों के लिए लगाये गए सोफे पर लगी अपहोलस्ट्री...सबके साथ कुछ न कुछ अनुभूति जुड़ी थी। यहाँ की हर चीज जैसे एक कहानी की मानिंद हो, और मुझसे कह रही हो, मत जाओ छोड़ कर, कौन खुश होगा हमें देख कर!

जब अपनी यात्रा के विशय में सोचता हूँ तो याद आता है...पूरे पैंतीस वर्षों की नौकरी...उत्साह से भरी देह, एक खास जुनून-सा, ईमानदारी और परिश्रम का जज्बा, सब चलचित्र-से याद है मुझे। तब मंत्रालय, सचिव और प्रमुख सचिव तक से भी स्टैंड पर लड़ जाना। आरंभिक सालों में सरकारी काम के अतिरिक्त सरकारी वाहन नहीं, अपनी मारुति 800 का ही इस्तेमाल करना। फिर धीरे-धीरे अपने सुदीर्घ तंतुओं को सिस्टम के हिसाब से समायोजित कर छोटा होते जाना। एक उदासीनता, मशीन या रोबोट जैसा कर्मभाव। एक यथास्थितिवाद, और 'चलता है' का हावी होते जाना, क्या-क्या नहीं झेला है इन वर्षों में!

इण्टरकॉम की घंटी बजी। काम्या थी। मेरी पर्सनल सेक्रेटरी।

"वेरी गुड मॉर्निंग सर।"

मैंने भी अभिवादन किया।

"सर, आज जो भी पेंडिंग फाइल्स हैं, वे निपटानी होंगी। दो-तीन कॉन्ट्रैक्ट्स पर निर्णय लेना है। निदेशालय की भरती के इंटरव्यू भी फाइनल करने होंगे, उनके पेपर्स को टैली कर लिया है। और सर..., " वह मुस्कुरा दी,

"...कांफ्रेंस हॉल में आपकी फेयरवेल पार्टी रखी है हमने।"

'सब-कुछ कर लो'। मैं मुस्कुराया। कहना चाहता था, 'आखिरी बूँद तक निचोड़ लो आज। थोडा सा फ्री रखना मुझे। आज मैं अकेले अपने कक्ष में कुछ समय आखिरी बार बिताना चाहता हूँ।' पर कह कब पाया! जो कहना था वही फिर से कहने लगी,

"...सर। एक लेडी है, जो काफी देर से आपका इंतज़ार कर रही है।

लॉबी में ही बैठी है। कह रही है, ज़रूरी मिलना है।"

"नाम?"

"कोई मिसेज़ जोशी हैं।"

"अच्छा भेज दो। आज के दिन मैं किसी को मना नहीं करना चाहता। सक्सेना से कहना बाकी सब काम पूरे करवा दें। पार्टी तो लंच आवर में ही होगी।" मैं मुस्कुराया।

कुछ देर बाद, एक पतली-दुबली अधेड़ वय की स्त्री मेरे सामने आ गई थी। कुछ ठिठकते और कुछ संकोच के साथ। शक्ल जानी पहचानी-सी लग रही थी, मगर फिर भी मैं उसे पहचानने में असमर्थ था।

"जी, कहिये।"

"...।"

एकबारगी झुँझलाहट-सी हो आई। मैंने फिर भी मनोभावों पर नियंत्रण करते हुए सौम्यता से कहा,

"मुझे थोड़ा जल्दी है। संक्षेप में आप बता सकें तो बेहतर होगा कि मैं आपके किस काम आ सकता हूँ?"

"मैं अन्विता हूँ...अन्विता शर्मा...अब जोशी।"

'अन्विता?...यह अन्विता है? '...दिमाग में जैसे हथौड़े बजने लगे!

"ओह..."

कह कर मैं हतप्रभ देखे जा रहा था। यही वो स्त्री है, जिससे पिछले कितने सालों में मैं रातों को लिपट कर रोता रहा हूँ, माफ़ी माँगता रहा हूँ...उसके साथ गुज़ारे थोड़े से काल-खंड को कितनी बार चबा-चबा कर जिया है मैंने...और कितनी रातें अपनी ही करवटों के दंश के साथ अकेले गुजारी हैं। अपनी एक गलती के लिए कितना कोसा है मैंने खुद को! और आज...आज जब वह सामने आ कर खड़ी हो गयी है, तो उसे पहचान भी नहीं पाया मैं।

कैसे पहचानता? वह लावण्यमयी रंगत, वो छूने से मैला हो, ऐसा रुखसार, जाने कहाँ चला गया था। बहुत ध्यान से देखता, तो कहीं उस शक्ल की रोशनी शायद छन कर किसी पोर से, आँखों के किसी कोने से, या स्मित की किसी क्षीण-सी रेखा से आती दिखाई दे सकती थी।

लेकिन यह चेहरा कैसा था, जिस पर उम्र, परेशानियों, चिंताओं और संघर्ष की झुर्रियाँ थी। थपेड़ों की धूसर रंगत थी। असमय आ गए अंधेरों ने जैसे गालों की लुनाई, आँखों की महक और माथे की ललछोंही आभा छीन ली थी।

"थोडा वक़्त लगा पहचानने में...बहुत साल हो गए।"

"हाँ...बहुत हिम्मत करके आई हूँ। अमिल...बेटे ने जबरदस्ती भेजा।"

"कहाँ हो तुम आजकल?"

"मैं...इंदौर। पति की मृत्यु के बाद पच्चीस साल से वहीं हूँ।"

"ओह, सॉरी...क्या हो गया था उन्हें?"

"रोड एक्सीडेंट था...सरकारी फील्ड वर्क में जाते समय उनके स्कूटर को कोई ट्रक टक्कर मार गया था। यह बेटा तो तब एक साल का था, लड़की पाँच साल की। मुझे अनुकम्पा के आधार पर नौकरी दे दी गयी। वहीं पर क्लर्क हूँ..."

वह अपनी दुनिया में, अपने अंधेरों के रेतीले समुद्र में डूबती-उतराती हुई-सी बोले जा रही थी, ऐसे, जैसे एक ही बार में इन बीते वर्षों की पूरी व्यथा सुना देने की बेचैनी से मुक्त होना चाहती हो।

"तब आठ साल ही हुए थे शादी को।"

उसने अधूरी बात को पूरा किया। फिर कुछ पल हम दोनों के बीच मौन पसरा रहा। एक अजीब-सा और दुरूह मौन। पुराना समय एक शिला की तरह हम दोनों के बीच मजबूती से आ खड़ा था। कैसे पार किया जाता?

"...मैं आपसे एक प्रार्थना करने आई थी। बेटे ने आपके यहाँ जॉब के लिए परीक्षा दी थी। परीक्षा, इंटरव्यू भी हो चुके हैं। सुना है, सूची जारी होने वाली है...",

उसने फिर पहल की।

"मुझे बिलकुल आईडिया नहीं है। इंटरव्यू का तो याद आता है। मगर पैनल रहा था। परिणाम भी मुझे पता नहीं। फिर भी देखता हूँ क्या हो सकता है। आप मुझे उसकी डिटेल्स दीजिये।"

उसने पर्स के एक कोने से कई तह में संजो कर रखा फोटो लगा कागज़ मेरे सामने रखा। मैं चौंक गया। हाँ, यही शक्ल थी। यही उस लड़की की शक्ल थी, जिसे मैं बहुत पहले कहीं छोड़ आया था। अपनी माँ की हूबहू शक्ल पायी थी पुत्र ने। मैं खुद को विस्मय में डूबने से नहीं रोक पाया। बालसुलभ उत्साह से बोला,

"अरे, यह तो तुम्हारी अट्टेस्टेड कॉपी है।"

"लोग कहते हैं माँ की शक्ल का बेटा किस्मतवाला होता है। पता नहीं, इसकी किस्मत की चाबी कहाँ खो गयी है। कितने सालों से धक्के खा रहा है...",

उसने फीकी मुस्कान को नैसर्गिक और उदात्त हँसी में बदलने की कोशिश जरूर की थी, पर वह नाकाम रही, यह जाहिर था।

"हाँ, बेरोज़गारी है भी बहुत।"

कुछ पल सन्नाटा रहा। फिर वह उस आवाज़ में बोली, जिसका सिरा कहीं भटक गया हो।

"आपके बाद तो बहुत मुश्किल हो गयी थी अम्माँ-बाबूजी को। हम लोगों में दोबारा लगन तय होना बहुत मुश्किल होता है...फिर इनका एक्सीडेंट। इतनी छोटी ज़िन्दगी में दो-दो हादसे।"

कहकर वह चुप हो गयी। उसका चेहरा स्याह धुएँ की तरह हो आया।

मैं सदी के सबसे बड़े मूर्ख की तरह अपनी कुर्सी पर बैठा रहा। दूसरे हादसे के लिए तो मैं सॉरी कह चूका था। पहले हादसे के लिये कितना कुछ सोचा था एकांत में कहने को, लेकिन आज जब वह सामने बैठी थी तो शब्द रास्ता भूल गए थे। स्वयं को थोडा समेट कर वह बोली,

"और...आपके बच्चे?"

मैंने मेज पर रखी तस्वीर का मुँह उसकी और कर दिया था। पत्नी प्राची, बेटी और बेटे की तस्वीर थी। बेटे के ग्रेजुएशन के समय की।

"बहुत सुंदर हैं आपके बच्चे।"

"मेरा यह बेटा भी बहुत सुंदर है।"

मैंने कागज़ पर लगी उसके बेटे की तस्वीर की ओर इशारा करते हुए कहा।

वह हक्की-बक्की रह गयी। उसे मुझसे ऐसे जवाब की उम्मीद बिलकुल न थी। मैंने सहज होने के लिए इण्टरकॉम का सहारा लिया,

"काम्या, दो कॉफ़ी भेज दो"।

वह यकायक खड़ी हो गयी।

"नहीं, चलूँगी अब!"

"कुछ ठंडा मँगाता हूँ।"

"नहीं, धन्यवाद, इसे देख लीजियेगा, यदि संभव हो।" उसने अपने बेटे के कागज़ की और इशारा किया, और दरवाज़े की और बढ़ गयी।

फिर वह एक रुकी, वापस आई, और मेरे सामने आ कर उसने उस कुर्सी का सिरा पकड़ लिया जिस पर वह बैठी हुई थी, जैसे बहुत देर से रोक रखा हो, उस बात को आखिर उसकी आँखों ने मुझसे कह ही दिया,

'आपने मेरे आखिरी पत्र का जवाब क्यों नहीं दिया? '

मैं क्या जवाब देता उसे? मेरी सारी संज्ञाएँ सुन्न होती जा रही थीं।

दोबारा भी, वह नहीं बोली, उसकी उदास आँखों ने मुझसे कहा,

'मुझे पता है, आपके पास आज भी मेरे पत्र का उत्तर नहीं है।'

उसने मेरे कक्ष का दरवाज़ा खोला और बाहर निकल गयी।

मैं अपनी आरामदेह कुर्सी में धँस गया, गले तक...जाने समुद्र था, या दलदल। बरसों पुराने एक युवा पुरुष और युवा स्त्री की जोड़ी याद आने लगी। याद हो आये उनके सपने, उनकी आकांक्षाएँ, और बादलों पर तैरता उनके जीवन का वह कालखंड। वह समय जब लगता था दुनिया के राजा और रानी तो हम ही हैं, बाकी सब गौण हैं।

प्रेम संसार की सबसे बड़ी अनुभूति लगती।

मैं उन दिनों दिल्ली में हॉस्टल में रहकर प्रतियोगी परीक्षाओं की तैयारी कर रहा था। अपने शहर में शिक्षा की अधिक सुविधाएँ न थी। घरवालों, गुरुजनों और खास तौर से मम्मी पापा के दबाव में मेरी सगाई हो चुकी थी और विवाह के लिए मैं दृढप्रतिज्ञ था कि तब तक नहीं करूँगा, जब तक कि अपने पैरों पर खड़ा नहीं हो जाता। घरवालों के लिए, विवाह की एक ही अहर्ता थी, कि आप उस ख़ास आयु के हो जायें। वह उम्र जब लड़के को अपनी उम्र की सब लड़कियाँ खूबसूरत लगती हैं, और बहुतों से तो आप मन ही मन प्रेम करने लगते हैं। मैं थोडा शर्मीला युवक था, जिसे कोर्स की किताबों और क्रिकेट की कमेन्ट्री सुनने के अलावा और कोई और शौक नहीं था। चाहे कोई भी सहपाठिनी, या पड़ोस की कोई भी लड़की कितनी भी अच्छी लगती हो, मैं तब तक किसी से प्रणय-निवेदन करने का साहस नहीं जुटा पाया था।

ऐसे में अन्विता नाम की यह लड़की भारतीय पारंपरिक मार्ग से मेरी ज़िन्दगी में दाखिल हुई थी। जैसा कि आम भारतीय घरों में होता है, मैंने उसे सगाई से पहले केवल एक बार देखा था। सगाई के समय हमारा फोटोग्राफ्स और पतों का आदान प्रदान हुआ था, और खतो-किताबत शुरू हो गयी थी। पढ़ाई और प्रतियोगी परीक्षाओं में

बैठने के अलावा मेरा सिर्फ एक काम था, अन्विता की फोटो दिन भर अलग-अलग कोणों से निहारना और उसकी चिट्ठियों को बार-बार पढना। मैंने उसकी चिट्ठियाँ इतनी बार पढ़ीं थीं कि मुझे वे कंठस्थ हो चुकी थीं।

मैं जब आँखें बंद करता तो वह मुझे कॉलेज के किसी कोने में, या घर के किसी अपेक्षाकृत एकांत वाले स्थान पर चुपचाप बैठी भावनाओं से लबरेज़ होंठो को बुदबुदाती हुई, मुझे चिट्ठी लिखती दिखती।

मैं आँखें खोलता और और देखता, मेरे हॉस्टल के कमरे की दीवारों पर हर ओर वही चिट्ठियाँ चिपकी होतीं, जिनके हरूफ बड़े-बड़े होकर हर दिशा से

आह्वान करते कि आओ, और खो जाओ इस अनंत आकाश में, जहाँ का हर कण जोर-जोर से अन्विता-अन्विता की पुकार कर रहा होता। पुराने समय की तरह कोई कबूतर नहीं था, जो मेरी चिट्ठियाँ अन्विता के उस शहर में ले जाता, जो उन दिनों कसबे से नया-नया प्रमोट होकर शहर बना था।

मगर मैं अपने हॉस्टल के सामने लगे बड़े से बरगद के पेड़ पर बैठे, हर कबूतर, हर तोते, और हर गौरैया को पुकार लगता कि मेरा संदेसा उस तक पहुँचा दे। और उसकी चिट्ठियाँ...उफ्फ, कैसी महारथ हासिल थी उसे...इतना भोलापन, इतनी सादगी, और उछाल मारती उसकी कस्बाई सँवेदनाएँ।

सबसे पहले तो तुम्हारा नाम ही सुना, फोटो तो बाद में देखी, और मिले तो और भी बाद में। हम बहुत-से चेहरों में तुम्हारा नाम लगाकर देखते रहे, जिनमें से सारे चेहरे हमारे पसंदीदा फिल्म अभिनेताओं के थे। अपनी पसंद की आँखें, अपनी पसंद के होंठ, और अपनी पसंद की नाक। मगर जब तुम्हें देखा, तो तुम सबसे अलग थे। सबसे हसीन। सबसे कोमल। सबसे ज्यादा सीधे-साधे। और सबसे ज्यादा शैतान।

तुम्हारा चेहरा इतना प्रफुल्लित है, मगर तुम्हारी आँखें इतनी उदास क्यों हैं? मुझे बिलकुल नहीं भातीं। या तो चेहरा उदास कर लो, या आँखों को हँसने के लिए बोलो। चलो, मेरी आँखों से अदला-बदली कर लो। मैं तुम्हारी उदास दिखती आँखों को काजल लगा कर भावप्रवण बना लूँगी, और तुम मेरी आँखों को बिना काजल के ही लगाये रखना। मेरी आँखें तो वैसे ही बिना बात खुश रहती हैं।

तुम मुझे क्यों इतना परेशान करते हो? मेरी सहपाठिनी रिंकी मुझसे कहती है कि मैं आजकल बेवजह हँसती रहती हूँ। और सुनो, जब मैं छत से नीचे जा रही होती हूँ, तो क्यों मेरा हाथ पकड़ लेते हो, और कहते हो कि नीचे मत जाओ। मेरे साथ बैठो, और आनंद लो इस बरसते बादल का। अरे पागल, मैं भीग जाऊँगी तो नीचे अम्माँ की डांट नहीं खानी पड़ेगी? तुम्हारा क्या है, तुम तो हवाओं में ओझल हो जाओगे, और और बादलों से मुझे मुँह चिढ़ाते रहोगे।

तुम लिखते हो, कि तुम्हें वर्किंग विमेन पसंद हैं। तो सुन लो जी। हम तो काम नहीं करेंगे। न तो घर पर, न बाहर। बस, तुम्हें ऑफिस जाते समय, तुम्हारी

चीज़ें तुम्हें दे कर विदा करेंगे। फिर जब तुम ऑफिस से आओगे, तो टीकोज़ी लगी हुई चाय की केतली के साथ तुम्हारा स्वागत करेंगे। तुमने वह चाय देखी होगी न, जिसमें दूध, शक्कर, चाय का पानी, सब अलग होता है। तो हम तुम्हारे साथ बैठ कर वो वाली चाय पियेंगे। हमारे यहाँ कोई वैसी वाली चाय नहीं पीता। अम्माँ बड़े भगोने में चाय बनाती हैं, और स्टील के बड़े चमचे से सबके गिलासों में चाय देती हैं। तुम हमें वह दूसरी वाली चाय पिलाओगे न?

देखो एक बात है। हमें सड़क के किनारे खोमचे वाले से गोलगप्पे खाना बहुत पसंद है। तुम्हें शाम को इसके लिए हमें बाहर ले जाना पड़ेगा। तुम कल को बड़े अफसर हो जाओगे। हमें गाड़ी में गोलगप्पे वाले के पास ले जाओगे। मगर हम अभी से बताये देते हैं, हम गाड़ी में बैठ कर नहीं, सड़क के किनारे खड़े होकर खायेंगे, चाहे तुम्हारी कितनी भी बेइज्ज़ती हो।

देखो, हमें खाना बनाना तो आता है, लेकिन ज़रा भी शौक नहीं है। उसके लिए तो तुम्हें किसी का इंतज़ाम करना पड़ेगा। लेकिन फिर भी कभी-कभी तुम्हारे लिए कोई व्यंजन बना सकते हैं। मगर एक वायदा करो। तुम उस पूरे समय रसोई में हमारे साथ खड़े रहोगे। ऐसा नहीं कि हम खटते रहें, और लाट साहब पैर फैला कर लेटे रहें।

सावन आ गया है। हमारे रेलवे क्वार्टर के पास बहुत सारे पेड़ है। जामुन, नीम, अमरूद, आम, आमलतास, सब।
दीदी ससुराल से आ गयी है। झूले पड़ गए हैं। हम लोग दिन भर खूब ठिठोली करते रहते हैं। बाबूजी अम्माँ को कभी सावन में उनके मायके नहीं भेजते। सिर्फ शादी-ब्याह में जाती हैं। तुम तो इतने निष्ठुर नहीं होगे न? सावन में हमें घर आने दोगे? सिर्फ एक पखवाडा। बोलो क्या कहते हो?

जब हम सुबह सोकर उठते हैं, तो तुम क्यों हमारे बिस्तर पे सोते रहते हो? तुम्हें शर्म नहीं आती? देखो अभी तो हमारा विवाह भी नहीं हुआ है। किसी घरवाले ने देख लिया तो हमारा क्या हाल करेंगे? हमसे वायदा करो कि तुम थोड़ा धीरज धरोगे। अब अपने शहर में ही रहना। प्लीज।

एक पत्र में धर्मवीर भारती की एक कविता थी, जो इतनी बार पढ़ी थी, कि

कंठस्थ हो गयी थी।

बार-बार मुझसे मेरे मन ने/ आग्रह से, विस्मय से/ तन्मयता से पूछा है/ यह कनु तेरा कौन है/ बूझ तो/ अक्सर तुमने/ माला गूँथने के लिए/ कंटीले झाड़ों में चढ़-चढ़ मेरे लिए/ श्वेत रतनारे करौंदे तोड़ कर/ मेरे आँचल में डाल दिए हैं/ तो मैंने अत्यंत सहज प्रीति से/ गर्दन झटका कर/ वेणी झुलाते हुए कहा है/ कनु ही मेरा एकमात्र अन्तरंग सखा है।

तुम सोच रहे होगे कि इस बार हमने इनलैंड लैटर के स्थान पर लिफाफा क्यों भेजा है? जब तुम इसे खोलोगे तो देखोगे कि इसमें एक वालनट चौकलेट रखी है। उसे हमने आधा खाया हुआ है। उस पर हमारे दाँतों के निशान हैं। वह बची हुई आधी चौकलेट तुम खा लेना। तुम्हें ऐसा लगेगा कि तुम हमें प्यार कर रहे हो। और सुनो, जल्दी-जल्दी भकर-भकर करके मत खा जाना। धीरे-धीरे मजे लेकर खाना। जितना लम्बा यह सत्र चलेगा, उतनी देर हम तुम्हारे साथ रहेंगे।

तो यह पत्र आते रहे, हम अलग-अलग शहरों में, अपने-अपने हिस्से के आकाश को निहारते रहे और यह दुआ करते रहे कि जल्दी ही वह दिन आये कि हम दोनों के आकाश एक हो जाएँ, और फैलाव पूरे सौरमंडल पर छा जाए। मेरे मन में एक और इच्छा थी कि जल्दी से जल्दी मेरा किसी न किसी प्रतियोगी परीक्षा के सफल परिणाम की बिनाह पर सेलेक्शन हो जाए।

तो एक वह दिन भी आया कि हमारी प्रार्थनाओं और दुआओं पर बादलों पर बैठे एक देवदूत ने मुस्कुरा कर सिर हिलाया, जो लोगों की आगे की ज़िन्दगी का निर्धारण करता था। हमारे जीवन के कानों में सदी का सबसे खुबसूरत संगीत बज उठा। लेकिन जो कोई नहीं देख पा रहा था, वह यह था कि उस देवदूत के चेहरे पर एक वक्र मुस्कान थी। उस वृहत्ताकार धूप के गोले के बीच एक आसन्न मृत्यु का अन्धकार छुपा था। एक पूर्ण पल्लवित रिश्ते की आसन्न मृत्यु।

मेरे जीवन की सबसे बड़ी घटना घट चुकी थी और मेरा प्रांतीय सिविल सेवा में चुनाव हो चुका था। मेरी, अन्विता की, बन्धु-बांधवों की प्रसन्नताएँ सिर चढ़ कर नगाड़े बजाने लगीं थी। आगे के रास्तों में गुलाब, गुलमोहर और कनेर बिछे हुए दिख रहे थे।

मैं अपने शहर जा कर अपने माँ-बाबूजी से मिलकर लौट आया था। सारी आधिकारिक औपचारिकताओं को पूरा करके मैं अपने प्रशिक्षण के लिए लखनऊ चला गया था।

अचानक मेरे बाबूजी को यह लगने लगा था कि उन्होंने अपने काबिल बेटे की शादी गलत जगह तय कर दी है। उन्हें और मेरी माँ को अन्विता में, उसके माता-पिता में, और उनके परिवेश में सैंकड़ों कमियाँ, और बुराइयाँ नज़र आने लगी थीं। और इस मुहिम में मेरे बाबूजी से दो कदम बढ़ कर मेरी माँ थीं। बाद के वर्षों में मैंने अक्सर यह सोचा है कि मेरी माँ भी एक औरत थीं, और उनके इस अनुचित कृत्य की गाज जिस पर गिर रही थी, वह भी तो एक औरत थी, फिर वे कैसे कर सकीं ऐसा!

यह बिलकुल सच बात थी कि बाबूजी ने सोचा कि उनकी अपनी हुँडी को कैश कराने का समय आ गया है। उनका पुत्र एकदम से वर्ग संघर्ष को दरकिनार करता हुआ उच्च मध्यम वर्ग में जा पहुँचा था, और उन्हें अब उन सब अभावजन्य कुंठाओं, हताशाओं, और उसकी शिक्षा में लगे धन, उलाहनों और तानों की कीमत वसूलनी थी।

मगर इन सब कोशिशों के दौरान प्रश्न यह उठता है, कि उनका पुत्र, यानि कि मैं क्या कर रहा था?

मुझे घर में चल रहे सब षड्यंत्रों का भान हो गया था। माँ-बाबूजी के कई फ़ोन और पत्र आ चुके थे। मैं किंकर्तव्यविमूढ़ सा, पसोपेश में था।

उन्हीं दिनों, अन्विता का आखिरी पत्र मुझे मिला था।

यह हम क्या सुन रहे हैं? तुमने तो हमेशा यह कहा है कि पैसा, तुम्हारे लिए कोई महत्त्व नहीं रखता। और हमने भी तुमसे कहा है, कि जितना भी होगा, उसमें भी हम तुम्हें शहंशाह की तरह रखेंगे।

मगर हमें बहुत डर लग रहा है। तुम्हारे पुराने पत्र पढ़ते हैं, तो बहुत हिम्मत मिलती है। मगर फिर घर में सबकी बातें सुनते हैं तो टूट जाते हैं। तुमने हमारे पिछले पत्र का भी जवाब नहीं दिया। हम सोचते हैं, नयी जगह पर हो, व्यस्तता के कारण नहीं दे पाए होगे। मगर इस बार हमें जवाब ज़रूर चाहिए, और वह भी, हिम्मत बढ़ाने वाला। तुम एक बार संकेत कर दो, लड़ जायेंगे हम अपने घरवालों से भी, और तुम्हारे माँ-बाबूजी से भी।

जब तक जीवित हैं, तुम्हारी हाँ की प्रतीक्षा करेंगे।

मैं लगभग विक्षिप्त होने की स्थिति में पहुँच चुका था। दिन भर एकेडमी का भीषण प्रशिक्षण, जहाँ अपना सर्वोत्तम प्रदर्शित करना होता था। फिर घर से एक दो दिन छोड़कर आने वाले फ़ोन।

माँ मुझसे बड़े करुण स्वर में बात करतीं। मुझे याद आता उनका लाड-दुलार, उनकी आँखों से पल-पल बरसता नेह और अनुराग। बचपन में उनकी गोद में दुबकना, दुनिया की सबसे सुरक्षित जगह में शरण पाने जैसा लगता था। उसी गोद की याद दिलातीं वे। और सच बात थी। संसार के बहुत से लोगों की तरह, मेरी माँ, मेरा पहला प्यार थीं।

पहले प्रेम, और दूसरे प्रेम में द्वंद्व चल रहा था।

ट्रेनिंग अवधि के कई महीने बीत चुके थे। मैंने अन्विता के पत्र का कोई उत्तर नहीं दिया था। कारण? पहले तो असमंजस में था कि क्या लिखूँ? और बाद में, धीरे-धीरे उगता अपराध—बोध।

मैंने माँ—बाबूजी के सामने हथियार डाल दिए थे। इसमें उनके निरंतर बढ़ते दबाव, फ़ोन कॉल्स, और पत्रों की तो भूमिका थी ही, किन्तु बहुत कुछ हाथ इसमें, मेरे चयन के बाद के प्रशिक्षण का भी था।

वहाँ के प्रशिक्षण ने मेरे अन्दर एक विचित्र किस्म का दंभ और अभिमान भर दिया था। वहाँ यही सिखाया जाता था, कि तुम विशिष्ट हो, और अपनी इस खुसूसियत को तुम्हें बचाए रखना है। तुम अब जिस वर्ग में हो, वह आभिजात्य वर्ग है। तुम सब अफलातून की औलादें हो।

मेरी तरफ से हरी झंडी मिलने के बाद दोनों पक्षों में जो मकड़ी के जाल सी महीन डोर बची थी, वह भी टूट गयी थी। अन्विता का पात्र अनुत्तरित रह गया था। दोनों पक्षों ने एक दूसरे का सामान, गहने, पैसे वगैरह वापस कर दिए थे। बस भविष्य की उस न हो सकने वाली वधू का कुछ सामान वापस नहीं हो पाया था।

जो चीज़ें वापस नहीं हो पायी थीं, वह थीं, बरसते बादल, टीकोजी लगी हुई चाय की केतली, खोमचे वाले गोलगप्पे, सावन में लगे झूले, श्वेत रतनारे करोंदों की माला, और आधी खायी हुई वालनट चौकलेट।

मेरी ट्रेनिंग पूरी होकर पोस्टिंग हो गयी थी, और तब माँ-बाबूजी की इच्छा और मेरे अनुमोदन से प्राची मेरे जीवन में आई थी। मैं और मेरे घर के सब लोग बहुत संतुष्ट थे। प्राची का वर्ग हमसे बहुत ऊँचा था, और उससे जुड़कर हम लोगों की भी पदोन्नति हो गयी थी।

झूठ बोलूँगा, अगर कहूँगा कि प्राची ने मुझे कोई कष्ट दिया है। मुझे बहुत प्रेम किया है, चाँद—सूरज जैसे दो बच्चे दिए हैं मुझे, बाहरी दुनिया में बहुत सम्मान दिलवाया है। मेरे प्रत्येक कदम की योजना बनाने में वह एक सच्चे साथी की तरह

मेरे साथ रही है। उसका एक स्वतंत्र अस्तित्व है, कई क्लब्स की सदस्या है, और एन। जी। ओज़ के माध्यम से बहुत से अच्छे काम किये हैं, और प्रशंसाएँ पायी हैं। पहले प्रांतीय सिविल सेवाओं के अधिकारी, और बाद में प्रमोशन हो कर भारतीय प्रशासनिक सेवा के अधिकारी की पत्नी की तरह, उसने हर तरह से मेरा साथ दिया है।

विवाह के बाद शुरू के तीन चार वर्ष तो मैं, पंख लगा कर उडता रहा। लेकिन उसके बाद एक विचित्र सी अनुभूति ने जन्म लिया। कई बार मुझे उस वालनट चॉकलेट का स्मरण हो आता, जिसका स्वाद कभी मुझे परेशान करने लगता, और अक्सर जब रात को किसी और कारण से नींद नहीं आ रही होती, तो अचानक कोई मुझसे कहता कि मुझे खोमचे वाले से सड़क पर खड़े होकर गोल गप्पे खाने हैं। मुझे यह अहसास होने लगता कि मेरे धक्का देने की वजह से कोई एक जीवन, जंगल में दलदल में धँस गया है। मेरी हताशाएँ सर धुनने लगतीं और मैं बेचैन हो जाता। विशेष तौर से जब मैं अपने परिवार की सुरक्षा से दूर यात्रा कर रहा होता तो कोई मेरे गले में श्वेत रतनारे करोंदों की माला डाल देता, और एक आग सी होती, जो मुझे जला रही होती, और मैं किसी से क्षमा माँग रहा होता, मगर मेरी याचना मेरे ही भीतर घुट कर रह जाती।

इंटरकॉम की घंटी ने मुझे वर्तमान में ला पटका।

"सर...काफी देर हो गयी। सक्सेना सर मिलना चाह रहे हैं।"

काम्या ने जैसे मेरे स्वप्नों में खलल डालते हुए मुझसे पूछा।

"अरे हाँ...भेज दो उन्हें।" मैंने कहा। जाने कितनी देर मैं अपने जीवन की, अन्विता के साथ गुज़रे अपने समय की चीर-फाड़ करता रहा था। लंच का समय होने वाला था।

सक्सेना मेरे सामने खड़ा था। उसने सारे काम पूरे करवाए और अंत में नियुक्ति के साक्षात्कार वाली फाइल दी।

वह बताने लगा कि दो नियुक्तियाँ होनी हैं। सारे प्रतिभागियों की मेरिट के अनुसार सूची मेरे सामने थी। अन्विता का पुत्र तीसरे नंबर पर था।

मेरे दिमाग में एक बत्ती सी जली।

"सक्सेना, एक नोट बनाओ। मुझसे दस्तखत करवाओ। लिखो कि पिछली नियुक्तियाँ कई वर्ष पूर्व हुई थी। पिछले वर्षों में विभाग में काम कई गुना बढ़ गया है। इसलिए दो की जगह तीन या चार लोगों की नियुक्ति की जाए। चूंकि परीक्षा और साक्षात्कार एक वर्ष पूर्व ही हुए हैं, तो उसी सूची की मेरिट के आधार पर

नियुक्तियाँ कर दी जायें।"

"जी, सर।"

"काम हो जायेगा न? कम से कम तीन नियुक्तियाँ तो हो जायेंगी न?"

"जी सर, सोलह आने।"

"सक्सेना, आजकल के ज़माने में भी सोलह आने की बात करते हो।" मैं मुस्कुराया।

"मेरा मतलब है, सर हंड्रेड परसेंट हो जायेगा।"

"देख लेना। मेरे बाद भी इस केस को फॉलो कर लेना। तुम हो तो मैं निश्चिंत हूँ।"

वाकई सक्सेना काबिल अधिकारी था। जिस काम में लग जाये, उसे पूरा करवा कर ही छोड़ता था। मुझे उस पर भरोसा था।

फाइल पर दस्तखत करने के बाद मेरा आखिरी दिन का कार्य पूरा हो चुका था। बार बार अन्विता का आज का चेहरा मेरे जेहन में घूम रहा था, और मेरे गले में कुछ फँस जाता था।

विदाई समारोह के लिए जब मैं अपने कक्ष से कॉन्फ्रेंस हॉल में जाने को निकला, तो मेरी नज़रें उसे ही ढूँढती रहीं, किन्तु वह जा चुकी थी।

विदाई समारोह में जब सबके बोलने के बाद मेरे बोलने का समय आया, तो मैं बोलते समय अनायास ही भावुक हो उठा। लोगों ने समझा कि आज आखिरी दिन है, इसलिए मेरी आँखें गीली हो गयी हैं।

गुलाब के फूलों की मालाएँ गले से उतार कर ड्राइवर को देते हुए मेरी आँखें लॉबी में भटकती रहीं।

गाड़ी में बैठकर मैं अपने स्टाफ के जुड़े हुए हाथों का उत्तर देते हुए बाहर निकला। गेट पर माली ने अभिवादन करते हुए मेरा रोज़ का फूलों का दोना मुझे थमाया, अभिवादन किया।

अचानक मुझे लगा कि एक पेड़ के नीचे अन्विता खड़ी है, असमंजस का भाव चेहरे पर लिए, क्योंकि उसे तो अंतिम सूची का कोई भान न था।

गाड़ी के अंदर बैठा मैं, परिसर के बाहर निकल आया। लेकिन क्या मैं वास्तव में निकल आया था? नहीं, मैं तो वहीं खड़ा था। उस पचपन साल पुरानी मज़लूम औरत के पास। मैंने उसके दोनों कंधे अपनी बाँहों से घेर रखे थे। मैं अपनी अँगुलियों से उसके चेहरे पर पड़ी गर्दिश की झुर्रियों को साफ कर रहा था। अपने होंठों से उसकी निस्पंद आँखों की तारीकी में चराग़ जला रहा था। मैं रगड़ रगड़ कर उसके होंठों की खो चुकी लुनाई को वापस लाने की कोशिश

कर रहा था। कानों के लव, जिनमें मुसीबतों की काई जम गयी थी, उन्हें अपनी गर्म साँसों से छुड़ा कर पहले की तरह निष्कलुष कर रहा था।

पवित्र नदियों में इस बीच चाहे कितना भी पानी बह गया हो, लेकिन उसी पानी में से सलमा-सितारे निकाल कर मैंने उसकी पेशानी पर टांक दिए थे। उसका वह अंश, जो कभी मेरा भी हो सकता था, मैंने चन्दन बना कर अपने माथे पर गूँथ लिया था।

मोहर

*

टेकचन्द

दिल्ली देहात का एक गाँव। सुबह का समय। चौड़ी साफ़ सुथरी गली के दोनों तरफ कोठीनुमा भव्य मकान बने हुए थे। एक धोलपोश लम्बा तगड़ा आदमी तेजी से चला जा रहा था।

'अरै! कहाँ उड़ो चलो जा रहयो है परधान? ' उसी जैसे एक ने टोका आदमी रुका नहीं। गर्दन हल्की घुमाकर दबी-सी आवाज़ में कहा—

'अरै जाणों कहाँ बदलू यो पोत्ता को फारम है...फोट्टू पै गजटड अपसर का दसखत (दस्तखत) चहियै...'

थोड़ी और ज्यादा आवाज़ दबाकर आँखों में झांककर फुसफुसाया जाऊँ हूँ! वो चमार को जो अपसर बणो है ना...उसका घर जाणो पड़ेगो भाई!' खुलकर ऊँची आवाज़ में वह फिर बोला—

'तू ऐसो कर! बैठक मैं हुक्को सिलगा मैं यो गयो अर यो आयो' बदलू को निर्देश सा देकर बड़बड़ाता हुआ वह तेज हो लिया

'...पता ना तड़की तड़क किस किसका हाड़ा खाणा पड़ेगा...'

साफ़ सुथरी चौड़ी गली और आलीशान मकानों को पार कर वह एक मंझौली सी गली में घुस गया। एक दो गली के बाद बेहद तंग और संकरी गली आ गई। इतनी कि दोनों हाथ पूरे न खुल पाएँ। दोनों तरफ के मकानों को एक साथ छू लो। मकानों की स्थिति भी खूब जर्जर व दयनीय थी। एक, डेढ़-दो मंजिला। कहीं टीप पलस्तर उखड़े तो कहीं ज्यों की त्यों धरी ईंटों पर टिकी छत। कहीं नीले तो कहीं पीले रंग। कहीं बाथरूम टाईल्स ही फ्रंट पर लगा रखी थीं। चौंतरों, चबूतरों और जीनों से गली और सिकुड़-सहम सी गई थी। दोनों तरफ की नालियाँ सनातन ढंग से बदबूदार गंदगी से बजबजा रही थीं। शाश्वत ढंग से

नालियों का पानी उगजकर गली में पसरा हुआ था। ऐसी जगह पर या तो नालियों के किनारों पर पाँव रखकर चलें या चौंतरों-सीढ़ियों पर कूदते-फांदते, जैसे छोटे बालक, 'ऊँच-नीच का पापड़ा' खेलते चलते हैं। कहीं-कहीं, कदम-कदम की दूरी पर ईंट-रोड़े पड़े थे; उन पर पाँव जमाते हुए जाया जा सकता था।

कुल मिलाकर देश की किसी भी दलित-दरिद्र गली का नमूना। गौर वर्ण का वह अधेड़ कहीं थूकता, कहीं उबकाई रोकता चला जा रहा था। भाव ये कि कब गली खत्म होगी? जैसे कब सुबह होगी? एक जगह ईंट रोड़ों पर पाँव रखकर मकानों को निहारा। लक्षित मकान को देखकर कुछ राहत और उलझन के मिले-जुले भाव उसके चेहरे पर आए। आठ दस कदम चलकर वह उस मकान के सामने पहुँचा।

अपेक्षाकृत साफ़-सुथरा, गली घेरने की बजाय तीन चार फुट का चोंतरा सा छोड़कर पीछे हटकर यह मकान बना हुआ था। चोंतरे पर तीन चार गमलों में गेंदे, गुलदाउदी के फूल लगे थे। सोबर सा लाईम कलर का डिस्टेंपर किया हुआ था। लकड़ी की पुरानी चोखट पर खाकी रंग का पेंट किया हुआ था, लेकिन लकड़ी में गुदे बेल-बूटे दिखाई पड़ रहे थे। उसी चोखट पर लकड़ी की नेम-प्लेट भी टंकी हुई थी—'श्री धनराज सुपुत्र स्व. श्री छोटे लाल—अनुभाग अधिकारी—लोक एवं कार्मिक प्रशिक्षण—भारत सरकार'

'अरै! भाई धनराज है के ऽऽ?' चोंतरे पर खड़े होकर उसने भारी आवाज़ में मिठास घोलकर हाँक सी लगाई। साथ ही बेचैनी के साथ आसपास के मकानों छतों को देखने लगा। मानों घात लगा रहा हो। दुबारा आवाज़ लगाने ही जा रहा था कि अधखुले दरवाजे को पूरा खोलकर एक नवयुवती प्रकट हुई।

'दादा राम राम!' कहकर उसने अन्दर आने के लिए रास्ता छोड़ दिया और पीछे हटकर दीवार से सटकर खड़ी हो गई। आदमी अन्दर जाने लगा तो पूरे खुले किवाड़ों का एक पल्ला 'चर्रर्रर! करता हुआ बन्द हो गया। लड़की उस पल्ले को तत्परता से खोलती उससे पहले ही आगन्तुक ने पल्ला थाम लिया और उसे धकेलकर अन्दर जाने के लिए कदम उठाया।

लगभग बारह बाई दस का बैठकनुमा कमरा था। साधारण सीमेंटेड फर्श था लेकिन पोंछा लगा बेहद साफ़ सुथरा और गली की सीलन के विपरीत सूखा व चमकता। धूपबत्ती का धुआँ और खुशबू भले लग रहे थे। उसने नज़रें दौड़ाईं, दीवारों पर पीच तथा बिस्किट कलर का पेंट था, संभवत: एक ही पेंट में मिक्सिंग करके दो शैड बनाए गए थे। एक तरफ भारी भरकम दीवान डला हुआ था जिस पर साफ़ सुथरी चद्दर बिछी थी। वुडन पॉलिश के सोफ़े पर ऊँट हाथी

कढ़े कुशन और गद्दियाँ जँच ही रहे थे। दीवारों पर बुद्ध और अम्बेडकर के दो पोस्टर चिपके हुए थे। एक दीवार पर मरियल से बूढ़े की तस्वीर पर प्लास्टिक के फूलों की माला झूल रही थी। तस्वीर ब्लैड एँड व्हाइट रही होगी—अब कलर करवाई हुई थी और सिर पर बेमेल-सी पगड़ी भी चस्पा थी। उसी तस्वीर के नीचे मोटी दीवार में छः आठ इंच गहरे तीन बाई तीन फुट के शोकेस में छोटी बड़ी ट्रॉफियाँ, फेंगशुई का लॉफ़िग बुद्धा और हनुमान, शिवजी की चार-पाँच इंच ऊँची नकली पोर्शिलीन की मूर्तियाँ भी रखी थीं। सेंटर टेबल अपेक्षाकृत नीची और साफ थी। ताजा अखबार जनसत्ता व इंडियन एक्सप्रैस करीने से रखे हुए थे। सैंटर टेबल के नीचे लकड़ी की फ़ट्टियों से जाली सी बनी थी; उसमें से पुराने अखबार और प्रतियोगिता दर्पण की कॉपियाँ झांक रही थीं। साथ ही आर। गुप्ता की एस.एस.सी. की मोटी सी गाईड भी दिखाई पड़ रही थी।

'आ जाओ दादा!' भीतर आ जाओ!' लड़की साफ़ सुथरी हिन्दी बड़ी महीन आवाज़ में बोल रही थी।

अधेड़ की मोटी-काली जूतियाँ कीचड़ में धँसी हुई थीं। लड़की ने जूतियों से निगाह उठाकर मेहमान की आँखों में झांका और फिर देहरी पर पड़े पायदान तथा उसकी बगल में निकली तीन चार जोड़ी छोटी बड़ी चप्पलों को निहारा। एक मूक मंत्रणा सी हुई। अनमने भाव से उसने बाएँ पैर की ऐड़ी पर दाएँ पाँव का पंजा लगाकर जूती वहीं निकाल दी। दूसरे पाँव की जूती उतारते हुए उसे डर था कि जूतियों का गन्द उसके पैरों पर ना लग जाए। हालाँकि फर्श का वह भाग कीचड़मय हो चुका था।

पाँव मैले न हो जाए इस भाव से फर्श पर पाँव धरता वह एक सोफे पर जा बैठा, थोड़ा उकसकर बैठा।

लड़की जो कि छींटदार सादा सूट सलवार पहने हुई थी लगभग इक्कीस-बाईस वर्ष की लंबी पतली सुतवाँ सी गेहुएँ रंगत की थी। लड़की अन्दर चली गई।

'पाप्पा जी!' सोफ़े पर बैठे आदमी के कानों में यह आवाज़ पड़ी। और इस सम्बोधन के साथ नत्थी धीमा स्वर भी सुनाई पड़ा।

'...वो प्रधान जी आए हैं...यादवों में से...' साथ ही 'धप्प' से फ्रिज़ का दरवाजा बन्द करने की आवाज़ भी आई। वह अन्दर जाने वाले द्वार को देख रहा था। यहाँ दरवाजा नहीं था, आर्च सा बनाकर दीवार में से ही मेहराबदार रास्ता बना दिया गया था। एक झीना पर्दा जरूर डाल दिया गया था। हवा से पर्दा हिल रहा था। यह रास्ता बाहर वाले दरवाजे के एकदम सामने था। फ़रवरी अन्त का समय था। हवा भली लग रही थी। सफेद कुर्त्ते-पजामें पर काली जवाहर कट

और क्रीम कलर की लोही में उसे उमस सी महसूस हो रही थी। या पता नहीं किस कारण वह असहज सा हो रहा था।

परदा हटाकर उससे थोड़ी कम उम्र का एक सुदर्शन व्यक्ति अन्दर आया। वह सलेटी पैंट पर सीधी धारियों की शर्ट पहने हुए था; हाफ स्लीव का काला स्वैटर। पाँवों में मैचिंग जुर्राबें बाजू के बटन बन्द करता हुआ मुखाबित हुआ।

'राम राम प्रधान जी...' कहते हुए उसने दीवार पर लगे की-बोर्ड में से एक बटन ऑन कर दिया। धीमे धीमे पंखा चलने लगा तो धुआँ भी छंटने लगा।

'राम राम भाई जी राम राम' मेहमान ने जवाब दिया और उसे ऐसी नज़र से देखने लगा जैसे पहले देखने से चूक गया हो।

'और सुणा भाई धनराज! बालक तो ठीक है...घर परिवार तो ठीक ठाक हैं? ' कहकर उसने औपचारिकता सी निभाई।

'हाँ जी प्रधान जी ठीक हैं सब आप लोगों का आशिर्वाद है...बाकी तो मालिक सब ठीक करै ही है...' मेहमान को अज़ीब सा लगा कि मालिक का नाम तो हो इतने सारे देवी देवता है किसी का तो नाम लेता

'बालक तो ब्याह दिया होयेंगा भाई धनराज? '

'कहाँ प्रधान जी? ' उसने कहाँ को लंबा खींचते हुए कहा

'बालक अभी तो पढ़ ही रहया हैं छोरो तो बी। टैक कर रहयो है और छोरी एम.ए. सोशियोलोजी कर री है।।'

मेहमान के चेहरे पर ऐसे भाव उभरे जैसे उसने बी। टैक और एम.ए. सोशियोलॉजी का अच्छा विश्लेषण कर लिया है।

'जे। बी। टी। ना करवाई? ' अपनी जान में उसने ऊँचे दर्जे की बात कही, दूसरी तरफ से कोई प्रतिक्रिया न पाकर वह खिसियाता सा फिर बोला

'असल मैं आजकाल गाम मैं घणखरा (ज्यादातर) बालक जे। बी। टी। कर रहया है...पटवारी का बड़ा छोरा नै सैंटर खोल रखो है...इन्दोर अर जम्मू तै सत्तर-अस्सी हजार मैं करवा दे...है...' कहते-कहते वह रुक गया क्योंकि सामने वाले के चेहरे पर बोरियत की लकीरें उभरने लगी थीं। इतने में लड़की एक ट्रे में दो शीशे के गिलास पानी के धरे आ गई और सैन्टर टेबल पर रख दिये।

'अब कुछ ना कुछ तो करणौ पड़ै हैं...पहलाँ जैसा कहाँ गुजारा होवै हैं आजकाल...' वह जैसे अपनी बात को जस्टीफाई कर रहा था लेकिन एकदम बदलना भी नहीं चाह रहा था; भीतरखाने उसे महसूस हुआ कि 'इसके' कारण अपनी बात से फिरूँ, 'थारो और म्हारो पिताजी कट्ठा खेतां मैं कसालो (परिश्रम) करै था; कुछ साग-पात हो ज्या थो कुछ छाय (छाछ) दूध हौं ज्या थो न्यू ही

हो ज्या थी जिन्दगी पार...पर अब कहाँ...'

'पाणी ल्यो प्रधान जी!' धनराज ने अपने सामने का गिलास उठाकर पानी पिया।

'ना साब! मैं तो अभी पूजा करूँगो जा कै...निरणाबासी (खाली पेट) हूँ कूलो (कुल्ला) बी ना करयो अभी...बस यो पोत्ता को फारम अटैस्ट करवाणों थो...' कहकर उसने पन्नी में से निकालकर फार्म टेबल पर रख दिया।

'बेटे पैड़ और मोहर ले कै आइये!' उसने अन्दर जाती हुई लड़की को आवाज़ दी। लड़की के लिये यह रोजमर्रा की बात थी। वह अन्दर गई और पैड-स्टैम्प लाकर टेबल पर रख दिये।

साईन मोहर होने तक वह दम सा साधे बैठा रहा और फिर तुरन्त उठ लिया।

'भलो काम कर दियो भाई धनराज! छोरा नै मास्टरी मिल ज्या तो...' कहते-कहते वह जूतियाँ पहनने लगा

'छोरा नै देर होण लग री है ना तो बैठतो...अब वे टैम ना रहया! तेरा पिताजी को दिन म्हारी बैठक मैं ही निकला करै थो...अच्छो भाई चलूँ कहता हुआ वह चौंतरे पर से गली में उतर लिया। धनराज देहरी तक आया। वापस बैठक की तरफ घूमा तो लड़की खड़ी उसे और पानी के भरे गिलास को घूर रही थी। धनराज सोफे पर जा बैठा। लड़की तेजी से अन्दर गई पिता के चमकते जूते लाकर पैरों के पास रख दिये। रखने में पटकने का भाव ज्यादा था। पिता समझ रहे थे। लड़की भरी हुई थी। कुछ सोचकर लंबी सी उसाँस लेकर पिता व्यंग्य में मुस्कुरा दिये। लड़की पिता की चुप्पी पर तुनक कर बोली—

—'म्हारो पाणी तो इनका गला तै उतरै ना और साईन खात्तर चला आवै हैं...'

'कोई बात ना अब एक ही दिन मैं दुनिया बदल जावैगी के? कहते हुए पिता उकसकर जूते पहनने लगे।

'ये ना बदलै पर हम तो बदल सकै हैं...? ' लड़की भुनभुनाती हुई कीचड़ वाली जगह पोंछा लगाने लगी। पोंछा लगाते-लगाते उकडू बैठी बोली

'जरूरत का टाईम तो बाप-दाद्दा नै भी याद करवा दे अर म्हारो पाणी पियो ना जावै इनपें किसी को बरत है, किसी नै पूजा-पाठ ना करी किसी नै कुल्लौ ना करो...शरमा-शरमी एक आध घूंट कोई पी बी ले है तो—न्यू कहवै अक गाम मैं किसी तै कहिये मतना...बणै हैं फन्ने खां...ऐसा है तो पढ़ा क्यों ना लेत्ता अपणा बालका नै करोड़ करोड़ मुआवजा मिला है...लाख-लाख किराया आवै है...'

'तेरी मम्मी नै देख लंच पैक कर दियो होये तो देर हो री है' थोड़ी सख्ती

से डपटने वाले भाव से पिता ने कहा तो लड़की बड़बड़ाती-भुनभुनाती अन्दर चली गई। पिता अखबार पलटते रहे।

अगला दिन। इस समय से थोड़ा पहले। लगभग सात बजे। यही लड़की गाँव के बड़े चौक, जिसे ये लोग 'गाँव में जाना' कहते थे, मानों खुद गाँव से बाहर हों, वहाँ से एक पन्नी में दूध की दो थैलियाँ लेकर आ रही थी। आज इनकी गली की दुकान पर दूध नहीं आया था। हाथ में पन्नी लिये बड़े-बड़े मकानों कोठियों को निहारती लड़की तेजी से घर की तरफ जा रही थी कि पिताजी को नहाते ही चाय चाहिये। गली इतनी चौड़ी थी कि बस-ट्रक जो मर्जी निकल जाए। लक्ज़री गाड़ियाँ कहीं गली में तो कहीं बड़े मकानों के अहातों में खड़ी थीं। बड़े-बड़े चौतरों-चबूतरों और भव्य अहातों में धोल पोश लोग सरकंड़ों से बने मूढ़ों, कहीं प्लास्टिक की सोफा चेयर पर बैठे बड़ी नाल से हुक्का पी रहे थे।

कोई दूध-पत्ती की चाय पी रहा था। लोग-बाग बैठे भी सबको देखने-दिखावे के भाव से थे। मार्बल के फर्शों और बड़ी-बड़ी गाड़ियों को पाईप लगाकर पीने के पानी से धोया जा रहा था। कहीं-कहीं ज़रा सी धूल और एक आध तिनके को नाली में पहुँचाने के लिये पाईप के सिरे पर ऊँगली लगाकर धार बनाकर मारी जा रही थी और तिनका इतना ढीठ कि नाली में जाकर राजी नहीं। धुलाई करने वाली औरतें व मर्द भी ज़िद के पक्के पूरी लगन से तिनकें के पीछे जुटे सफाई में लगे हुए थे।

लड़की मन ही मन झल्ला रही थी। बड़बड़ा रही थी—

'म्हारी गली मैं पाणी आवै ना...रात-रात भर जाग कै बूँद-बूँद पाणी कट्ठो (इकटठा) करैं॥ दूसरा मोहल्ला तै ढो कै लावैं और ये है के...कतई शरम ना है...यहाँ तो पाणी का ऊपर दिन रात खड़ो जूत बजै है अर ये...'

'रै रमेस तू तैयार रहिये मैं सैन करवा के लाऊ हूँ!'

एक कोठीनुमा मकान में से कहता हुआ एक आदमी बाहर निकलकर गली में आया। लड़की उससे दस-पन्द्रह कदम पीछे थी। मकान का बड़ा गेट अधखुला था एक बुढ़िया और एक जवान लड़का बात कर रहे थे। बुढ़िया तो कमीजनुमा कुर्ता और भारी घाघरा पहने हुई थी। लड़का ट्रैक सूट का लॉअर और टी। शर्ट पहने हुए था। जिम से बनी तगड़ी देह, खतदार दाढ़ी और सोने की चैन ब्रैसलेट अंगूठियों से लदा हुआ लड़का मॉडल लग रहा था।

'अब बाबा कहाँ चल दियो मनै देर हो री है...? '

'तेरा कागजा पै सैन करवाण गयो है...

लड़के के चेहरे पर उलझन के भाव थे।

‘कहाँ? ’ उसने खीझकर पूछा

‘अरै वो चमाराँ मैं ना है...खाज्जल का कुणबा मैं...कहीं गजटड अपसर लग रहयो बतायो...के नाम बतायो धन्नू...’

‘ओह!’ लड़का समझ गया

‘कर बी देवगो साईन अक नूँ ही...दो रोट्‌टी टैम पै मिल ज्या है तो इन सालां ढैडडा को दिमाग बी चढ़ ज्यावै है...’ कहते हुए लड़का बड़ी सी कार के टायरों को चैक करने लगा।

टायर चैक करने के उपक्रम में लड़के ने ये शब्द धीमी आवाज़ में कहे जो बुढ़िया को स्पष्ट सुनाई नहीं दिये।

‘के कहवै भाई?’ बुढ़िया ने पूछा।

‘अरी कुछ’ ना लड़का टायर में से एक टोपी कील निकालते हुए बोला

‘अँगहाई लग ज्या हैं इनकै...पेट भरता ही पाणी नै पाप्पा कहण लग ज्यावै है...ला पाईप दे नलकी मैं लगा कै...’

हाथ में पन्नी लटकाए लड़की के कानों में ये शब्द पड़ ही गए वह गेट के सामने से तेजी से निकली। ये शब्द पिघले शीशे से लड़की के ज़हन में उतर गए। जैसे ईंधन पड़ गया हो। लड़की के कदमों में एकदम तेजी आ गई। सामने गली के मोड़ से बूढ़ा उनकी गलियों की तरफ मुड़ने को था। बूढ़ा छोटी गली में आ गया। लड़की उसके पीछे। लोग आ जा रहे थे। वह किसी को रास्ता देता कोई उसे। वह अभ्यस्त भी नहीं था इन गलियों का। लड़की एकदम उसकी बगल से निकली और गली में बिछी ईंटों के टापुओं पर पाँव जमाती तेजी से आगे बढ़ गई। ना बूढ़े ने ध्यान दिया, ना किसी और ने। ये रोजमर्रा की मामूली बातें हैं सुबह-सुबह सबको जल्दी होती है। काम-खबात वालों के यहाँ तो वैसे ही हड़बड़ाहट मची रहती है।

बूढ़ा सोफ़े पर यूँ बैठा था मानों कीलों-काटों पर बैठा हो। पिता लड़की को आवाज़ पर आवाज़ दिये जा रहे थे। खड़े होकर आर्चनुमा द्वार पर आकर आगन में घूरते हुए कुछ कहा भी। बूढ़ा सोच रहा था अंगूठा लगता होता तो? इधर घर भर के सदस्य मोहर खोज रहे थे। आला-दीवाला टांड-अलमारी, दराजों को बार-बार खोलकर। मोहर जैसे भूसे के ढेर में सुईं। बूढ़ा अनमने भावों से कमरे का मुआयना कर रहा था। उसके सामने पानी का भरा गिलास ट्रे में रखा था जिसे धनराज स्वयं अन्दर जाकर लाया था। सारा घर छान मारा गया। मोहर नहीं मिली।

‘दाद्दा! मोहर पतो ना कहाँ खू गी (खो गई) आज दफ्तर मैं तै दूसरी

ल्या कै काल कर द्यूँगो...आज तो गलती बणगी...' स्वर में खेद और पछतावा घुला था।

बूढ़ा उठ चला। पराई छाछ पर मूँछ कटाने जैसे भाव लिये। वी। आई। पी। का ब्रीफ़केस लंच-पैक और मिल्टन की वॉटर बॉटल लेकर लड़की की माँ बैठक में आई और सारा सामान टेबल पर रख दिया। पीछे-पीछे लड़की भी नमूदार हुई। पिता ने उसे घूरा। लड़की सहमी। दाएँ हाथ की बड़ी उँगलियों में ऐड़ी की तरफ से जूते लटके हुए थे, लाकर आहिस्ता से पिता के पाँवों के पास रख दिये। माँ दीवान की चद्दर ठीक कर रही थी। साथ ही स्टील की खूंटी से आज के धोने लायक कपड़े उतार कर अपने कंधे पर डाल रही थी। वह जानकर देर कर रही थी शायद कुछ बातें करना चाह रही हो। लड़की ने भरे गिलास समेत ट्रे उठा ली। आँचल में बाएँ हाथ की मुट्ठी यूँ लिपटी थी जैसे कोई माला बाँचने वाला थैली में हाथ दिये हो।

'नई मोहर लाण की जरूरत ना है पापा जी!' भीगे स्वर में कहते हुए लड़की ने बाएँ हाथ की मुट्ठी सामने करके खोल दी। माँ घूमकर देखने लगी। पिता असमंज़स में। लड़की की गोरी हथेली पर मोहर ज़िन्दा हालत में मौजूद थी। मुट्ठी इतनी जोर से दबा रखी होगी कि हथेली पर लहू उतर आया था। इतना जोर से कि हथेली पर ही छप गया था 'धनराज अनुभाग अधिकारी-लोक एवं कार्मिक प्रशिक्षण-भारत सरकार' तीनों जन मोहर को और एक-दूसरे की आँखों में देख रहे थे।

'अब तू ही रख इसनै...' नरम स्वर में कहते हुए दाएँ हाथ से पुचकारने वाले भाव से लड़की के सिर को हल्का-सा स्पर्श कर, बाएँ हाथ में ब्रीफ़केस लिये पिता गली में उतर लिये।

मिस लैला झूठ में क्यों जीती है?

*

प्रेमा झा

आज वो सुबह-सुबह चहल-पहल में अपनी ही बाजुओं से फारिग होती है।

आह...हाँ–हाँ...!

जल्दी-जल्दी गुसलखाना जाकर टॉवेल में लिपटती है और शॉवर जोर से खोलती है।

साबुन के तमाम झागों में उसके सपने तैरने लगते हैं ; नीले बुलबुले में प्रेमी का सपना, पीले में घर का सपना, सफ़ेद में निश्चिन्तता की ख्वाहिश और हरे रंग में प्यार का सपना। ये सपने का विभिन्न रंगों में विस्थापन इस बुलबुले ने नहीं, उसने खुद ही कर लिया है।

शॉवर से बहार आकर वह अपने अन्त: वस्त्रों को बड़ी चुनिन्दा तरीके से वार्डरॉब से बहार निकलती है और पहन लेती है। अपने लम्बे बालों में फूल लगाना वो कभी भी नहीं भूलती।

ओह हो...। मेरा सेल फ़ोन—क्या पता वो अभी ही याद कर ले। ये वो उसके जीवन में उसके राहत के मुताबिक़ बदलता रहता है। कभी 'वो' नाम का शख्स उसके शहर से बहुत दूर होता है तो कभी बहुत पास। ये 'वो' कभी नहीं उसके पास उसकी तन्हाइयों में या काली रात में होता है 'वो' भीड़ में होता है, बस में होता है, मेट्रो में और सड़क पर गुजरती गलियों से हर वक़्त बाहर और भीतर गुजरता रहता है।

"अरे; वो तो आज 'शो' में होंगे, उनके नाटक का मंचन है। कलाकारों का बड़ा हुजूम लगा होगा मँडी हाउस में! कितना अच्छा गाता है सुखविंदर उनका सबसे अच्छा शिष्य भी तो है।"

काश! मैं इस शो में शरीक हो पाती।

क्या पता वो लंच टाइम में खुद ही फ़ोन कर ले। भागती-दौड़ती लैला ऑफिस पहुँचती है

मि. अविनाश के नाटक का मंचन हो और पहुँच न पाऊँ ये तो होना नहीं चाहिए। यही कोई दो बरस पहले की बात है। मि. अविनाश रायपुर बस स्टैंड पर मिल गए थे। हाथ में सिगरेट, होंठों पर बेचैनी की धुआँ और कान में लगा ईयर-फ़ोन; कोई नहीं कह सकता था एक पेशेवर पत्रकार, संपादक और इतना गंभीर कथाकार; एक प्रतिष्ठीत साहित्यकार का ये हुलिया।

मिस लैला घबराई हुई थी। दिल्ली की बस का इंतज़ार और मौसम का अचानक ख़राब हो जाना; सब मिस लैला की बेचैनी के सबब बन रहे थे। ये बेचैनी मि. अविनाश के होने की बेचैनी से एकसार होने लगी। बेचैनी का धुआँ कभी –कभी कितना वासंतिक हो सकता है मिस लैला को पहली बार अंदाजा हुआ, जब मि. अविनाश अचानक आकर उसका हाथ पकड़कर पूछ पड़ते हैं, "कहाँ है आपका टिकट? यूँ ही चुपचाप खड़ा देखकर कंडक्टर आपसे कुछ पूछ नहीं पाया और मुझे आपके बगल में खड़ा हुआ देखकर कुछ और ही समझ लिया।"

इस तरह कुछ और ही समझना, मिस लैला के जीवन का हिस्सा बनाने लगा। फिर मिस लैला भी कभी नहीं समझ पायी।

कुछ और समझने और समझने में जो दो दुनियाओं का फर्क होता है, जमीन और आसमान बनकर हमारी दुनिया के बादल और मिट्टी बन जाते हैं। फिर हम सच की मिट्टी और सच के बादल को बहुत बाद में देखते हैं तबतक! बादल भी चला जाता है और मिट्टी तो मिट्टी है, एक घर बन जाए तो रोज़ पानी के साथ मिलकर-भिगोकर सँजोगना और सँवारना पड़ता है।

मिट्टी का घर में बदलाव कोई आसान बात नहीं है। मिस लैला सोचती रहती है कि अचानक उसके हाथ अपने हाथ से बँधे-बँधे खुल जाते हैं। मि. अविनाश के हाथ से फारिग भले हुई थी वो, मगर उसने उस गर्म आगोशी को कभी ठंडा नहीं होने दिया। आज वो बेहतर तैयार होगी और जरूर जाएगी। नीली साड़ी में लिपटी मिस लैला बालों में फूल और फूल में क्लिप जोर से दबाती है। एक किताब के अध्याय की तरह सलीके से पन्नों में सँवरी कई दास्तान पंक्तिबद्ध हो जाती हैं और मिस लैला दो पंक्तियाँ लिख डालती है। उनकी यादों से भीगी पलकों में कभी इतनी रूमानियत नहीं मिली जितनी की आज! वो गुलाबी भी हुई और सफ़ेद भी।

सफ़ेद में सब बस सब साफ़ हो जाता है।

एक शीशे के ग्लास में रखे पानी की तरह। चाहे तो पी लो या टेबल पर छोर दो। दोनों स्थितियाँ ही प्यास की तड़प से बचने के उपाय भर है। प्यास तो नदी की भी होती है और सागर की भी और रेत की भी। सुराहियों से लिपटी हुई प्यास क्या कभी बुझ पायी? सब सिर्फ प्यास से बचने के उपाय भर है।

लैला, अपनी कुलीग से प्यारी-सी रिंगटोन शेयर करती है। हाँ, ये वाला खूब जँचेगा! उनके होने का एहसास है इस धुन में।

...और लैला "तेरी-मेरी मेरी-तेरी प्रेम कहानी..." वाली रिंगटोन लगा लेती है। लंच टाइम होता है। मि. डी का मैसेज है। इनबॉक्स में ताबड़तोड़ मची हुई है। "ये क्या...। उन्होंने मुझे ये सब क्यों सेंड किया है?" मि. डी फ़ोन पर चमकनें लगे, "मिस लैला कहाँ हैं आप आजकल...। बड़ी फुर्सत से सोचा चलो आज बात कर ली जाए। मिस लैला आप ठीक तो है न!"

"हाँ-हाँ मैं ठीक हूँ, आप बताएँ क्या चल रहा है?"

"बताना क्या है बस! आपकी याद आई और फ़ोन कर लिया। मिस लैला उनसे बड़े ही फॉर्मुलेगत तरीके से फ़ारिग होती है। अरे हाँ, मैं तो भूल ही गई सक्सेना सर आज शहर में मौजूद हैं, उनसे मिलने भी जाना है। उन्हें मेरी कविताओं का जबरदस्त शौक है। आज उनकी नयी मैगज़ीन का कायाकल्प भी होगा। तभी फ़ोन पर उँगलियाँ घुमाती लैला की आवाज़ सीधे तौर पर पूछ पड़ती है, "मि. सक्सेना देयर...हाउ आर यू सर? आयल जस्ट कम विदीन फिफ्टीन मिनट्स।"

"ओके लैला, आयम इन होटल डी लियू।"

"ओके बॉस...। जस्ट कम!"

लैला ऑफिस की फाइलों से विदा लेती है, अपनी साड़ी का पल्लू सँभालती है। फूल में क्लिप जोर से दबाती है और चल देती है। कहीं इसी फूल की तरह वह भी तो नहीं बार-बार किसी क्लिप में दब जाती है। गाड़ी चल पड़ती है। अनवरत यात्रा पर। मिस लैला को कहाँ आखिर बहुत बेचैनी से जाना है?

हर वक़्त भागती सड़क का कोई पड़ाव शायद नहीं होता है।...फिर से मेट्रो, स्टेशन और बस स्टॉप!

मिस लैला, बालों का फूल और कंधे पर टँगा बैग सब बहुत चुप है।

भागती-बिखरती मिस लैला होटल डी लियू पहुँचती है। मि. सक्सेना उसका इंतज़ार कर रहे हैं। सेंटर टेबल से सटे किनारे वाली कुर्सी पर बड़े बुके के साथ। मि. सक्सेना, लैला को देखते ही चहक पड़ते हैं, "कहाँ रह गई थी आप? हम कबसे आपको सोच रहे हैं!" मिस लैला मुस्कुराती हुई अपने खुले

बाजुओं से मि. सक्सेना के करीब आती है। एक पल सब थम जाता है। ये मिलना-मिलाना कहीं बहुत देर तक नहीं होता। मिस लैला अपने सब पुरुष-मित्रों से यूँ ही बेबाकी से मिलती है।

"क्या लेंगी आप...। ठंडा या गर्म?"

मिस लैला जरा शर्माती हुई चाय के लिए हाँ करती है। वैसा उनका ये शर्मना पहली बार नहीं है। वो बार-बार शर्मीले बनने का अभिनय करती है। बार-बार थोड़ी और नयी यौवना की तरह नज़रें झुकाने और फिर उठाने में मिस लैला को महारत हासिल है। या यूँ कहे कि ये सब वो जानबूझकर तो नहीं मगर अपने जीवन का एक महत्वपूर्ण कर्म समझकर करती रहती है। चाय की चुस्कियों में घडी की सुइयाँ बितती रहती है।

"मैं आपको छोड़ दूँ मिस लैला रात हो गई है। दिल्ली में आठ बजे के बाद सेफ नहीं होता लड़कियों का बहार होना।"

"यस सर अच्छा होगा अगर आप मुझे ड्राप कर दें!"

मि. सक्सेना गाड़ी का दरवाज़ा खोलते हैं। लैला का बैग गाडी के दरवाज़े में फँसता है जिसे मि. सक्सेना दोनों हाथों से सँभालते हैं। वो इसी तरह कई बार लैला को सँभालते रहे हैं। उस दिन कनाट प्लेस में कैंडल लाइट डिनर के बाद लैला ने पाँच पेग ले लिए थे तब भी मि. सक्सेना ने ही उसे घर तक ड्राप किया। लेकिन बस घर के दरवाज़े तक! उसके बाद लैला खुद ही जोर से दरवाज़ा खोल लेती है और बहुत भीतर तक चली जाती है।

इस दरवाज़े के बहार और भीतर एक से दुसरे ग्रह जितना फासला है। मिस लैला और उनके करीबी मित्रों के बीच ये दरवाज़ा ही है, जो लैला का कभी-कभी पति बनकर चीख भी पड़ता है। जब वो थक कर घर देर से पहुँचती है या कभी-कभी रात को बिना खाए ही सो जाती है। दरवाज़ा लकड़ी का बना हुआ है जो गैरेज में बंद रहता है। किसी को भी तब तक पता नहीं चल सकता है जब तक मिस लैला खुद से उसे न बता दे कि ऊपर एक दरवाज़ा और भी है।

उस दिन लैला बहुत रोई थी जब बॉस ने "न" कहकर उसकी आर्टिकल सिर्फ इसलिए रिजेक्ट कर दिया क्योंकि उस आर्टिकल में लिखी बातें कहीं बहुत हद तक उसके निजी जीवन की सच्ची और संजीदा बातों को भी अपने मुँह से बयान करने लगी थी।

क्या बुराई थी भला; अगर सच्ची बातें उसकी पीड़ा किसी आर्टिकल के ज़रिये लोगों तक पहुँच जाए। मिस लैला पहली बार ऑफिस में रो पड़ी थी जो सही नहीं है; लैला कभी उसके साथ खड़ी नहीं हुई। कोई अगर धोखा करे तो

वो उसे बर्दास्त नहीं करेगी। पहली बार उसने जाना जॉब-कल्चर हमारे-आपके जीवन से कितना अलग और कितनी अतिथी-सी चीज़ होती है, जिसके सामने सब सिर्फ सब हम दिखावे के लिए करते हैं। दुनियावी बातें, दिल के दर्द, और रोज़ के कष्ट और उस कष्ट के सच से बहुत आगे निकल गई है। दुनिया इसलिए तो भागती है उसे उसकी गोलाई में आगे वृतों का भान नहीं होता। ये वृत करोड़ों व्यास में पीड़ा सहे या किलकारियाँ मारते रहें, दुनिया उसे पुनः-पुनः छोड़ती आगे भागती रहती है। इसलिए शायद मैं जब भी चली मुझसे उम्र में दो बरस बड़ी रही जिंदगी।

उस वक़्त मि. सुब्रतो ने उसे बड़ा सहारा दिया था। उनको देखा उसने पहली बार जब वो कनाट प्लेस के एक रेस्त्रां में बैठकर अपने ग़म को भुलानें की नाकाम कोशिश में कामयाब कश लेती जा रही थी। फिर से सब हरा मगर हरा तो नहीं! हाँ, लेकिन एक धुन्धलकी लाल रेखा पसर गई थी चारो ओर। यूँ ही रोज़ मिलने लगी मि. सुब्रतो से और दोनों दोस्त हो गए थे। फिर से कहीं किसी कोने से वही कहानी चल पड़ी धुआँ और बेचैनी।

फिर मिलने लगे थे दोनों, दोनों आकाश को ताकते और कहीं खो जाते कोई बादल न बन सका न मिट्टी ही सँवरने का नाम लेती। यथावत गमले की मिट्टी-सा एक कृत्रिम प्रकृति की तरह सब हैण्डमेड तो था मगर कोई पेड़ पर न उग सका पेड़ पर उग आने के लिए बहुत-सी मिट्टी, फिर मिट्टी का पानी में सना होना बहुत जरूरी होता है

खैर; मिस लैला तात्कालिक खुश हो लेती है इन गमले को देखकर! कहीं-न-कहीं पूरी प्रकृति और फुलवारी की कामना आँखों में लिए मिस लैला शायद गमले को देखती ही नहीं थी वो पूरा बाग़ आँखों में लिए रहती है हरदम, हर वक़्त।

मि. मिश्रा कुछ नहीं बोलते हैं और लैला खामोश है। घर आ गया या दरवाज़ा! कार का दरवाज़ा खुलता है लकड़ी वाला दरवाजा अपनी मजबूती की तस्दीक करता है और एक बार फिर से चीख पड़ता है लैला घर पहुँचते ही वॉश रूम में जाती है और शॉवर लेती है फिर एक बदले अन्त:-वस्त्रों के साथ टी। वी। ऑन करती है। तीन-चार पेग लगाती है और सो जाती है

सुबह-सुबह आज मि. जौहरी का शूट अपने शहर में होना है। उनसे मिलने अगर जाना है तो दोपहर ही मुफ़ीद होगा। लैला भागती हुई ऑफिस पहुँचती है। बॉस से 'हॉफ डे' लेती है और ऑटो में बैठ जाती है, "भैया सीधा चाँदनी चौक चलो।"

ट्रिंग-ट्रिंग...। "यस! मि. जौहरी मैं अभी बस 15 मिनट्स में...!"

"हाय मिस लैला, सब कैसा चल रहा है?"

"ओह-नो! आय फॉरगॉट..."

"कोई नहीं मैं लगा देता हूँ।" मि. जौहरी की आवाज़ में दूर से आती रेलगाड़ी का अपने स्टेशन पहुँच जाने जैसा सुख सुनाई पड़ता है और लैला की भूल में किसी अनजान सड़क पर गाडी के पेट्रोल ख़त्म हो जाने जैसी निराशा महसूस होती है।

"आज मैं कैसे भूल गई, पता नहीं! कैसी अधूरी लग रही हूँ।"

मि. जौहरी गुलाब का एक फूल लैला के बालों में टिका देते हैं और क्लिप की जगह पेन को फँसा देते हैं। हाँ, अब पूरा हुआ। लैला पेन से टिके फूल को हल्के से छूती है और बोल पड़ती है, "कल ही दो कविता लिखी हूँ। एक जीवन पर और दूसरा दुःख पर।"

मि. जौहरी उसे गहरी निगाहों से देखते हैं, "आप रोमांटिक कब लिखती हैं? अगर लिखती हैं तो आज शाम ही दो कविताएँ मेल कर दीजिए, हमें अपने फिल्म के लिए 'वेलकम कोटेशन' चाहिए। लैला जौहरी की निगाहों में नप-सी गई है मि. जौहरी लैला के बहुत अच्छे दोस्त है और करीब से जानने वाले भी

यूँ करीब से जानने वाले भी दरवाज़े के बहार तक ही है। दरवाज़े के भीतर सिर्फ लकड़ी वाला दरवाज़ा, जो वक़्त-बेवक्त उसका पति बन जाता है। कभी भी किसी और को न मौका देता है न मिस लैला चाहती है कि कोई इस मज़बूत दरवाज़े पर अपनी डुप्लीकेट चाभी डालने की हिमाक़त करे।

आज जौहरी की बातों में बहुत दूर तक मिस लैला के सपने का विस्तार हो गया।

मिस लैला सपनों की मल्लिका है। उसे प्यार और खुशबुओं का सपना बहुत भाता है। वो दूर तक उनकी बातों के समंदर को खोलना चाहती है। वो डूबती है, उतरती है और बाहर आ जाती है। समंदर में सीपी जो कभी-कभी तरंगों पर आता और कभी किसी ज्वारभाटे में डूबकर/टूटकर दूर हो जाता है। कभी किनारे पर तो कभी किनारे से बहुत दूर तक।

रात के एक बजे हैं। लैला अभी-अभी प्रेम कवितायें लिखना चाह रही है। अविनाश, जौहरी, सक्सेना, मि. डी., मि. मिश्रा और दरवाज़ा कौन सबसे मज़बूत प्रेमी है, जो उससे प्रेम करने का सौ फीसदी दावा करता है। जाहिर है दावा करना प्रेम की कसौटी नहीं हो सकती मगर प्रेम को संभाल लेना प्रेम की सीधी-सरल अर्थों में सबसे प्यारी कामना होती है। लैला दरवाज़े के बहार के प्रेमियों को सोचती है फिर दरवाज़े के भीतर आकर पेग लगाती है और अपने

अन्त:-वस्त्रों से लिपटकर दरवाज़े के पीछे टेककर कुण्डियों के सहारे खड़े हो संभलती रहती है। एक प्रेम कविता लिखेगी मिस लैला! रात के डेढ़ बजे अकेले दरवाज़े की कुण्डियों को थामे हुए जैसे कोई पति के हाथ को थाम लेता है बीच रात में बहुत कसकर। लैला लिख चुकी है। दरवाज़ा उसका हमसफ़र जो रोज़ रात को उसके साथ हमरात होता है। लैला दूसरी कविता लिख रही है, बाकी उन प्रेमियों के लिए जो उसे रोज़ दरवाज़े तक लाकर छोड़ देते हैं।

आज लैला, बोतल और दरवाज़ा तीनों ने सवाल किया तो लैला टैरेस में जाकर खड़ी हो जाती है।

कहीं पास में आग लग गई है। ढाई बज रहे हैं। पुलिस और अग्निशमन दल भी पहुँच चुके हैं। कॉलोनी की बिजली सुरक्षा के मद्देनज़र काट दी गई है।

लैला, धुआँ और अँधेरी रात का सितारा सब परेशान होने लगे। कुण्डी को जोर से बजाती है लैला और एक दस्तक प्रतिधुन-सी दौड़ पड़ती है घर में बहुत दूर तक जाती बहुत देर तक गुर्राती।

लैला मोमबत्ती जलाती है। खुद को देखती है और हँस पड़ती है। कॉलोनी के सब लोग डर रहे हैं। कहीं ये आग की लपटें उनके घर को न जला दे।

लपटें बहुत तेज़ है। सब बहार निकल जाते हैं। लैला टैरेस में खड़ी निश्चिंत तारों को निहारती है। दरवाज़ा चुप हो मानो कह रहा हो—"तुम भला क्यों डरोगी? डरकर क्या करोगी?"

"भला किसे बुलाओगी, मैं हूँ न तुम्हारा रक्षक, तुम्हारा बॉडीगार्ड।" सच में अब लैला बहुत आश्वस्त हो गई है और स्थिर, निश्चिंत भी। इन्हीं तारों की तरह।

थोड़ी देर में आग पर काबू पा लिया जाता है। अग्निशमन दस्ते और दिल्ली पुलिस ने अपने साहस और कर्मठता का परिचय दिया है। चार बज़ चुके हैं। लैला को नींद आने लगी और उसने एक सपना देखा। सपना जरा शरारत भरा हो गया। दरवाज़ा एक पुरुष में बदल गया। एक मज़बूत पुरुष में जिसका सीना चौड़ा है और हाथ ताकतवर; सभी किवाड़ की प्रकृति का, जहाँ कुण्डी हाथ में तब्दील हो गई और दरवाज़ा एक चौड़े सीने वाले पुरुष में! लैला बहुत खुश हो गयी।

दरवाज़ा बना पुरुष लैला को सौ बार चूमता है और कहता है—"कल घर जल्दी आ जाना, ज्यादा देर बहार मत रहा करो। मैं तेरी राह तकता रहता हूँ। यूँ ही खड़ा हुआ हरदम तेरे साथ सो जाने का मन करता है।"

लैला उससे वादा करतीं है और सुबह जल्दी उठ जाती है। मुस्कुराती हुई बालों में फूल, फूल में क्लिप और दरवाज़े पर नवतल के ताले डालकर एक बार दरवाज़े को चूम लेती है। इस वादे के साथ कि आज वो जल्दी आ जाएगी।

अब मिस लैला मान चुकी है कि आज रात अगर वो वक़्त पर न पहुँची तो दरवाज़ा नाराज़ हो जाएगा और ज्यादा नाराज़ हो गया तो...!

नहीं-नहीं उसे तो दरवाज़े से प्यार हो गया है।

वो रात को पुरुष बनकर उससे प्यार करता है। हाँ, पूरी रात वही तो उसके साथ होता है।

डेढ़ बजे जब वो प्रेम कविताएँ लिख रही होती है तो...!

"हाँ-हाँ मैं वक़्त पर पहुँचूँगी।"

बाकी सब फ़ोन कॉल्स पर लैला कह रही है—

"यस सर, आज मैं अपने बॉयफ्रेंड के साथ डेट पर जा रही हूँ।

बालों के फूल को बार-बार सँभालती है।

घर की चाभी को पति के हाथ की तरह पकड़ती है और भागती हुई पहुँचती है दरवाज़े तक। वो खामोश उसकी राह में फिर एक बार जोर से चीखता है।

लैला उसे पूरे होंठों से कसकर चूम लेती है।

मिस लैला अपने दरवाज़े के बहुत भीतर तक पहुँच गई है।